U0090832

古典文獻研究輯刊

二十編

曾永義 主編

第9冊

《三國演義》當代改編文本研究（上）

黃脩紋 著

國家圖書館出版品預行編目資料

《三國演義》當代改編文本研究（上）／黃脩紋 著—初版—
新北市：花木蘭文化事業有限公司，2019〔民 108〕
目 6+170 面；19×26 公分
（古典文學研究輯刊 二十編；第 9 冊）
ISBN 978-986-485-883-5（精裝）
1. 三國演義 2. 研究考訂
820.8   108011729

ISBN-978-986-485-883-5

古典文學研究輯刊
二十編 第 九 冊   ISBN：978-986-485-883-5

《三國演義》當代改編文本研究（上）

作　　　者　黃脩紋
主　　　編　曾永義
總 編 輯　杜潔祥
副總編輯　楊嘉樂
編　　　輯　許郁翎、王筑、張雅淋　美術編輯　陳逸婷
出　　　版　花木蘭文化事業有限公司
發 行 人　高小娟
聯絡地址　235 新北市中和區中安街七二號十三樓
　　　　　　電話：02-2923-1455／傳真：02-2923-1452
網　　　址　http://www.huamulan.tw 信箱 hml810518@gmail.com
印　　　刷　普羅文化出版廣告事業
初　　　版　2019 年 9 月
全書字數　344815 字
定　　　價　二十編 19 冊（精裝）新台幣 40,000 元
版權所有 · 請勿翻印

《三國演義》當代改編文本研究（上）

黃脩紋　著

作者簡介

黃脩紋，高雄人，中山學士，高師碩士，目前研讀成大歷史所。喜歡看漫畫，更愛看電視，平日消遣是上網與打電動，是個不喜歡改作文的國文教師。目前積極投入外語學習，以及文藝創作，希望能通過語言檢定，並拿到很厲害的文藝獎。最想做的事是旅行，最愛的作品是《眞·三國無雙》、《聖鬥士星矢》、《名偵探柯南》，還有數部漫畫鉅作；希望能再發揮宅力，寫出幾篇研究論文。能將心力投注於小事之上，是人生最幸福的狀態。

提　　要

　　《三國演義》，是盛行數百載的章回小說，風靡中華文化圈，更是普及日、韓、歐美的經典文作，也是當今娛樂的熱門題材，橫跨大眾文學、影視戲劇、動漫遊戲、同人誌，在在可見三國改編作品。經由當代意識、作者觀點、文本互涉、後現代解構思潮，以及不同媒介的展現特點，遂使三國當代改編，雖是奠基相同文本，卻會產生形形色色的嶄新風貌。三國屬於歷史題材，時序、事件、人物均有固定脈絡，成爲改編作品之基本骨架，亦是改編文本之共通「同質性」；但是，正因三國題材蓬勃興盛、競爭激烈，加上社會風氣移轉，以及再創者求新求變，遂使當代三國詮釋生變，包括史觀、主題、形象，均是改編文本之常見「變異性」。三國當代改編文本，必須保留《三國演義》基本架構，切合讀者預期心態；卻又必須同中求異，凸顯創新特點，方能彰顯新作價值，如何兩相兼併，實爲三國改編之關鍵課題。

　　《三國演義》當代改編，不僅重新詮釋經典，更以淺顯方式吸引讀者，再使其回溯原典以加強延續；但是，正因三國威名之累，部分改編作品，只是徒沾虛名，遂有主旨偏離、劇情闕誤、形貌狹隘之弊。尚有部分改編文本，因其成效斐然，竟以杜撰情節而取代《三國演義》原設內容，再度造生史實扭曲，誠如《三國演義》對於《三國志》的傳承之功、訛誤之弊。因此，三國改編文本之優劣價值，實可等待時間淬鍊，再由後世評斷功過。

目

次

圖表目錄

第一章　緒　論

　　《三國演義》，堪稱中國流傳最廣的章回小說，身處中華文化圈，從小到大、或多或少，必然聽過三國故事。筆者幼時閱讀簡明版《三國演義》，千迴百轉的章節內容，高潮迭起的劇情事件，以及鮮明生動、面目躍然的眾多人物，在在深烙腦海深處。求學階段，躬逢其時，三國題材競相改編爲電玩遊戲，聲光效果炫人耳目，戰鬥畫面繽紛刺激，不僅引發興趣，更加速年輕世代對於三國故事的廣泛接觸；筆者對於三國題材，始終秉懷興趣，特別是當代娛樂之影視戲劇、動漫電玩，抒發身心之外，更爲風雲開闊的三國時代，深感震懾與景仰。隨著閱讀文本逐漸增加，懾服部分作品之精采絕倫，善於結合原典，渾然流暢又兼具巧思；部分作品卻是內容薄弱、乏善可陳，即便人物名號、結構脈絡、事件衝突，均與原作如出一轍，卻更顯改編之作的庸俗低劣，僅是徒沾虛名的濫竽充數。筆者不禁發想：改編作品之良窳優缺，其中癥結，究竟爲何？

第一節　研究動機與目的

　　秉持著喜愛《三國演義》，以及對於改編文本的好奇，筆者投身《三國演義》當代文本研究。文本分析，一直爲三國研究的熱門主題，並以三大面向最顯興盛：一是，《三國志》與《三國演義》之異同討論，屬於史傳敘事與章回小說的文本相較，前人論述極爲豐沛，譬如：黎東方（1907－1998）《新三國》、〔註 1〕丘振聲（1934－）《三國演義縱橫談》、〔註 2〕易中天（1947－）

〔註 1〕黎東方，《新三國》（臺北：遠東，1987）。
〔註 2〕丘振聲，《三國演義縱橫談》（臺北：曉園，1991）。

《品三國》〔註 3〕。二是，《三國志平話》與《三國演義》之演變殊異，乃是小說體裁的文本比較，同是三國研究聚焦要點，論述甚多已見成果燦然，譬如：顧俊（？－）主編《三國演義研究》、〔註 4〕葉唯四（？－）、冒炘（1932－）《三國演義創作論》。〔註 5〕第三，則爲《三國演義》與衍伸文本之比較探索，並以雜劇傳奇之底本改編，以及民間傳說的故事流變，爲其大宗，同見前賢論述之基石，譬如：胡世厚（1932－）〈三國演義與三國戲〉、〔註 6〕武樗瘦（？－？）〈三國劇論〉。〔註 7〕當今社會，雖仍遵奉《三國志》正史，卻是荒廢日久，除非專研史學，鮮有察閱接觸；普遍流傳的雜劇戲曲，同因時代改變、媒介更替，反被淘洗殆盡，成爲明日黃花。但是，三國題材仍是當今改編首選，新式文本接連推陳，並且普及於社會大眾；既是如此，三國作品之文本比較，是否也該與時俱進，涉及當代文本的觀察、分析、探究？如此一來，方見時代精神之遞嬗，由中洞察群體意識如何改變。

　　《三國演義》當代改編文本之研究，雖是草創時期，仍有前賢開拓，筆者察見數篇期刊、多篇論文，均是針對當代娛樂改編文本，譬如：電影、電視劇、動漫、電玩，探究其於《三國演義》之承襲、更動，均見立論與成果。但是，仍有幾處面向，未見論述或未臻完善。其一，觀察作品太少，戲劇止於熱門戲劇與院線電影，對於聚焦個人之列傳式影劇，並未置入探討；電玩止於《三國志》、《天地呑食》、《眞・三國無雙》……數款舊作，近時興盛的線上遊戲、紙牌戰鬥，以及獨樹一幟的戀愛類型，同樣未見觀察；漫畫止於《三國志》（橫山光輝版）、《蒼天航路》、《火鳳燎原》……諸部鉅典，有其代表價值，卻是眾家爭論相同主題，枉顧新作且全未涉及少女漫畫，例如：諏訪綠（1959－）《諸葛孔明時之地平線》、志水アキ（？－）《異鄉之草》，均是評價甚高的三國漫畫，卻始終未見探析；普羅大眾，泰半認爲三國只爲雄性爭霸，調性柔軟的少女漫畫，怎能呈顯三國醍醐味？然而，正因少女漫畫注重情感渲染、偏重內心刻畫，卻又選擇陽剛十足的三國故事，做爲全書主

〔註 3〕 易中天，《品三國》（臺北：泰電電業，2013）。

〔註 4〕 顧俊主編，《三國演義研究》（臺北：木鐸，1983）。

〔註 5〕 葉唯四、冒炘，《三國演義創作論》（南京：人民，1984）。

〔註 6〕 胡世厚，〈三國演義與三國戲〉，《古典文學知識》（南京：古典文學知識，1994），1994 年第 6 期。

〔註 7〕 武樗瘦，〈三國劇論〉，《三國演義資料匯編》（天津：南開大學，2003），頁 697-719。

軸，豈不更顯衝突、更令觀察者引發好奇，意欲剖析當中蹊蹺？〔註8〕

　　文本比較缺憾之二，在於研究面向太窄。多篇論文，均以人物形象爲論述主軸，卻未涉及作品結構、事件佈局、虛實交錯之作品要點。讀者閱覽《三國演義》，雖爲書中豪傑神迷不已，事件發展同是鑑賞重點；因此，研究層面可更廣泛，方能更見改編文本的藝術成效。缺憾之三，則是歸結要點不足，可再細分爲二：首先，部份研究者重視創作者意圖，卻缺乏讀者感知的觀察研究，難以呈顯當代風氣同是影響作品新編之重要變因；其次，文本比較之際，僅只注重變異狀態，卻未深述同質延續，綜觀現今改編文本，雖有改換時空、挪替姓名、增添新創設定，仍被歸爲三國題材，其間必有共通規律，遂使讀者得以連結既存印象，從而加深作品認同。

　　與其重讀《三國演義》，筆者更喜愛改編文本；因爲，相較於結局已定、風貌概存的舊時章回小說，當今娛樂雖然根基薄弱、價值未顯，卻是持續改變的活躍文本；閱覽當下所生樂趣，除了活化經典場景，讚嘆再創者的翻轉新意，同時窺見三國故事竟能奪胎換體，重新解讀的多元變化。加之以文本比較之現存缺憾，筆者遂以此爲題，探究《三國演義》當代改編文本之觀察與析論。本論文研究目的，爲下列幾項：

　　一、探究《三國演義》，於各國流傳之概況及影響，尤以日本爲重；肇因此國對於三國故事的熱衷沉迷、大肆發揚，甚至另生解讀、改編、再創，反向傳播於中華文化圈，對於三國故事之當代改編與推廣，有其關鍵地位。

　　二、探究《三國演義》當代改編文本，概述重點作品之主旨、特點；此外，肇因平台不同，改編文本各有因應特質、發展趨勢。因此，本論文先簡述各種媒介之發展概況，就中探討，同是奠基三國故事之改編作品，呈顯於不同平台之際，演變形貌及其應用特色。

　　三、透過分析、比較、歸納、演繹之法，論述《三國演義》與當代改編文本，相較而得之「同質性」狀況。〔註9〕本論文著重於三方面：「敘述結構」，

────────────

〔註8〕少女漫畫家長池智子（？－），曾言：「當我還在投稿的時代，我說：『我想畫三國志』，結果編輯很肯定的說：『少女漫畫絕對不可以畫那個』」。（長池智子，《三國志烈傳・破龍・4》（臺北：長鴻，2007），前折頁。）長池智子出道之後，卻是以《三國志烈傳・破龍》，成爲個人代表作，由此可見，三國故事同可作爲少女漫畫主題，端賴作者如何發揮。

〔註9〕本論文所述「同質性」，意指不同作品之間的相同狀況，以及由此歸納的同類特性。另外，基督教神學用語「consubstantial」，意指「相同性質的」，用以表達耶穌與上帝之本質完全相同，此述亦被翻譯爲「同質論」（consubstantiality），

論述改編文本之分合局勢、衝突解決、多元並進;「事件場景」,論述改編文本之戰爭事件、特殊事件;「形象塑造」,論述改編文本之人物關聯、角色具象,再由中探悉容貌姿態、裝扮配備、行事作風此三細處。藉由上述過程,觀察《三國演義》當代改編文本,對於原設小說之承接狀況,藉此歸納、推演,改編作品的共通規律,並探討其成因癥結。

四、透過分析、比較、歸納、演繹之法,論述《三國演義》與當代改編文本,相較而得之「變異性」狀況;本論文著重於三方面:「史觀立場」,論述改編文本之潛意識變動、前意識變動,〔註10〕後者再細分爲推崇何國爲三國正統,將對改編文本所生影響;「主題內容」,論述改編文本之改動與新添,前者分爲合理補述、文武調置、異動結局三大要項,後者分爲嶄新元素、文本互涉、愛情故事三大特點;「形象塑造」,論述改編文本之改造舊角色、創造新角色,前者依序細論反差化、豐富化、年輕化、美形化、性轉換之異動手法,後者接連探析角色來源、角色作用、角色形象之新角特質。藉由上述所得,羅列改編文本對於原設小說之變異情形,藉此探析造生因素、滋生效果,及其後續影響,甚至對於《三國演義》之原設形貌,如何反溯波及。

五、透過比較、歸納、演繹之法,探討當代改編文本之優缺,以及尚難定論的爭議現象。優點方面,觀察改編文本對於《三國演義》之重新詮釋,及其延續發展的推展功能;缺點方面,探索改編文本對於《三國演義》之損耗削減、偏頗扭曲,並以主旨偏離、劇情闕漏、形貌狹隘,此三方面爲觀察要點。藉由探討成果,衡量改編文本價值成效,及其對於三國故事的逆溯影響,以及後續發展的假想與推測。

第二節　研究範圍與方法

本論文名爲〈《三國演義》當代改編文本研究〉,蓋有四處範圍須行定義:一爲「三國時代」之界定,二爲《三國演義》版本之擇用,三爲「當代」之起迄,四爲「文本」之意涵。遂以下文,分項概述。

但與本論文析述要點無關,僅爲名稱相同。

〔註10〕「潛意識」亦稱「無意識」,乃是個體無從察覺的深層意識,甚至是被壓抑的隱藏衝動;「前意識」則爲可招回的意識,即是個體得以回憶之處。此處先作簡介,後述章節將再作析述。

一、研究範圍

　　題目定義之一：本論文探究《三國演義》當代改編文本，須先定義「三國時期」之起迄年代，根據〈中華百科全書線上版〉：「就政局形勢言，三國為兩漢後一段殘局；就社會風氣言，為魏晉南北朝之開端。總之，三國乃中國中古時期由統一而分裂，由治而亂之一過渡時代。」〔註11〕三國形成，肇因於董卓亂政、廢立皇儲，曹操發檄以召天下諸侯共伐董卓；之後，曹操因時趁勢，擁立獻帝、遷都許昌，挾天子以令諸侯。建安十三年（208），曹操揮兵進軍荊州，意欲兼併江東，卻遭孫權、劉備結盟力抗，火攻之計大破曹軍，史稱「赤壁之戰」；此後，曹操南下受阻，孫權進軍江陵、瓜分荊州，劉備屯駐公安、西襲益州，形成「天下三分」的鼎立局勢。建安二十五年（220），曹操病薨，其子曹丕繼任魏王，進而脅迫獻帝禪讓，篡漢改祚、定都洛陽，史稱魏文帝；翌年（221），劉備自稱季漢、稱帝成都，史稱先主，諡號昭烈皇帝；時至黃龍元年（229），曾經稱臣曹丕的孫權，闢國稱帝，遷都建業，史稱吳大帝。至此，三個國家各自獨立，三方政權互成對峙。

　　蜀後主建興十二年（234），諸葛亮積勞成疾，逝於五丈原，此後國政江河日下，遂於炎興元年（263），魏軍壓境、劉禪出降，蜀漢歷經二帝統治，國祚43年告竭；至於曹魏，權傾朝野的司馬氏，早在甘露五年（260），派遣親信弒殺高貴鄉公曹髦，咸熙二年（265），司馬炎逼迫魏元帝禪讓，曹魏歷經五帝，共計46年國祚；蜀、魏相繼傾覆，獨留江南東吳政權，成為晉朝心頭大患，太康元年（280），吳末帝孫皓暴政無道、國力衰頹，晉軍乘隙南征、揮師建業，吳國亡覆，共歷四帝52年，此後三家歸晉，天下回歸一統局面。

　　「三國」之稱，顧名思義，應為曹魏、蜀漢、東吳相繼建國，方有此稱；因此，「三國時代」，源於西元220年曹丕篡位、建立曹魏，告罄於西元280年晉軍滅吳、統一中國。尚有一說，認為「三國」之起，應是三方政權均已成立，即是東吳立國的西元229年，如此一算，「三國時代」僅只五十載光陰。然而，東漢末年天下大亂，實為軍閥割據的有利契機，各擁重兵、傳承吞併，方成「三國」。此外，三國時代相關著作——正史《三國志》、章回小說《三

〔註11〕「中華百科全書線上版」：
　　　　http://ap6.pccu.edu.tw/Encyclopedia/data.asp?id=2551&htm=01-170-0170%A4T
　　　　%B0%EA.htm（2015.04.24）。

國演義》——記述三國情事，均是上推漢末、下迄晉初；倘就廣義而言，「三國時代」可追溯至西元 184 年的黃巾之亂，為求平定暴動，漢靈帝將部分刺史改為州牧，使其各擁重兵以剿民賊，卻也促使群雄崛起、加速東漢滅亡；亦或，西元 190 年之「十八路諸侯討董卓」，雖未成功擊敗董卓，卻因連鎖效應，造使董、呂殘殺，曹操「挾天子以令諸侯」，漢獻帝成為名存實亡的王座魁儡，政權旁落權臣掌中。至於「三國時代」終結之時，同是西元 280 年晉軍滅吳、大破石頭城，天下盡歸晉室江山。總結上述，共有四種起迄說法：一為，起於西元 184 年，起因為「黃巾之亂，促使軍閥崛起」；二為，起於西元 190 年，起因為「董卓亂政，關東聯軍征討洛陽」；三為，起於西元 220 年，起因為「曹丕篡漢，『三國』之最初政權建立」；四為，起於西元 229 年，起因為「孫權稱帝，『三國』之最末政權建立」；上述四說，起始年代各有殊異，終結年代皆為西元 280 年，「晉朝滅吳」作為三國落幕。

　　本論文引用《三國志》史料記載，並以《三國演義》章節內容，作為改編文本之比較基準，藉此突顯「同質性」、「變異性」的改編對照。是故，本文提涉之「三國時代」，採取上述第一義認定：起於西元 184 年黃巾之亂，民變四起肇生群雄競起；終於西元 280 年，三家歸晉之天下一統。

　　題目定義之二：本論文依據《三國演義》，作為文本對照基準；是故，須先定義所參照的《三國演義》版本。《三國演義》成於元明之交，流傳至今六百餘年，版本卻已紛雜龐多，誠如沈伯俊（1946－）所言：「《三國演義》版本甚多，僅現存的明代刊本就有大約 30 種，清代刊本 70 餘種。各種版本數量之多，關係之複雜，在古代小說中都十分突出。」〔註 12〕日本方面，上田望（1965－）將版本分為七類：一是嘉靖元年本；二是《三國志通俗演義》系列版本，包括周日校本、夏振宇本；三是《李卓吾先生批評三國志》、《鍾伯敬先生批評三國志》、《李笠翁批閱三國志》之 120 回本；四是涵括關索事蹟之《三國志傳》諸本；五是涵括花關索故事的《三國志傳》諸本；六是雄飛館本《三國水滸全傳》；七是毛宗崗增刪回目之《批評本三國演義》。中國方面，張穎（？－）、陳速針（？－）對現存《三國演義》版本，依其內容分為三大系統：一是，《三國志通俗演義》系統，包括嘉靖本、周日校本、夏振宇本；二是，《三國志傳》系統，包括余氏雙峰堂本、朱鼎臣本、喬山堂本、聯輝堂本、雄飛館《英雄譜》本；

〔註 12〕沈伯俊，〈《三國演義》版本研究的新進展〉，《中國古代小說戲劇研究叢刊》（蘭州：甘肅教育，2004），2004 年 01 期，頁 59。

三是，《三國志演義》系統，則爲毛宗崗版本。〔註13〕本論文研究材料，採用萬曆十九年（1591）金陵周曰校仁壽堂本，又名「萬卷樓刊本」、「仁壽堂刊本」，題名爲《新刻校正古本大字音釋三國志通俗演義》；是故，本文所引之《三國演義》章節原文，均是上海古籍出版，書名頁題「晉平陽侯陳壽史傳、後學羅本貫中編次、明書林周曰校刊行」之《三國志傳通俗演義》。〔註14〕擇此版本，根據中川諭（1891－1973）所述：周曰校本（十二卷本《新刻校正古本大字音釋三國志通俗演義》）、吳觀明本（《李卓吾先生批評三國志》一百二十回）、余象斗本（福建建安二十卷本《三國志傳》），當與「嘉靖本」（二十四卷刻本《三國志通俗演義》）源自相同祖本，甚至更爲接近原作；〔註15〕本論文立意研究，改編文本與原設作品之殊異，遂採用此版刊本。

　　題目定義之三：本論文研究《三國演義》之當代改編文本，因此，「當代」所涉端點，務必先行定義。所謂當代，乃指吾人所處場域，即是本論文寫作之際的時空錨點；但是，肇因當下持續變動、世代不停重疊，上述定義將不利研究；是故，茲引英國歷史學家巴勒克拉夫（Geoffrey Barraclough，1908－1984）所論：當代史是隨著時代的變化而開始，這種變化使我們、或迫使我們認爲，我們已進入一個新時代，即全球史時代。〔註16〕因此，「當代」之定義，不僅著重於時間之定錨，更加強調空間界線之消弭，即是全球化時代，象徵人類脫離彼此隔閡的文化獨立，邁向相互影響、迭生連動的後現代領域；亦如張廣勇（？－）、張宇宏（？－）所述，當代史之主要框架，乃是「人們看待整個世界的態

〔註13〕　沈伯俊，〈《三國演義》版本研究的新進展〉，頁59。

〔註14〕　古本小説集成委員會編，《古本小説集成・三國志通俗演義（萬卷樓本）》（上海：上海古籍）。

〔註15〕　中川諭比較嘉靖本、周曰校本、夏振宇本之「張昭入見孫權曰」此段情節。嘉靖本內容：「張昭入見孫權曰：『諸葛子瑜知蜀兵勢大，故推作使而去，必降玄德矣。』權曰：「不然。孤與子瑜，有生死不易之盟。子瑜不負於孤，孤不負於子瑜也。」周曰校本無見「故推作使而去，必降玄德矣。權曰：不然。孤與子瑜」此段文字，前後文句則相同，造使文義扣合突兀，遂知爲文字脱漏。夏振宇本，同樣缺少上段文字，但改寫爲「故假以講和爲詞，欲背吳入蜀，此去必不回矣。權曰：孤與子瑜」，以便扣合後文情節。由此推論，夏振宇本應是承襲文句已有脱落的周曰校本，而周曰校本則與嘉靖本爲橫系關聯。（〔日〕中川諭，《「三國志演義」版本的研究》（東京：汲古書院，1998），頁74-75。）

〔註16〕　〔英〕Geoffrey Barraclough 著，張廣勇、張宇宏譯，《當代史導論》（上海：上海社會科學院，2011），頁37。

度以及人們表達事物的方式的轉變，則塑造了一種全球文明。」〔註17〕因此，所謂當代，同時肇基於時代意識之殊異，遂使改編作品迥於前朝，甚連閱聽者觀點都將有所差別。是故，本論文所謂「當代」，一爲時間之定義，即是新式改編蓬勃發表、國際之間互通交流的現今（截至 2014）；二爲媒介之呈現，筆者觀察之三國改編，乃以新興媒介——電影、電視劇、動漫、電玩、同人誌——做爲作品載體，使其便利流傳，更加顯現相互影響的後現代觀點。

　　題目定義之四：本論文研究《三國演義》改編文本之狀，「文本」同爲研究範圍須先定義之處。「文本」（text），通常意指書面語言的表現形式，即是經由書寫而固定的話語；因此，文本可以是具有指稱含義的一個句子、一個段落、一篇文章，甚至是一個自成結構的整體作品。1966 年，羅蘭・巴特（Roland Barthes，1915－1980）發表「敘事承載物」之論：

> 對人類來說，似乎任何材料都適宜於敘事。敘事承載物可以是口頭或書面的有聲語言、是固定的或活動的畫面、是手勢，以及所有這些材料的有機混合；敘事遍佈於神話、傳說、寓言、民間故事、小說、史詩、歷史、悲劇、正劇、喜劇、啞劇、繪畫、彩繪玻璃窗、電影、連環畫、社會雜聞、會話。而且，以這些幾乎無限的形式出現的敘事遍存於一切時代、一切地方、一切社會。〔註18〕

上文之敘事類型，均可視爲承載話語的「文本」；是故，除了眾所熟悉的文字書寫，圖象、戲劇、音樂、藝術成品……種種媒介之演繹創作，同可視爲「文本」。如此一來，幾乎涵括各式類型，包括文學篇章、圖畫創作、影視戲劇，以及近代盛行的動漫作品、電玩遊戲、同人誌創作；因此，本論文探究之「文本」，即以戲劇、動漫、電玩、同人誌四大類型爲主。即使奠基相同底本，各式改編採用不同媒介，勢必各有呈現框架，及其應運而生的特殊形貌、專屬形式，同是本論文觀察要點。肇因領域廣泛，三國題材又爲熱門主題，改編作品洋洋灑灑，筆者撰寫本論文之際，改編新品又如雨後春筍、持續發表，實有蒐羅未及之慨；因此，筆者尚將研究「文本」之發表時間，限縮於 2014年爲止，並且著重熱門作品之介紹、分析、對照與探究，俾使論文內容更顯聚焦，並得彰顯知名作品之代表意涵。茲以下列行文與表格，依序簡介本論文概括之三國題材改編文本：

〔註17〕〔英〕Geoffrey Barraclough 著，張廣勇、張宇宏譯，《當代史導論》，頁38。
〔註18〕轉引自張寅德主編，《敘述學研究》（北京：中國社會科學院，1989），頁2。

（一）影視戲劇

《三國演義》影劇改編，實可溯及 1958 年，香港發行之邵氏電影《貂蟬》，為當世盛行的黃梅調類型；時至 21 世紀，電影環境更迭，主流思潮丕變，三國改編仍為常見主題，可見其蓬勃發展、始終不歇。下列表格，臚列 20 世紀末至 2014 年的三國故事改編影視，並以華語作品為主。〔註 19〕

表格 1　《三國演義》當代改編文本之電影列表

類　型	名　稱	導演／作者	發行商	出版年代
電影	《貂蟬》	李翰雄	香港：邵氏兄弟	1958
電影	《武聖關公》	廖祥雄	臺北：龍裕	1969
電影	《戰神》	陳洪民	臺北：星華影業	1976
電影	《華佗與曹操》	黃祖模	上海：上海電影	1983
電影	《諸葛孔明》	柯俊雄、午馬	臺北：駿縉	1996
電影	《超時空要愛》	黎大煒	香港：金公主	1998
電影	《一代梟雄——曹操》	午馬、柯俊雄	臺北：駿縉	1999
電影	《赤壁之戰》	楊藝	臺北：漢華	2005
電影	《三國之見龍卸甲》	李仁港	北京：保利博納	2008
電影	《赤壁》	王宇森	北京：電影集團	2008
電影	《赤壁：決戰天下》	王宇森	北京：電影集團	2009
電影	《越光寶盒》	劉鎮偉	香港：美亞娛樂	2010
電影	《關雲長》	麥兆輝	北京：星匯天姬	2011
電影	《諸葛亮與黃月英》	李國立	北京：韓露影視	2011
電影	《銅雀臺》	趙林山	北京：光線影業	2012

◎製表人：黃脩紋

〔註 19〕筆者搜羅資料之際，經由邱嶺、吳芳齡《三國演義在日本》一書，知曉日本曾有三國改編之人形劇、廣播劇；肇因年代久遠，以及地理差異、語言隔閡，查閱資料實屬困難。是故，僅能援引專書介紹之出版資訊，但對戲劇細節未可得知，為免測臆訛誤，遂不列入討論範圍。

表格 2 　《三國演義》當代改編文本之電視劇列表

類　型	名　稱	導演／作者	發行商	出版年代
電影	《貂蟬》	李翰雄	香港：邵氏兄弟	1958
電影	《武聖關公》	廖祥雄	臺北：龍裕	1969
電視劇	《三國春秋》	鄒世孝	香港：麗的電視	1976
電視劇	《諸葛亮》	孫光明	武漢：湖北電視	1985
電視劇	《諸葛亮》	劉家豪	香港：亞洲電視	1985
電視劇	《貂蟬》	不明	香港：亞洲電視	1987
電視劇	《貂蟬》	郭建宏	臺北：中國電視	1988
電視劇	《三國演義》	王扶林	北京：中央電視	1994
電視劇	《三國英雄傳之關公》	王重光	臺北：中華電視	1996
電視劇	《呂布與貂蟬》〔註20〕	陳凱歌	太原：太原電視	2001
電視劇	《臥龍小諸葛》	薛文華	不明	2001
電視劇	《呂布與貂蟬》	陳家林	香港：無線電視	2002
電視劇	《洛神》	梅小青	香港：無線電視	2002
電視劇	《少年關雲長》	麥兆輝	不明	2002
電視劇	《武聖關公》	鄭克洪	廣東：廣東衛視	2004
電視劇	《終極三國》	柯欽政、陳東漢 吳建新、張映綸	臺北：大力	2009
電視劇	《三國》	高希希	南京：江蘇衛視	2010
電視劇	《回到三國》	關樹明、陳耀全 歐耀傑、黃志華	香港：香港電視	2012
電視劇	《英雄曹操》	胡玫	北京：電廣傳媒	2012
電視劇	《曹操與蔡文姬》	韓鋼	西安：泰倫影視	2012

◎製表人：黃脩紋

〔註20〕本片上映之後，因為內容暴力，且偏離歷史，遂被中國廣電局勒令停播；製作商將三國元素全部剔除，並將貂蟬改稱「蝶舞」，呂布改稱「天涯」，更換片名之後，方能重新上映。「呂布與貂蟬　太暴力遭停播」：http://ent.163.com/edit/020911/020911_133631.html（2015.05.20）。

（二）漫畫動畫

奠基《三國演義》之動畫、漫畫，作品繁多，尤以日本市場最顯興盛，並且橫跨少年、少女、成人……諸多類型，故事內容闡發新意，藝術效果引領潮流，更是年輕讀者接觸三國故事之普遍源頭。日本之外，臺灣同有此類創作，漫畫界巨擘陳定國（1923－1999），曾創作短篇漫作《貂蟬》、《諸葛孔明》，可惜年代久遠，市面已無作品流通，目前僅於新竹縣「新埔宗祠文化館」，展覽作品封面。另外，筆者蒐羅文本之際，曾請周遭「三國迷」推薦作品，其中兩人異口同聲，念念不忘於《蜀漢藏龍傳》；此部漫作，曾經連載於漫畫周刊，隨著時光流逝、雜誌停刊，漫畫作品也無復存見，實為可惜；筆者幾番尋找，才發現書名應是《蜀雲藏龍記》。三國改編文本，如同其他作品，必將面對市場淘選、文獻湮滅、流轉殘缺之窘境；更有甚者，圖文作品出版之後，即被國家圖書館收編彙整，一般圖書館也見存本，動漫作品卻非如此，倘無即時收購、蒐羅藏書、甚或仰賴網路流通之讀者分享，一但作品絕版，不僅情節內容無跡可尋，甚連書名都就此散落。因此，筆者便將目前蒐羅之各家作品，極力羅列於其下，即使個人論述未能盡善，來日有志者尚可按圖索驥，憑藉文本以再闡新論。

此外，尚有三點先行說明：一是，漫畫作品多為日本產製，再經正式授權、翻譯刊印，方於臺灣正式出版，是故同部作品之中，日版本，必存有時間差異；出版年代的先後順序，尚會影響作品之間的承襲仿造，須先釐清，方知脈絡。然而，為求閱覽方便，本論文大多採取臺灣版本。因此，若列出兩種出版年代：前者日本，後者臺灣；倘只標示單一年代，即為中文作品；若是外語作品又無中文授權版，年代後部則標示「無」。〔註21〕二是，下表所列動畫作品，常為熱門漫畫之同質改編，部分劇情雖有差異，主軸仍然承襲漫畫原作；是故，若是漫畫改編之動畫續作，譬如《三國志》（橫山光輝版）、《蒼天航路》、《一騎當千》……凡此種種，為免重複，遂不列入動畫文本之探討，概以漫畫內容研究。三是，部分改編動漫乃是簡明版兒童讀物，通常遵照三國原設，幾無變異狀態，也無法反映當代意識，遂不列入探討文本。

〔註21〕部分作品，目前僅於日本發行，資料來源參照「三国志ニュース」：
http://cte.main.jp/newsch/index.php?topic=14（2015.05.02）。

表格3　《三國演義》當代改編文本之漫畫列表

類　型	名　　稱	導演／作者	發行商	出版年代
漫畫	《三國志》	橫山光輝	臺北：東立	1971／1995
漫畫	《聊齋三國傳》	作：池田一夫 畫：平野仁	臺北：東立	1975／1999
漫畫	《天地吞食》	本宮ひろ志	臺北：東立	1983／1999
漫畫	《不是人》	陳某	臺北：東立	1990
漫畫	《三國英雄傳》	李志清	香港：創文社	1991
漫畫	《SWEET 三國志》	片山まさゆき	東京：講談社	1992／無
漫畫	《龍狼傳》	山原義人	臺北：東立	1993／1999
漫畫	《蜀雲藏龍記》	林明鋒	臺北：東立	1994
漫畫	《蒼天航路》	作：李學仁 畫：王欣太	臺北：尖端	1994／1997
漫畫	《中国大人物伝：諸葛孔明》	石ノ森章太郎	東京：世界文化社	1996／無
漫畫	《諸葛孔明》	作：寺島優 畫：李志清	臺北：東立	1996／1998
漫畫	《三國志》	作：寺島優 畫：李志清	臺北：東立	1997／2004
漫畫	《三國群俠傳》	作：川辺優 畫：山口正人	臺北：大然	1998／2002
漫畫	《江東之曉》	滝口琳々	臺北：長鴻	1999／2001
漫畫	《三國志艷義》	清水清	東京：ヒット	1999／無
漫畫	《一騎當千》	塩崎雄二	臺北：尖端	2000／2001
漫畫	《諸葛孔明時之地平線》	諏訪綠	臺北：青文	2000／2003
漫畫	《諸葛孔明》	作：竹川弘太郎 畫：久松文雄	東京：講談社	2000／無
漫畫	《火鳳燎原》	陳某	臺北：東立	2001
漫畫	《錦城秋色草堂春》	Viva	臺北：華聯書報	2002
漫畫	《怪・力・亂・神　酷王》	志水アキ	臺北：東立	2002／2004
漫畫	《三國志百花繚亂》	nini	臺北：東立	2002／2005
漫畫	《霸王之劍》	塀內夏子	臺北：東立	2004／2005

漫畫	《超三國志霸－LORD》	作：武論尊 畫：池上遼一	臺北：東立	2004／2006
漫畫	《三國亂舞》	吉永裕之介	臺北：東立	2004／2009
漫畫	《三国志断簡・空明の哥》	桑原祐子	東京：ホーム社	2004／無
漫畫	《三國志》	守屋洋、富新藏	臺北：漢宇	2005／2005
漫畫	《新三國志》	山崎拓味	臺北：東立	2005／2005
漫畫	《關羽出陣！》	島崎讓	臺北：東立	2005／2006
漫畫	《曹操孟德正傳》	大西巷一	臺北：東立	2005／2006
漫畫	《三國志烈傳・破龍》	長池智子	臺北：長鴻	2005／2006
漫畫	《赤壁》	橫山光輝	臺北：東販	2005／2009
漫畫	《三國英雄傳》	權迎東	臺北：大典	2006
漫畫	《三國笑傳之曹操跌停板》	白井惠理子	臺北：東立	2006／2006
漫畫	《三國笑傳之孔明的逆襲》	白井惠理子	臺北：東立	2006／2006
漫畫	《三國笑傳之劉備硬起來》	白井惠理子	臺北：東立	2006／2006
漫畫	《三國笑傳之玄德大進擊》	白井惠理子	臺北：東立	2006／2006
漫畫	《三國道士傳－八卦之空》	青木朋	臺北：長鴻	2006／2006
漫畫	《武靈士三國志》	作：眞壁太陽 畫：壱河柳乃助	臺北：青文	2006／2008
漫畫	《雲漢遙かに－趙雲伝》	黃十浪	東京：メディア ファクトリー	2006／無
漫畫	《三国志断簡・地涯の舞》	桑原祐子	東京：ホーム社	2006／無
漫畫	《異鄉之草》	志水アキ	臺北：東立	2007／2007
漫畫	《BB 戰士三國傳・風雲豪傑篇》	作：矢立肇、富野由悠季 畫：鵯田洸一	臺北：角川	2007／2007
漫畫	《龍狼傳・中原繚亂篇》	山原義人	臺北：東立	2007／2007
漫畫	《江南行～戲說魯肅》	佐佐木泉	臺北：東立	2007／2007
漫畫	《BB 戰士三國傳・英雄激突篇》	作：矢立肇、富野由悠季 畫：矢野建太郎	臺北：角川	2007／2008
漫畫	《魔法無雙天使衝鋒突刺！呂布子》	鈴木次郎	臺北：青文	2007／2009
漫畫	《アレ国志》	末弘	東京：メディア ファクトリー	2007／無

漫畫	《哈啦三國》	吳毓琦	臺北：東立	2008
漫畫	《三國神兵》	葉明發	香港：玉皇朝	2008
漫畫	《武・霸三國》	永仁、蔡景福	香港：玉皇朝	2008
漫畫	《三國馬也通》	大澤良貴 荒木風羽	臺北：東立	2008／2009
漫畫	《三國笑傳之赤壁奧運》	白井惠理子	臺北：東立	2008／2009
漫畫	《三國笑傳之桃園大滿貫》	白井惠理子	臺北：東立	2008／2009
漫畫	《赤壁ストライプ》	中島三千恒	東京：メディアファクトリー	2008／無
漫畫	《BB 戰士三國傳・戰神決鬥篇》	作：矢立肇、富野由悠季 畫：津島直人	臺北：角川	2009／2010
漫畫	《RANJIN 三國志呂布異聞》	川村一正	東京：新潮社	2009／無
漫畫	《天子傳奇・三國驕皇》	黃玉郎	香港：玉皇朝	2010
漫畫	《三國志 F》	一智和智	臺北：東販	2010／2011
漫畫	《華佗風來傳》	秋乃茉莉	臺北：東立	2010／2012
漫畫	《三國貴公子》	中島三千恒	臺北：東立	2010／2012
漫畫	《關鍵鬼牌三國志》	青木朋	臺北：東立	2010／2012
漫畫	《武靈士三國志：赤壁》	作：眞壁太陽 畫：壱河柳乃助	臺北：青文	2010／2013
漫畫	《漢晉春秋司馬仲達傳三國志司馬仲先生》	末弘	臺北：東立	2010／2013
漫畫	《曹植系男子》	ねこクラゲ	東京：スクウェア・エニックス	2010／無
漫畫	《蒼穹三國志 劉備立志編》	千葉きよかず	東京：實業之日本社	2010／無
漫畫	《蒼穹三國志 劉備彷徨編》	千葉きよかず	東京：實業之日本社	2010／無
漫畫	《SD ガンダム三国伝・ブレイブバトルウォーリアーズ》	矢立肇、富野由悠季 たかのあつのり	臺北：角川	2010／無

漫畫	《SD ガンダム三国伝・Brave Battle Warriors 創世記》	矢立肇、富野由悠季 岩本ゆきお	臺北：角川	2010／無
漫畫	《食之軍師》	泉昌之	台南：長鴻	2011／2011
漫畫	《打貓》	長池智子	臺北：東立	2011／2013
漫畫	《三國志》	作：北方謙三 畫：河承男	臺北：東立	2011／2013
漫畫	《三極姬》	ごばん	臺北：東立	2011／2014
漫畫	《眞三國志－SOUL 覇》	作：武論尊 畫：池上遼一	臺北：東立	2011／2014
漫畫	《みんなの呉》	宮条カルナ	東京：スクウェア・エニックス	2011／無
漫畫	《孔明のヨメ。》	杜康潤	東京：芳文社	2011／無
漫畫	《侍靈演武》	白貓、左小權	北京：人民郵電	2012／無
漫畫	《三國遊戲》	田代琢也	臺北：東立	2012／2013
漫畫	《三國志魂》	荒川弘、杜康潤	臺北：尖端	2012／2013
漫畫	《三國戀戰記》	作：Daisy2 畫：あず眞矢	臺北：東立	2012／2014
漫畫	《王者的遊戲》	緒里たばさ	臺北：東立	2012／2014
漫畫	《笑傾三國》	夢三生、雯雯	北京：華文	2012／無
漫畫	《十三支演義~偃月三国伝》	紗与イチ	東京：講談社	2012／無
漫畫	《バイトのコーメイくん》	カレー沢薫	東京：講談社	2013／無
漫畫	《KILLIN－JI　新覇王傳・孫策》	作：義凡 畫：L・DART	東京：小學館	2013／無
漫畫	《軍師 x 彼女》	洋介犬	臺北：東立	2014／2015
漫畫	《三國無雙傳》	許景琛	香港：玉皇朝	不明
漫畫	《三國演義》	羅家裕	不明	不明
漫畫	《蜀の甘寧》	中島三千恒	不明	不明

◎製表人：黃脩紋

表格4　《三國演義》當代改編文本之動畫列表

類 型	名 稱	導演／作者	發行商	出版年代
動畫	《三国志・英雄たちの夜明け》	勝間田具治	東京：東映	1992
動畫	《三国志・長江燃ゆ！》	勝間田具治	東京：東映	1993
動畫	《三国志・遥かなる大地》	勝間田具治	東京：東映	1994
動畫	《Q版三國》	楊勇、傅燕	廣東：統一影視	2002
動畫	《鋼鐵三國志》	KYO	東京：NAS	2007
動畫	《三國演義》	大賀俊二 朱敏、沈壽林	北京：輝煌動畫	2010
動畫	《少年諸葛亮》	朱敏、沈壽林	北京：輝煌動畫	2011

◎製表人：黃脩紋

（三）電玩遊戲

　　三國題材之電玩遊戲，應屬當今改編之最大趨勢，線上遊戲更如雨後春筍，各家廠商競相開發新作，三國遊戲已成兵家必爭之地。何以如此？筆者認為有二肇因：一是，隨著網路成熟普及，以及智慧型手機的功能開發、配備提升，電玩遊戲更能簡易入手，市場規模也逐漸拓展，遂見各家廠商爭食其利。二是，線上遊戲之設計模式，容許廠商再三修改，即便已上架販售，仍可針對玩家反應，亦或製作商之利益考量，重新修改程式碼，甚至更動操作模式，猶如「且戰且走」的開發過程；此般手法，雖使遊戲設計更顯彈性、更能迎合玩家需求，卻也造使遊戲成品流於雛形、泛於疏落，既然創製門檻極低，自使謀利者趨之若鶩，造就三國題材遊戲，蓬勃發展至難以計數。

　　因此，筆者將遊戲文本分為三類：其一，為開發時間較長、成品幾近完整的「單機型」遊戲，〔註22〕極盡羅列目前成品，以探討其中現象；其二，為容許調整、更新、宛如半成品之「線上遊戲」，因數量太多，加之以中國廠商大肆發展卻又缺少查詢平台，遂只摘錄一二，並以本論文述及的遊戲作品

─────────

〔註22〕單機遊戲，意指藉由主機演算方可遊玩的遊戲作品，廠商設計之初，已於光碟片安裝作品之整體流程；不過，倘若遊戲內容設計有誤（BUG），亦或為求增添遊戲樂趣，尚有廠商會再發行外加光碟以增補內容，俗稱「資料片」。隨著主機配備提升，網路環境成熟，越來越多的單機遊戲，同會利用線上下載，藉此加強遊戲內容。但是，無論「資料片」亦或「線上下載」，所得資料，均須與本體光碟連結之後，方得呈顯，是故仍然視為單機遊戲。

為主，以供查考。其三，尚有一類「紙牌遊戲」，採取實體卡片對戰，本論文提及三款代表作品：《三國志大戰》、《三國殺》、《三國智》〔註23〕。

表格5 《三國演義》當代改編文本之遊戲（單機類型）列表〔註24〕

類 型	名 稱	導演／作者	發行商	出版年代
單機型	《三國志》〔註25〕	東京：光榮	東京：光榮	1985
單機型	《天地吞食》	大阪：卡普空	大阪：卡普空	1989
單機型	《三國演義》	臺北：智冠科技	臺北：智冠科技	1989
單機型	《クイズ三國志　知略の覇者》	大阪：卡普空	大阪：卡普空	1991
單機型	《三國志列傳亂世群英》	東京：SEGA	東京：SEGA	1991
單機型	《天地吞食II諸葛孔明傳》	大阪：卡普空	大阪：卡普空	1991
單機型	《天地吞食2赤壁之戰》	大阪：卡普空	大阪：卡普空	1992
單機型	《天地吞食　魔界三国志》	大阪：卡普空	大阪：卡普空	1992
單機型	《富甲天下》	新北：光譜資訊	新北：光譜資訊	1994
單機型	《天地を喰らう 三国志群雄伝》	大阪：卡普空	大阪：卡普空	1995
單機型	《三國志英傑傳》	東京：光榮	東京：光榮	1995
單機型	《三國志孔明傳》	東京：光榮	東京：光榮	1996
單機型	《三國無雙》	東京：光榮	東京：光榮	1997
單機型	《三國群英傳》〔註26〕	新北：宇峻奧汀	新北：宇峻奧汀	1998

〔註23〕 SEGA，《三國志大戰》（東京：SEGA，2005）。
游卡桌游，《三國殺》（北京：游卡桌游，2008）。
前景文化，《三國智》（成都：前景文化，2009）。

〔註24〕 單機遊戲分類之時，可分為「一般向」、「男性向」、「女性向」。男性向，意指以男性族群為主，遂有女體裸露、性愛畫面等等設計；女性向，即以女性為主力族群，通常為戀愛主題，或是男同性戀主題；一般向，即是適合普羅大眾，未刻意設定之性別取向。

〔註25〕 日本光榮發行之單機型遊戲《三國志》，時至2014年，共有十二代作品：1985年《三國志》、1986年《三國志II》、1992年《三國志III》、1994年《三國志IV》、1995年《三國志V》、1998年《三國志VI》、2000年《三國志VII》、2001年《三國志VIII》、2003年《三國志IX》、2004年《三國志X》、2006年《三國志11》、2012年《三國志12》。為求簡明，本論文一律以《三國志》總括各代作品。

單機型	《三國志曹操傳》	東京：光榮	東京：光榮	1999
單機型	《三國戰紀》	新北：鈊象電子	新北：鈊象電子	1999
單機型	《眞・三國無雙》〔註27〕	東京：光榮	東京：光榮	2000
單機型	《決戰II》	東京：光榮	東京：光榮	2001
單機型	《三國趙雲傳》	北京：第三波	北京：第三波	2001
單機型	《三國趙雲傳之縱橫天下》	北京：第三波	北京：第三波	2002
單機型	《呂布與貂蟬》	南京：新瑞獅	南京：新瑞獅	2002
單機型	《幻想三國誌》〔註28〕	新北：宇峻奧汀	新北：宇峻奧汀	2003
單機型	《世紀三國》	臺北：尼奧科技	臺北：尼奧科技	2004
單機型	《雀・三國無雙》	東京：光榮	東京：光榮	2006
單機型	《軒轅劍・漢之雲》〔註29〕	臺北：大宇資訊	臺北：大宇資訊	2007
單機型	《戀姬†無雙》〔註30〕	東京：BaseSon	東京：BaseSon	2007

〔註26〕 臺灣宇峻奧汀發行之單機型遊戲《三國群英傳》，時至 2014 年，共有七代作品：
1998 年《三國群英傳》、1999 年《三國群英傳 II》、2001 年《三國群英傳 III》、
2003 年《三國群英傳 IV》、2005 年《三國群英傳 V》、2006 年《三國群英傳
VI》、2007 年《三國群英傳 VII》。另外，尚有三款線上遊戲系列作品：2005 年
《三國群英傳 Online》、2009 年《三國群英傳 2 Online》、2012 年《三國群英傳
2.5 Online》。爲求簡明，本論文一律以《三國群英傳》總括各代作品。

〔註27〕 日本光榮發行之單機型遊戲《眞・三國無雙》，前作爲《三國無雙》，時至 2014
年，共有七代作品：2000 年《眞・三國無雙》、2001 年《眞・三國無雙 2》、
2003 年《眞・三國無雙 3》、2005 年《眞・三國無雙 4》、2007 年《眞・三國
無雙 5》、2011 年《眞・三國無雙 6》、2013 年《眞・三國無雙 7》。尚有移植
版、加強版、線上版，將近 40 款作品，爲求簡明，本論文一律以《眞・三國
無雙》總括各代作品。

〔註28〕 臺灣宇峻奧汀發行之單機型遊戲《幻想三國誌》，時至 2014 年，共有五代作
品：2003 年《幻想三國誌》、2006 年《幻想三國誌 2》、2007 年《幻想三國誌
3》、2007 年《幻想三國誌 4》、2008 年《幻想三國誌 4・外傳》。爲求簡明，
本論文一律以《幻想三國誌》總括各代作品。

〔註29〕 臺灣大宇資訊發行之電玩《軒轅劍》，共有 12 款單機作品、3 款線上遊戲。故
事背景橫跨中外古今，本論文僅列出涉及三國時代的 2007 年《軒轅劍・漢之
雲》、2010 年《軒轅劍・雲之遙》。

〔註30〕 日本 BaseSon 發行之單機型遊戲《戀姬†無雙》，時至 2014 年，共有四款系列
作：2007 年《恋姫†無双～ドキッ☆乙女だらけの三国志演義～》、2008 年《恋
姫†無双～ドキッ☆乙女だらけの三国志演義～》、2010 年《眞・恋姫†無双～
萌将伝～》、2015 年《眞・恋姫†英雄譚～乙女繚乱☆三国志演義～第 1 弾「蜀

單機型	《三國志大戰 DS》	東京：SEGA	東京：SEGA	2007
單機型	《三國志大戰・天》	東京：SEGA	東京：SEGA	2007
單機型	《無雙 OROCHI 蛇魔》	東京：光榮	東京：光榮	2009
單機型	《眞・三國無雙 MULTI RAID》〔註31〕	東京：光榮	東京：光榮	2009
單機型	《軒轅劍・雲之遙》	臺北：大宇資訊	臺北：大宇資訊	2010
單機型	《三極姬～乱世、天下三分の計》	東京：ユニコーン・エー	東京：ユニコーン・エー	2010
單機型	《三国恋戦記～オトメの兵法》	東京：Daisy2	東京：Daisy2	2010
單機型	《十三支演義～偃月三国伝～》	東京：IDEA FACTORY	東京：IDEA FACTORY	2012

◎製表人：黃脩紋

表格6　《三國演義》當代改編文本之遊戲（線上遊戲）列表

類型	名稱	導演／作者	發行商	出版年代
線上遊戲	《三國演義 Online》	臺北：智冠科技	臺北：智冠科技	2002
線上遊戲	《三國策 Online》	新北：皓宇科技	新北：皓宇科技	2002
線上遊戲	《傲世三國赤壁之戰》	北京：目標軟件	上海：Eidos	2002
線上遊戲	《眞・三國無雙 Online》	東京：光榮	東京：光榮	2007
線上遊戲	《三國無雙 Online》	東京：光榮	東京：光榮	2007
線上遊戲	《熱血三國》	杭州：中國樂堂	臺北：華義國際	2008
線上遊戲	《三國征戰 OL》	北京：風雲	北京：風雲	2008
線上遊戲	《赤壁 Online》	北京：完美時空	北京：完美時空	2008
線上遊戲	《三國志 Online》	東京：光榮	東京：光榮	2009
線上遊戲	《三國智》	成都：前景文化	成都：前景文化	2009
線上遊戲	《夢三國》	杭州：電魂	杭州：電魂	2009

編」。爲求簡明，本論文一律以《戀姬†無雙》總括各代作品。

〔註31〕《眞・三國無雙 MULTI RAID》，爲《眞・三國無雙》外傳作品，包括 2009 年《眞・三國無雙 MULTI RAID》、2010 年《眞・三國無雙 MULTI RAID 2》，跳脫三國，改以秦始皇爲主要敵人，同時增添項羽、虞美人、西王母、穆王……等等武將；因本文論及特點，故仍列入。

線上遊戲	《群英賦》	北京：光濤互動	北京：聯眾世界	2009
線上遊戲	《猛將傳 OL》	北京：貝海網絡	北京：貝海網絡	2009
線上遊戲	《転生絵巻伝三国ヒーローズ》	東京：ベクター	東京：ベクター	2009
線上遊戲	《火鳳三國 Online》	臺北：宇峻奧汀	臺北：宇峻奧汀	2010
線上遊戲	《三國擊霸魂》	臺北：大宇資訊	臺北：大宇資訊	2011
線上遊戲	《神將三國》	廣州：忍者貓	廈門：4399 遊戲	2012
線上遊戲	《三國遊俠》	深圳：中青寶	深圳：中青寶	2012
線上遊戲	《三國風雲》	北京：崑崙在線	北京：崑崙在線	2012
線上遊戲	《神馬三國》	上海：愷英網絡	上海：愷英網絡	2012
線上遊戲	《三國來了》	北京：樂迪通	北京：樂迪通	2012
線上遊戲	《御龍在天》	深圳：騰訊	深圳：騰訊	2012
線上遊戲	《將魂三國》	成都：九眾互動	四川：九眾互動	2012
線上遊戲	《軒轅群俠傳》	新北：樂昇科技	北京：天空遊戲	2012
線上遊戲	《百萬名將傳》	北京：崑崙在線	北京：崑崙在線	2012
線上遊戲	《魔姬》	廣州：百納遊戲	廣州：百納遊戲	2013
線上遊戲	《霸三國》	深圳：騰訊	深圳：騰訊	2013
線上遊戲	《亂武門》	杭州：神國科技	杭州：神國科技	2013
線上遊戲	《桃園 Q 傳》	上海：益玩網絡	上海：益玩網絡	2013
線上遊戲	《戰姬天下》	北京：HappyElement	北京：HappyElement	2013
線上遊戲	《一姬當千》	上海：久遊	上海：久遊	2013
線上遊戲	《狐狸三國》	北京：金山軟件	北京：金山軟件	2013
線上遊戲	《逆轉三國》	上海：OneClick	上海：OneClick	2013
線上遊戲	《美女三國》	上海：甲游	上海：甲游	2013
線上遊戲	《戰姬無雙》	福州：天正	新北：星采數位	2013
線上遊戲	《鬼武者魂》	大阪：卡普空	大阪：卡普空	2013
線上遊戲	《神將列傳》	廣州：愛遊網絡	臺北：奇米娛樂	2013
線上遊戲	《暗戰三國》	新北：Ucube	新北：Ucube	2013
線上遊戲	《妖姬三國》	北京：蜂巢遊戲	北京：蜂巢遊戲	2013
線上遊戲	《舞姬三國》	高雄：力量網路	東京：SNSPLUS	2013

線上遊戲	《全民闖天下》	深圳：騰訊	深圳：騰訊	2013
線上遊戲	《三國群英 HD》	上海：游民網絡	上海：游民網絡	2013
線上遊戲	《三國 INFINITY》	東京：Pokelabo	東京：Pokelabo	2013
線上遊戲	《龍舞三國 Online》	新北：華電行動	新北：華電行動	2013
線上遊戲	《桃園英雄傳 Online》	香港：越進	香港：越進	2013
線上遊戲	《Z／X　ゼクス》	歧阜：日本一ソフトウェア	歧阜：日本一ソフトウェア	2013
線上遊戲	《大皇帝》	上海：游族網絡	臺北：艾肯娛樂	2014
線上遊戲	《夢貂蟬》	深圳：墨麟集團	臺北：G 妹遊戲	2014
線上遊戲	《媚三國》	北京：新銳	新北：樂檬	2014
線上遊戲	《主公莫慌》	杭州：網易	杭州：網易	2014
線上遊戲	《爐石三國》	南京：爐石遊戲	南京：爐石遊戲	2014
線上遊戲	《五虎 Q 將》	臺北：天下網遊	臺北：龍成網路	2014
線上遊戲	《桃園結義》	蕪湖：蕪湖樂時	蕪湖：蕪湖樂時	2014
線上遊戲	《三國眞神》	新北：奧爾資訊	新北：奧爾資訊	2014
線上遊戲	《蒼天戰姬》	新北：飛魚數位	新北：飛魚數位	2014
線上遊戲	《Q 妹三國》	北京：新娛兄弟	北京：新娛兄弟	2014
線上遊戲	《怪物彈珠》	東京：Mixi	東京：Mixi	2014
線上遊戲	《三國艷義》	上海：慕和網絡	上海：慕和網絡	2014
線上遊戲	《赤壁亂舞》	東京：Square Enix	深圳：騰訊	2014
線上遊戲	《大三國・志》	蘇州：蝸牛數字	蘇州：蝸牛數字	2014
線上遊戲	《眞三國大戰》	臺北：奇米娛樂	臺北：奇米娛樂	2014
線上遊戲	《三國之亂舞》	上海：新浪	上海：新浪	2014
線上遊戲	《放開那三國》	北京：巴別時代	臺北：奇米娛樂	2014
線上遊戲	《曹操之野望》	臺北：奇米娛樂	臺北：奇米娛樂	2014
線上遊戲	《蒼之三國志》	東京：COLOPL	東京：COLOPL	2014
線上遊戲	《三國異聞錄》	香港：商獵豹科技	香港：商獵豹科技	2014
線上遊戲	《拼戰三國志》	東京：Cygames	東京：Cygames	2014
線上遊戲	《小小諸葛亮》	廣州：有間工作室	廣州：星輝天拓	2014
線上遊戲	《火鳳燎原大戰》	香港：智傲	香港：智傲	2014
線上遊戲	《三国志パズル大戰》	東京：Cygames	東京：Cygames	2014

◎製表人：黃脩紋

（四）同人誌

本論文探討《三國演義》文本改編之況，雖涉及同人誌類型，但未針對特定作品，原因有二：首先，肇因起源方式，同人誌非由商業展售，泰半採取同好交流之封閉傳播圈，以及今日盛行之實體販售會、亦或網路交易平台；因此，大部分同人作品，除卻品名與作者，其餘出版資訊實難考證，筆者遂也無法編列。其次，同人誌作品之創作空間、類型、風格，甚為廣大、極度自由，造生形貌懸殊的龐大文作，絕非常人所能蒐羅完畢，尚有秘密結社之交流作品，更是難以察覺、遑論研究討論；是故，本論文探究《三國演義》同人誌，並非採用作品分析，而是著重現象觀察，冀能更見效率，突顯同人誌改編狀況。

二、研究方法

本論文採取之研究方法，乃為：文本分析法、文獻分析法，後者再細分為比較法、歸納法、演繹法，依序分析如下：

（一）文本分析法

本論文以《三國志通俗演義》周日校本為研究對象，參照書中所記，尤以主旨觀點、結構脈絡、情節內容、人物事件，分析羅貫中之敘事意涵，以及《三國演義》全書精義。同時，參照三國題材改編文本，包括影視戲劇、動漫遊戲、同人誌作品，觀察其作品內容，探究其創作動機、喻涵意旨，並且羅列成品之概況、特點、源由始末，耙梳資料以呈顯異同，以便後續之歸納、比較、論析與評價，此為本論文第二章之陳述要點。

（二）文獻探討法

比較法：比較法（comparation），〔註32〕「用之於治學，係取二種以上之學術思想，二種以上之事物，比較推量，以求其共同點，並得彰顯各具特質，非僅以見優劣、長短、是非而已。」〔註33〕本論文蒐羅改編文本，且以熱門作品為主，就中觀察作品特點，特別針對史觀、主旨、結構、情節、人物之「同質」與「變異」，提煉其中特性，尋思其肇因，比較其概況，推量其成效，

〔註32〕比較法，亦有一說為「rechtsvergleichung」，為法學用語，乃是針對不同地區、社會、國家之法律比較研究，意即比較不同法體之法律異同，追溯其歷史根基，並觀測其發展趨勢；但與本論文析述要點無關，僅為名稱相同。

〔註33〕杜松柏，《國學治學方法》（臺北：五南圖書，1998），頁222-223。

觀察其影響，藉此比較《三國演義》與當代改編文本之同異狀況，及其價值成效與關鍵癥因，此為本論文頻繁使用之研究方法，尤以第三章、第四章為盛，前者比較作品之同，後者對照作品之異。

　　歸納法：歸納法（induction），亦稱歸納推理，「係由特殊事物，以推普遍事理，由各別之事例，以推知共同之通則。」〔註34〕因此，承接文本耙梳成果，以及比較推量之處，經由觀察所得之文本通況，歸納改編文本的基本特質，甚至橫跨領域之共同規律，並且由此推論，尚未觀察之同材文本，同能切合所得定律，藉此呈顯《三國演義》改編文本之慣用技巧。此外，歸納分為「完全」（complete）與「不完全」（incomplete），前者必須觀察所有文本方得定論，後者則是藉由少數事實，佐以齊一原理、充足理由，論証歸納特點之可信，本論文擇用後者，並於第三章、第四章，析論改編文本之同異特點的歸納統整。

　　演繹法：演繹法（deduction），亦稱演繹推理，「是以普通之原理，以推知特殊之事物或見解，由己知推未知也。」〔註35〕上述所言，意指演繹法有二特徵：可由普通原理推出特殊變況，或經由普遍概念，推出尚未呈顯的未知面向。本論文使用演繹法，探究改編文本之創作意圖、喻藉意涵；更進一步，以此推論尚未問世的後續文本，應仍具有相同特性，並且提出論點以佐證，討論此種現象之癥結原因；本論文第五章總結改編文本之優缺成效，採取如此作法。

（三）文學理論

　　本論文之研究文本，概括影劇、動漫、電玩、同人誌四大媒介，各有形式特點，各見發展趨勢；因此，針對各領域觀察、闡析之相關理論，同為本論文所憑藉的研究方法。首先，當代三國改編，除了援引史書、演義作為再創基底，同會佐照當代小說，譬如「吉川三國志」、「北方三國志」、「伴野三國志」、「陳舜臣三國志」，上述諸作均為大眾文學，作者改寫三國情事、甚至全然杜撰的小說家語，再度被日本動漫電玩所承襲改編；因此，筆者憑藉小說理論，如：愛德華‧佛斯特（Edward M. Forster，1879－1970）《小說面面觀》、〔註36〕大衛‧洛吉（David Lodge，1935－）《小說的五十堂課》……等書，〔註37〕對於主題、場景、事件、人物……之評析觀察，深入探究小說特

〔註34〕杜松柏，《國學治學方法》，頁 207-210。
〔註35〕杜松柏，《國學治學方法》，頁 211-213。
〔註36〕〔英〕E. M. Forster 著，蘇希亞譯，《小說面面觀》（臺北：商周，2009）。
〔註37〕〔英〕David Lodge 著，李維拉譯，《小說的五十堂課》（臺北：木馬，2006）。

性，作爲改編文本之對照評比。另外，文字書寫亦或圖象呈現，均屬敘事形式，遂可利用「敘事學」理論，譬如胡亞敏（1954－）《敘事學》以參照探察，〔註38〕同是本論文頻繁使用的研究方法。

其次，本論文欲觀察當代娛樂之改編戲劇，本爲文字書寫的《三國演義》，轉爲具實演出，必有改造與異變；然而，將三國故事改以戲劇演出，絕非始於今朝，元明之際的三國戲，早已發展蓬勃、架構儼然，同是三國改編之主流趨勢。因此，本論文援引戲劇發展理論、戲劇改編理論，譬如周傳家（1944－1981）、王安葵（1939－）、胡世均（？－）、吳瓊（？－）、奎生（？－）合編《戲曲編劇概論》、〔註39〕沈惠如（？－）《從原創到改編──戲曲編劇的多重對話》，〔註40〕以研究三國改編戲劇。雖然，上述專論多以雜劇、傳奇作爲觀察例證，中國劇曲也與當代戲劇有所殊異；但是，單就「改編立意」、「具體演出」此二特點，仍可憑藉古論以闡析今朝，同是本論文大加利用的研究方法。此外，針對現今影劇之剖析專述，更能切合當代改編，本論文援引電影闡析、影劇現象、大眾傳播理論……諸多專論，例如鍾大豐（？－）、潘若簡（？－）、莊宇新（？－）主編《電影理論：新的詮釋與話語》、〔註41〕劉紀蕙（1965－）《文學與電影：影像‧眞實‧文化批判》，〔註42〕作爲探究改編戲劇之參照。

再者，本論文研究面向，尚涉及動漫、電玩作品，均屬當今流行文化，更是充滿商機的新興媒介。ACG 爲近世產物，但因蓬勃發展、普遍流傳，對於全球文化影響甚鉅，專門研究日漸鼎盛；因此，ACG 文化之商機分析、特色理論、蘊藉意涵、象徵形式、讀者感知與傳播特色……前賢論述甚多，譬如蕭湘文（？－）《漫畫研究：傳播觀點的檢視》、〔註43〕李衣雲（？－）《漫畫的文化研究》，〔註44〕本論文參佐其述以更深入探究。尚有三國同人誌改編，肇因解構原作，迻行拼貼、翻轉、錯置、顛覆、去中心化，以成嶄新文

〔註38〕胡亞敏，《敘事學》（武漢：華中師範大學，2004）。

〔註39〕周傳家、王安葵、胡世均、吳瓊、奎生，《戲曲編劇概論》（杭州：杭州美術學院，1991）。

〔註40〕沈惠如，《從原創到改編──戲曲編劇的多重對話》（臺北：國家出版，2006）。

〔註41〕鍾大豐、潘若簡、莊宇新主編，《電影理論：新的詮釋與話語》（北京：中國電影，2002）。

〔註42〕劉紀蕙《文學與電影：影像‧眞實‧文化批判》（臺北：時報文化出版，2003）。

〔註43〕蕭湘文，《漫畫研究：傳播觀點的檢視》（臺北：五南圖書，2002）。

〔註44〕李衣雲，《漫畫的文化研究》（新北：稻鄉，2012）。

本，正為當代「迷文化」、「接受美學」、「小眾文化」、「後現代主義」、「讀者解放運動」之最好映證；當代思潮的深滲影響，佐以作品傳播之文化變異，更使改編作品同可結合「全球化」理論，就中觀察流變特點。上述文化理論，同樣頻繁運用於本篇論文，成為筆者探究改編奧義之研究手法。

最末，綜觀所有改編文本，雖是奠基《三國演義》，甚至根源史事，尚有作品自秉原汁原味，意欲呈現正史；但是，無論改編者如何遵奉史實，矢命維持演義情節，終將殊異於原設，絕不可能完整呈現千年前實境——肇因於歷史真相難有定論，也肇因於歷史事件容許多元解讀，誠如米歇爾・傅柯（Michel Foucault，1926－1984）倡言之「新歷史主義」，歷史充滿斷層，乃是經由論述架構，而非吾等認為的單純記寫，實是充滿記載者的時代觀點。因此，影響當代思潮的「大眾文化」、決定商業改編趨勢的「文化工業」，以及浸淫各國之「族群文化」，加上前文提述的「新歷史主義」，均會影響當代三國改編，遂見嶄新解讀，而成本論文摘引之研究概念。

第三節　文獻探討

本論文撰寫之初，筆者苦於兩項紛擾：一是，分析三國之書，探究三國之論，歷經數代發展，已成無涯汪洋；本論文探究當代改編，仍需回溯演義文本，以及蘊藉其中的文化意涵、主旨精神、章節情意；面對茫茫書海，勢必遴選限縮，方能更具效率、更見薈萃。其次，三國論述洋洋灑灑，針對當代娛樂之探究，反而相顯貧瘠；如何於有限資源獲得有利素材，同是筆者思量之處。下述，針對本論文參考專書，以及相關題目的碩博士論文，略作介紹。

一、專書

本論文立意研究《三國演義》改編文本，牽涉兩大面向：一是，三國故事之原始形貌，筆者依循《三國演義》作為參照基礎，部分論述則涉及《史記》、《三國志》、《後漢書》、《晉書》……種種史書，以及流傳民間的佚事野史、劇曲戲目，憑此顯現三國故事之概定形貌。二是，本論文探討三國題材當代改編，繁雜文本橫跨諸多領域，主題紛歧、特點懸殊，但均屬改編之作，是故，筆者同時參考改編形式之論述專書，知其結構特質，以及可供闡述的規律現象。此外，本論文所欲探討之當代改編，涵括影視戲劇、動漫電玩、

同人誌作品，雖是奠基經典作品的改編文本，卻非一味依循舊制，反以增添變動、竄改挪移，甚至全然顛覆爲通貌；相較於元明三國戲，當今改編更顯自由、更加罔顧原設樣貌，之所以逕自改編，除卻再創者之嶄新意圖，尚因改編作品的媒介特性，以及「後現代主義」之解構思潮、讀者解放，此類專書同爲本論文參考要件。

（一）三國相關叢書

　　《三國演義》，是眾所皆知的章回小說，是中華文化的瑰瑋寶典，更是解讀中國世界的象徵符號，此部文化經典，歷代傳頌未曾停歇，研究成果更見燦爛；因此，撰寫論文之前，應先認識三國原貌，閱讀章回小說及史傳記載，及其相關論文。首先，李則芬（1909－2004）《三國歷史論文集》，〔註45〕論述三國名人，包括曹操、劉備、諸葛亮、孫權、曹丕，全書追溯原貌，深入闡述三國戰略，並對陳壽創作《三國志》之功過損益，專章批評針砭。盧盛江（1951－）《閒話眞假三國》，〔註46〕擘析眞假虛實，包括情節原委、後世影響，處處均見考證，尤以探求人物眞貌；誠如當今改編，部分遵循《三國演義》，另有部分作品改以史傳作爲人物依歸。此外，此書對於赤壁大戰之始末源流，探析癥結、詳論虛實；赤壁之戰爲三國關鍵，更爲後世改編的熱門焦點。李純蛟（1950－）《三國志研究》，〔註47〕專章考證陳壽生平，分篇探討《三國志》之史學價值、書名意涵、取材經過，以及「帝統歸屬之爭」；陳壽的史觀論點，後世或襲或反，同爲改編作品之創設關鍵。

　　除卻正史考核，《三國演義》之探究鑑賞，更與本論文息息相關，包括主旨意涵、創作蘊藉，以及篇章佈局、情節設計、角色形塑，上述要素，均可作爲改編基底，亦或創新主軸。沈伯俊《羅貫中與三國演義》，〔註48〕廓清三國史實、耙梳演義情節，簡要介紹三國流傳之種種面向，包括戲曲、傳說、版本演變、當代影視、流傳影響，雖未深入講述，卻使脈絡明瞭，有助了解三國故事之發展概況。凌宇（1945－）《符號：生命的虛妄與輝煌：三國演義的文化意蘊》，〔註49〕主要研究《三國演義》符號意涵，譬如興亡之癥、正統歸屬，以及人物價值觀，如何切合中國社會的思維準則，作爲當權者統領天

〔註45〕李則芬，《三國歷史論文集》（臺北：黎明，1982）。

〔註46〕盧盛江，《閒話眞假三國》（天津：天津人民，1993）。

〔註47〕李純蛟，《三國志研究》（成都：巴蜀書社，2002）。

〔註48〕沈伯俊，《羅貫中與三國演義》（臺北：遠流，2001）。

〔註49〕凌宇，《三國演義的文化意蘊》（北京：新華書局，1997）。

下之理念灌輸。廖瓊媛（？－）《三國演義的美學世界》，〔註 50〕以審美角度審閱《三國演義》，包括結構圖示、敘事章法、情感意旨、修辭用典、語言特色，並以專章闡析人物塑造，及其鑑賞美學；今日改編文本，往往藉由角色設計，俾使作品更具特點，此書於人物賞析、角色形象之述，助益本論文甚多。關四平（1953－）《三國演義源流研究》，〔註 51〕分爲三大章節：成書研究、傳播研究、文本研究，前者探討《三國演義》之形成，次者著重於文化意蘊、人物美學、虛實藝術，後者則聚焦於《三國演義》文本改編，及其演變流傳，此書論述侷於戲曲、說唱與社會文化，雖與當代娛樂體裁懸殊，關鍵癥結卻常有雷同，乃是研究改編現象之有利參考。馮文樓（1950－）《四大奇書的文本文化學闡釋》，〔註 52〕首章論述《三國演義》之正統觀、政治觀、價值觀、馭才觀，著重文化意涵，並有專節評析曹操、諸葛亮，誠如《三國演義》當今改編文本，常見聚焦於此二人。

　　此外，關於主題、觀點、背景、情節、角色、對話……種種要素，筆者參閱小說理論專書，藉此分析《三國演義》小說特質，對照改編文本之承接與異動。大衛‧洛吉《小說的五十堂課》，介紹小說之技巧與手法，包括：懸疑、觀點、陌生化、角色介紹、時間移轉、文本互涉、巧合、動機、敘事結構、困境、結束……諸多特點。愛德華‧佛斯特《小說面面觀》，探悉小說七個層面：故事、人物、情節、幻想、預言、圖式、節奏，本論文「同質性」論點，憑藉上述二書之論。周英雄（1939－）《小說‧歷史‧心理‧人物》，〔註53〕探究小說與歷史之關聯，以及人物與心理之摹述；專節討論「文本之縫隙」、「文人創作空間」，實爲研究歷史題材的改編作品，可供參照之理論。胡亞敏《敘事學》，〔註 54〕將文本視爲結構緊密的有機體，逕行拆解以論析特點，聚焦於敘述之主體、視角、功能、時間，以及接受方之探討歸納，本論文探究創作意圖與讀者感知，乃參考其論以深入闡析。

（二）《三國演義》改編文本

　　論述《三國演義》當代改編，筆者認爲，應當涉及日本社會，對於三

〔註 50〕廖瓊媛，《三國演義的美學世界》（臺北：里仁書局，2000）。
〔註 51〕關四平，《三國演義源流研究》（哈爾濱：黑龍江教育，2001）。
〔註 52〕馮文樓，《四大奇書的文本文化學闡釋》（北京：中國社科院，2003）。
〔註 53〕周英雄，《小說‧歷史‧心理‧人物》（臺北：東大圖書，1989）。
〔註 54〕胡亞敏，《敘事學》（武漢：華中師範大學，2004）。

國故事之接受與詮釋。三國故事得以變化形式，轉換媒介以傳播不歇，日人的推廣與再創，實爲首要功臣；是故，筆者蒐羅諸多改編日作，更先追溯源頭，探察《三國演義》風行日本之流變脈絡。李樹果（1923－）《日本讀本小說與明清小說》，〔註55〕敘述明清章回小說於日本流傳之況，及其因應日本思維之改造、內化與影響。王向遠（1962－）《中國題材日本文學史》，〔註56〕聚焦於中日文化之交流與傳承，包括：渡海遠揚的中國題材，日本作品之中國元素，近代作家的中國紀行，以及奠基中國史事之創作小說；現今三國改編，除了依循《三國志》、《三國演義》，以及稗官野史，對日本創作者而言，東瀛文豪之三國奇說，所生影響更見深遠，筆者依循此書對於日本文學之介紹，連結當今改編特點，以茲對照論述。邱嶺（？－）、吳芳齡（？－）《三國演義在日本》，〔註57〕專門介紹《三國演義》於日本之狀，譬如流傳過程、鑑賞焦點、人物變形，以及後世作家之三國新創，並於內容、情節、特點略述簡介：此書同時概介日本民族之思想精神、文化紛歧、及其審美特性，以此解釋《三國演義》的東瀛新貌，展現中國世界難以構思的意旨新解。三國故事，不僅風靡於臨海島國，亦廣受西方世界推崇喜愛，蔚爲全球名作；郭興昌（？－）《三國演義研究在美國》，〔註58〕即是介紹此部經典於美國之流通狀況，同時述及文章改寫、表彰特點之殊異；此書搜羅西洋評論家對於《三國演義》之批評闡析，尤以結構方面特爲精闢，乃是本論文探討改編文本「同質性」，闡發論述之重要參照。

　　其次，「文本改編」爲本論文闡述要點，三國當代改編始終興盛，然就專門探討《三國演義》與當代文本之對照考核，仍未有專書問世。陳大爲（1969－）撰寫《亞洲閱讀：都市文學與文化》，便曾慨言研究未盛：

> 三國故事的當代詮釋與消費趨勢，在正統的三國學領域裡，是一項極爲罕見卻最具時代意義的研究。由於涉及的文本十分複雜，從蒐集到研讀資料，整整花了大半年時間……我試著尋找一套試用的大眾文化理論，但非常吃力，主要是因爲三國故事從正史演變成歷史小說，再轉型成西方現代社會罕見的歷史連續劇、歷史卡漫、歷史

〔註55〕李樹果，《日本讀本小說與明清小說》（天津：人民，1998）。
〔註56〕王向遠，《中國題材日本文學史》（上海：上海古籍，2007）。
〔註57〕邱嶺、吳芳齡，《三國演義在日本》（銀川：寧夏人民，2006）。
〔註58〕郭興昌，《三國演義研究在美國》（新北：花木蘭，2012）。

電玩和企管書籍，這個龐大的三國演化史與接受史，很難找到可供
參考的前例。〔註59〕

雖是如此，期刊評述倒不少見，譬如：李娜（？一）〈淺析《關雲長》對《三
國演義》的顛覆性演繹〉、〔註60〕沈伯俊〈名著改編的幾個問題——以新版
《三國》電視劇爲例〉、〔註61〕劉熹桁（1986－）〈趙雲形象演變的原因與意
義探究——從《三國志》、《三國演義》和《見龍卸甲》爲藍本〉、〔註62〕均
是闡述改編戲劇對於三國故事之保存與破壞，及其意義價值。此外，動漫電
玩之改編文本，相關研究極少，目前僅見陳大爲〈火鳳燎原的午後〉、〔註63〕
〈未竟之戰—三國故事的當代詮釋與消費趨勢〉，〔註64〕前者爲漫畫閱覽心
得，後者聚焦於三國題材之電玩、漫畫以及商戰守則，就中剖析作品特質、
改編新貌，及其因運而生的當代意義。陳大爲述及娛樂改編之特點，卻多半
聚焦於漫畫作品《火鳳燎原》。因此，本論文可於前人基礎，再論更多面向，
再礦更深研究。

　　三國故事改編，並非始於今朝，《搜神記》便曾記載三國奇事，譬如：左
慈神術、于吉請雨、熒惑星童子預言「三公歸於司馬」；唐宋流行「說話」，
元明則見三國戲盛行。因此，筆者參考劇曲理論，探究《三國演義》改編形
式，雖然體裁有異，倘就改編途徑而言，仍可察見共通論點。周貽白（1900
－1977）《中國戲劇發展史》，〔註65〕研究中國劇曲之形成、成熟，以及各式
聲腔、各類劇種之特點，其中論述戲劇底本之增添修改，即是改編文本的相
通概況。周傳家、王安葵、胡世均、吳瓊、奎生合編《戲曲編劇概論》，介紹

〔註59〕 陳大爲，〈導論〉，《亞洲閱讀：都市文學與文化》（臺北：萬卷樓，2004），
　　　　頁 4。
〔註60〕 李娜，〈淺析《關雲長》對《三國演義》的顛覆性演繹〉，《電影文學》（長春：
　　　　長影集團，2009），2009 年第 23 期，頁 49-50。
〔註61〕 沈伯俊，〈名著改編的幾個問題——以新版《三國》電視劇爲例〉，《文藝研究》
　　　　（北京：文化藝術，2010），2010 年 12 期，頁 20-27。
〔註62〕 劉熹桁，〈趙雲形象演變的原因與意義探究——從《三國志》、《三國演義》和
　　　　《見龍卸甲》爲藍本〉，《佳木斯教育學院學報》（佳木斯：佳木斯教育學院，
　　　　2012），2012 年第 1 期，頁 36-38。
〔註63〕 陳大爲，〈火鳳燎原的午後〉，《火鳳燎原的午後》（臺北：九歌，2007），頁
　　　　113-128。
〔註64〕 陳大爲，〈未竟之戰—三國故事的當代詮釋與消費趨勢〉，《亞洲閱讀：都市文
　　　　學與文化》，頁 197-252。
〔註65〕 周貽白，《中國戲劇發展史》（臺北：學藝，1980）。

劇曲特點，著重於腳本改編，俾使戲劇演出更爲流暢、更富新意。沈惠如《從原創到改編──戲曲編劇的多重對話》，論析中國戲曲改編，注重當代意識的增添安插、影響變動，以及觀賞者的著重偏好，認爲創作者應兩相考量。上述諸書，均爲助益本論文甚深。

　　此外，本論文涉及諸多當代改編，包含電影戲劇、動漫遊戲、同人文化。因此，相關專書，亦爲撰寫論文之參照。首先，影視方面，鍾大豐、潘若簡、莊宇新主編《電影理論：新的詮釋與話語》，剖析電影作品之藝術特質、技術發展、傳播文化，以及電影之中的敘事與時空，須於有限時間及聚焦主題，確實呈顯全作意涵。劉紀蕙《文學與電影：影像・眞實・文化批判》，著重文學與電影之關聯，以及文字符號的暗喻表達，如何轉換爲視覺媒介之畫面呈顯，雖然全書均以電影爲例，但筆者認爲，動畫、漫畫、電玩，亦可參考該書闡析。尚有沈伯俊《神遊三國》，〔註66〕中國改編三國題材之電視劇，多次聘請沈氏擔任顧問，故以此書爲戲劇流變之參考材料。

　　動漫方面，保羅・葛拉維（Paul Gravett，？－）《日本漫畫60年》，〔註67〕介紹諸多漫畫作品，包括少年、少女、成人、同人……種種類型，闡析代表作家特質，並對日本漫畫之流通、影響，提出觀察與預測。蕭湘文《漫畫研究：傳播觀點的檢視》，將漫畫視爲商品，對此新興媒介予以定義與省思，討論其定位、產製過程、內容形式、讀者分析、傳播效應、商機市場。李衣雲《漫畫的文化研究》，則是著重於漫畫作品之意涵蘊藉，探討漫畫起源、圖象符號、畫格喻意、讀者介入之二次創作、漫畫文法的表現系譜；作者對於同人誌之再創形式、慣用技巧、思維傾向，闡闊精要且深中肯綮。倘以寬鬆角度視之，《三國演義》即可視爲《三國志》同人作品，後世改編又可視爲《三國演義》之再創同人誌，本論文擇取此書論點，觀照改編文本之定律與突變。陳仲偉（？－）《日本動漫畫的全球化與迷的文化》，〔註68〕專論日本漫畫特點，解析「全球化」之文化影響與風格變異，「迷的文化」則以接受者角度觀察漫畫作品之普及、推廣、再創作風潮；當今三國改編之當代娛樂，尤以動漫電玩，於日本最顯興盛，此書論述日本市場的文化特性，俾使讀者更能瞭解改編文本之變異肇因。

〔註66〕沈伯俊，《神遊三國》（臺北：遠流出版，2006年）。
〔註67〕〔英〕Paul Gravett著，連幸惠譯，《日本漫畫60年》（臺北：遠足，2006）。
〔註68〕陳仲偉，《日本動漫畫的全球化與迷的文化》（臺北：唐山出版社，2004）。

電玩方面，陳怡安（？－）《線上遊戲的魅力：以重度玩家為例》，〔註69〕介紹網路遊戲之起源、分類、特色、功能，論述遊戲玩家沉浸電玩之原因。另外，尚有專章解析線上遊戲之虛實交融，及其關聯映照；此書偏向於遊戲娛樂效果，以及玩家反應的觀察探究。柯舜智（？－）《合成世界：線上遊戲文化傳播研究》，〔註70〕探討虛擬遊戲之形式、特質與要素，觀察其傳播媒介，以及玩家如何接收分析、定義此款遊戲於己之價值，此書兼合社會學觀點，闡析線上遊戲與文化傳播之助益與耗損。同人方面，傻呼嚕同盟《COSPLAY‧同人誌之祕密花園》，〔註71〕擘析風靡臺灣的角色扮演、同人創作之文化現象，並對同人活動之興起源由，如何承接日本原型，卻又兼雜本土風格之在地形貌，羅列諸多資料與訪談，精要介紹演變脈絡。傻呼嚕同盟《ACG 啓萌書——萌系完全攻略》，〔註72〕針對動漫文化之角色設定：日漸蓬勃的「萌要素」類型，予以講述、界定、歸納與分析，兼合諸多作品以舉例闡述，俾使讀者對於動漫遊戲之角色形貌，更能瞭解設計藏由；本論文即有專節探討，呈顯三國人物於改編文本之設計特徵。

（三）文化理論

前文曾述，改編作品對於原設文本之恣意顛覆、多元演繹，除卻市場考量的商業因素，尚因當代思潮影響：經典不復存在，定義逕由新解，所有元素均可拆解支離，重新組裝以成新貌；因此，筆者參閱「後現代主義」相關論述，以析當代改編之文化意涵。凱斯‧詹京斯（Keith Jenkins，1943－）《歷史的再思考》，〔註73〕奠基後現代主義，重新思考歷史定義，討論歷史事件之真實、偏見、證據、意識形態、實際操作，作者採取辨證手法，引領讀者對於既存歷史，重新省思與批判；《三國演義》即是依循史傳之歷史小說，此書觀點，有助筆者重新體悟歷史主題。約翰‧史都瑞（John Storey，1869－1966）《文化消費與日常生活》，〔註74〕探討文化消費之歷史研究，匯集各種理論觀

〔註69〕陳怡安，《線上遊戲的魅力：以重度玩家為例》（嘉義：南華大學社會學研究所，2003）。

〔註70〕柯舜智，《合成世界：線上遊戲文化傳播研究》（臺北：五南圖書，2009）。

〔註71〕傻呼嚕同盟，《COSPLAY‧同人誌之祕密花園》（臺北：大塊，2005）。

〔註72〕傻呼嚕同盟，《ACG 啓萌書——萌系完全攻略》（臺北：木馬，2007）。

〔註73〕〔英〕Keith Jenkins 著，賈士蘅譯，《歷史的再思考》（臺北：麥田，1996）。

〔註74〕〔蘇格蘭〕John Storey 著，張君玫譯，《文化消費與日常生活》（臺北：巨流圖書，2002）。

點，包括哲學之接受理論、人類學之消費文化、社會學之媒體觀察研究，以及倡導文化工業的「法蘭克福學派」（Frankfurt School），經由此書介紹，更能推論改編文本之發想端倪，及其因應市場的創造理念。王寧（1955－）《全球化與文化研究》，〔註75〕以後現代主義爲研究基底，針對東西文化交流、比較文學發展、經典文學研究及其後現代性，提出全球化理論建構，包括：經濟一體、歷史過程、經濟市場、批評概念、審美價值，均見深入剖析與論述。詹明信（Fredric Jameson，1934－）《後現代主義或晚期資本主義的文化邏輯》，〔註76〕同以後現代主義爲理論主軸，兼併後結構主義、後馬克思主義，列舉實例以擘析，包含：商品符號、建築語碼，以及本論文所欲探究之電影文本，深析變化並探求當代思維之意涵關聯。蔡源煌（1946－）《從浪漫主義到後現代主義：文學術語新詮》，〔註77〕引用文學作品，說明文學理論及其應用，例如：小說敘事觀點、虛構與敘事、詮釋手法等。本論文參酌上述諸書，做爲論述基點。

二、博碩士論文

筆者根據國家圖書館「臺灣博碩士論文系統」之登錄資料，蒐羅《三國演義》爲題的相關論文，時至 2014 年止，計有 61 篇學位論文。〔註78〕簡要分類，有下列類型：（一）「意涵探究」爲主題，譬如羅治鈞〈《三國演義》的道德內涵分析〉、〔註79〕黃光庭〈《三國演義》作者的價值意識－以謀士爲中心的考察〉。〔註80〕（二）「理論分析」爲主題，譬如賴慧玲〈儒家文藝觀中的象徵理論及其運用－以《三國演義》爲例〉、〔註81〕廖文麗〈古典小說虛實

〔註75〕王寧，《全球化與文化研究》（臺北：揚智文化，2003）。

〔註76〕〔美〕詹明信著，吳美眞譯，《後現代主義或晚期資本主義的文化邏輯》（臺北：時報文化，1998）。

〔註77〕蔡源煌，《從浪漫主義到後現代主義：文學術語新詮》（臺北：書林，2009）。

〔註78〕「臺灣碩博士論文知識加值系統」：
http://ndltd.ncl.edu.tw/cgi-bin/gs32/gsweb.cgi/ccd=aIDIBo/result#result
（2015.04.26）。以「三國演義」爲搜尋條件，共計 62 件相符結果；但是，2013 年胡俊鋒〈三「國」演義：來台陸生的多元「中國」身份〉，只是借用小說名稱，論文內容並無關聯，遂不列入計算。

〔註79〕羅治鈞，〈《三國演義》的道德內涵分析〉（臺東：臺東大學教研所碩士論文，2006）。

〔註80〕黃光庭，〈《三國演義》作者的價值意識－以謀士爲中心的考察〉（彰化：彰化師範大學國文所碩士論文，2008）。

〔註81〕賴慧玲，〈儒家文藝觀中的象徵理論及其運用－以《三國演義》爲例〉（臺中：東海大學中文所碩士論文，1990）。

論研究－以《三國演義》爲例）。〔註82〕（三）「語法觀察」爲主題，譬如金正起〈三國演義修辭藝術探究〉、〔註83〕葉淑宜〈從「語言風格學」賞析《三國演義》中所引詩詞－以有題目的作品爲範疇〉。〔註84〕（四）「情境分析」爲主題，譬如袁盛森〈三國演義戰爭描寫研究〉、〔註85〕王國宸〈《三國演義》中英雄人物的死亡書寫〉。〔註86〕（五）「人物形象」爲主題，譬如方志豪〈《三國演義》中的曹操形象及其演變〉、〔註87〕劉文菁〈《三國演義》五虎將人物形象研究〉。〔註88〕（六）「版本考核」爲主題，譬如陳思齊〈毛本《三國演義》的敘事研究〉、〔註89〕曾文男〈毛宗崗評改《三國演義》研究〉。〔註90〕（七）「影響傳播」爲主題，譬如金泰範〈韓國對《三國演義》吸收和轉化〉、〔註91〕郭興昌〈《三國演義》研究在美國〉。〔註92〕（八）「實際應用」爲主題，譬如李怡佩〈戲曲表演藝術於臺灣廟宇人物雕刻之運用——三國演義題材爲例〉、〔註93〕張鴻鈞〈《三國演義》應用於七年級學生品德教育之行動研究〉……〔註94〕上述種種，類型繁多，仍難概括所有主題；由此可見，《三國演義》雖爲章回舊作，諸多特色盡被蒐羅探析、挖掘殆盡，仍見有志者持續投身、另

〔註82〕廖文麗，〈古典小說虛實論研究－以《三國演義》爲例〉（臺北：臺灣師範大學中文所碩士論文，1994）。

〔註83〕金正起，〈三國演義修辭藝術探究〉（臺北：東吳大學中文所碩士論文，1991）。

〔註84〕葉淑宜，〈從「語言風格學」賞析《三國演義》中所引詩詞－以有題目的作品爲範疇〉（臺北：臺北市立師院應用語言文學所碩士論文，2002）。

〔註85〕袁盛森，〈三國演義戰爭描寫研究〉（高雄：高雄師範大學中文所碩士論文，1985）。

〔註86〕王國宸，〈《三國演義》中英雄人物的死亡書寫〉（臺中：中興大學中文所碩士論文，2009）。

〔註87〕方志豪，〈《三國演義》中的曹操形象及其演變〉（屏東：屏東教育大學中文碩士班論文，2006）。

〔註88〕劉文菁，〈《三國演義》五虎將人物形象研究〉（宜蘭：佛光大學文學所碩士論文，2009）。

〔註89〕陳思齊，〈毛本《三國演義》的敘事研究〉（臺中：東海大學中文所碩士論文，2006）。

〔註90〕曾文男，〈毛宗崗評改《三國演義》研究〉（嘉義：南華大學文學系碩士班碩士論文，2010）。

〔註91〕金泰範，〈韓國對《三國演義》吸收和轉化〉（臺中：東海大學中文所博士論文，1999）。

〔註92〕郭興昌，〈《三國演義》研究在美國〉（雲林：雲林科技大學漢學資料整理所碩士論文，2006）。

〔註93〕李怡佩，〈戲曲表演藝術於臺灣廟宇人物雕刻之運用——三國演義題材爲例〉（新北：臺灣藝術大學古蹟藝術修護學系碩士班碩士論文，2010）。

〔註94〕張鴻鈞，〈《三國演義》應用於七年級學生品德教育之行動研究〉（高雄：高雄師範大學國文教學碩士班碩士論文，2014）。

關主題，研究者更是橫跨多類系所，足見經典作品流傳之廣，以及未曾削減的普羅魅力。

　　尚有一類，以「文本比較」爲主題，即爲李艷梅〈《三國演義》與《紅樓夢》的性別文化初探－以男義女情爲核心的考察〉、〔註95〕許怡齡〈三國演義對玉樓夢的影響〉、〔註96〕劉淑華〈三國志平話與毛評本三國演義之情節比較〉、〔註97〕陳怡君〈臺灣兒童版《三國演義》研究〉、〔註98〕洪詠秋〈《三國演義》與《水滸傳》英雄觀之探析〉、〔註99〕林士倫〈《三國演義》與《封神演義》的取材比較〉。〔註100〕上述論文，多以《三國演義》與其他經典比較爲研究主題，僅有陳怡君之作，探究《三國演義》改編文本，但侷限於兒童版改寫作品，並未涉及影視戲劇、動漫電玩之其他文本。

　　再者，本篇論文欲以《三國演義》爲比較基底，探析改編文本之同質變異，肇因改編文本類型廣泛，屬於「跨界研究」，且因三國故事之流傳更迭、增補元素，以及增添他國思維的文化變異，研究範圍並不侷於《三國演義》論述內容；是故，筆者另以「三國」作爲關鍵字搜尋，時至 2014 年，蒐羅與本論文探究面向有所相關之學位論文，計有 26 篇，〔註101〕依照發表年代由舊至新，詳見下表：

〔註95〕李艷梅，〈《三國演義》與《紅樓夢》的性別文化初探－以男義女情爲核心的考察〉（新北：輔仁大學中文所博士論文，2002）。

〔註96〕許怡齡，〈三國演義對玉樓夢的影響〉（臺北：中國文化大學韓文所碩士論文，2004）。

〔註97〕劉淑華，〈三國志平話與毛評本三國演義之情節比較〉（臺北：臺灣師範大學國文在職進修碩士班碩士論文，2007）。

〔註98〕陳怡君，〈臺灣兒童版《三國演義》研究〉（臺北：臺北教育大學語文與創作碩士班碩士論文，2008）。

〔註99〕洪詠秋，〈《三國演義》與《水滸傳》英雄觀之探析〉（臺北：臺灣大學中文所碩士論文，2008）。

〔註100〕林士倫，〈《三國演義》與《封神演義》的取材比較〉（彰化：彰化師範大學國文學系碩士論文，2013）。

〔註101〕「臺灣博碩士論文知識加值系統」：
http://ndltd.ncl.edu.tw/cgi-bin/gs32/gsweb.cgi/ccd=eCQokM/result#result
（2015.04.26）。「三國」此題，牽涉範圍極廣，是故筆者以研究「三國故事」、「三國人物」爲察照標準，並且排除與本論文主題無關之作；譬如：論述三國時代之史地考察，針對三國人物之作品研究、研究三國時代之經史變革，以及《三國志》、《三國演義》之版本刊印、流通狀況、翻譯語法……上述種種，概與本論文主題並無關聯，遂不列入計算。

表格 7　臺灣歷年研究「三國」之學位論文列表

作　者	論文名稱	畢業學校	年
梁美意	三國故事戲曲之研究	臺灣師範大學／中國文學研究所碩士論文	1980
林逢源	三國故事劇研究	政治大學／中國文學研究所博士論文	1982
吳玉蓮	史傳所見之曹操、劉備、孫權之研究	政治大學／中國文學研究所碩士論文	1985
陳統禎	中國傳統四大小說之「指導者」研究	東吳大學／中國文學研究所碩士論文	1990
張清文	諸葛亮傳說研究	政治大學／中國文學研究所碩士論文	1995
吳正宏	三國故事對《水滸傳》的影響	中國文化大學／中國文學研究所碩士論文	2000
張谷良	諸葛亮戲曲造型之研究	臺灣大學／中國文學研究所碩士論文	2000
黃世孟	《三國志通俗演義》著述意識研究	花蓮教育大學／中國語文學系碩士班碩士論文	2003
曾淑玉	《三國志》英雄人物形象之研究	臺南大學／教育經營與管理研究所碩士論文	2004
李秀玲	《三國志》忠義人物研究	臺南大學／教管所國語文教學碩士班碩士論文	2004
杜信彰	日本光榮版「三國志 X」教育功能之研究	淡江大學／日本研究所碩士論文	2005
張谷良	諸葛亮民間造型之研究	東華大學／中國語文學系博士論文	2005
盧治平	元雜劇三國故事劇本研究－以版本爲中心	臺北大學／古典文獻學研究所碩士論文	2007
陳柏豪	歷史策略模擬遊戲對玩家歷史學習之影響－以三國志爲例	臺北教育大學／教育傳播與科技研究所碩士論文	2008
鍾謦宇	論曹操與陳宮京劇劇目中戲劇行動及性格統一率	中國文化大學／戲劇學系碩士論文	2011
王竣平	三國人物形象的新塑造：從文字文本到電玩文本的討論	國立暨南國際大學／歷史學系碩士論文	2011

蔡名峰	以新藝術風格表現《三國志》電腦遊戲人物角色之插畫創作	臺灣藝術大學／視覺傳達設計學系碩士班碩士論文	2011
童華仁	從歷史教訓到文化消費－在日本「三國志」文本中變遷的中國	中山大學／中國與亞太區域研究所碩士論文	2011
陳香璉	《三國志演義》中「五虎將」結構之探討	國立東華大學／中國語文學系碩士論文	2012
謝東翰	三國故事人物形象比較研究——從中國到日本，從古典到科幻	逢甲大學／中國文學所碩士論文	2012
王潤農	唐代詩歌中的三國形象	東吳大學／中國文學系碩士論文	2012
莊志文	電視劇《三國》的人物分析	玄奘大學／中國語文學系碩士班碩士論文	2012
吳若華	關雲長神格化之研究	玄奘大學／中國語文學系碩士在職專班碩士論文	2012
張君仰	歷史題材於遊戲設計中運用情形分析：以「三國」為例	亞洲大學／數位媒體設計學系研究所碩士論文	2012
楊妮潔	吉川英治『三國志』及其底本的比較研究—以人物形像為中心—	臺灣大學／日本與文學研究所碩士論文	2013
蔡鶴暉	三國人物影視形象分析	元智大學／中國語文學系碩士論文	2014

◎製表人：黃脩紋

　　端視上表，可見「三國」研究，〔註102〕時至近年更顯蓬勃；部分論文立意於文本比較，亦或觀察改編文本之特點形式、流變發展，作為全篇論述主軸。其中10篇論文主題，鎖定當代娛樂再創，與本論文研究領域有所重疊，說明如下：

　　一、改編文本與史實事件之差異：杜信彰〈日本光榮版「三國志 Ｘ」教育功能之研究〉，針對日本電玩《三國志 Ｘ》，比較遊戲內容與正史《三國志》之記載同異，發現符合度高達七成，認為適當運用歷史題材之電玩遊戲，實可寓教於樂、有效提昇青少年之歷史理解；陳柏豪〈歷史策略模擬遊戲對玩家歷史學習之影響－以三國志為例〉，同以電玩《三國志》為例，研究歷史策略模擬遊戲，對於玩家歷史學習之影響，並以問卷調查、團體訪談，以成量

〔註102〕此處所言「三國」，並非侷於《三國志》史書、《三國演義》故事內容，而是範圍更大的「三國時代」，即是中國歷史上真實存在的時空過程，及其衍伸而生的三國文化。

化數據。上述兩篇論文，差別在於，陳柏豪採取光榮發行之《三國志》全系列電玩，杜信彰則是鎖定該款系列之第十代作品，並均以正史記載作爲改編文本之對照。

　　二、電玩作品之人物形象觀察：王竣平〈三國人物形象的新塑造：從文字文本到電玩文本的討論〉，探究三國文本與改編電玩，尤以人物形塑爲觀察重點，但是全文僅只鎖定《三國志》、《眞·三國無雙》、《三國志曹操傳》、《天地吞食》四款電玩，並且偏於資料介紹，較少涉及主軸論述、意涵剖析。蔡名峰〈以新藝術風格表現《三國志》電腦遊戲人物角色之插畫創作〉，同是聚焦電玩遊戲《三國志》，並以角色設計爲主軸，意圖結合東、西藝術文化，探討當代電玩如何呈顯三國人物之形貌特質，偏向於視覺感知之藝術領域。

　　三、影視戲劇與三國原設之差異：莊志文〈電視劇《三國》的人物分析〉，鎖定電視劇《三國》爲研究主軸，藉由劇情推演及改造，探究編劇形塑角色之手法、意圖，以及改編文本對照原作之優缺損益；全文概以角色爲觀察主體，並無涉及主旨、結構、史觀之探討，且以個別人物爲論述脈絡，遂也缺少概括整體的特點歸納。蔡鶴暉〈三國人物影視形象分析〉，則以三國題材之影視改編爲觀察重點，著重人物形貌之刻劃、改造、豐富化，加諸以當代意識與審美特點，以及戲劇文本對於原設作品之意義價值。上述二作，常將改編文本對照於《三國演義》之情節內容，且均鎖定於戲劇文本之角色形塑，及其意涵分析。

　　四、文化觀點之呈顯比較：童華仁〈從歷史教訓到文化消費－在日本「三國志」文本中變遷的中國〉，探討日本經由《三國志》、《三國演義》所察見之中國形象，對於日本文化之影響，進而衍生之大眾消費商品，並以「吉川三國志」、「橫山三國志」爲觀察主體。楊妮潔〈吉川英治『三國志』及其底本的比較研究－以人物形像爲中心－〉，即以吉川英治《三國志》之人物形象，作爲全篇研究主軸，雖有涉及文本比較，卻是以「吉川三國志」與「湖南文山三國志」，作爲尋根溯源的參照基準。

　　五、三國題材改編文本之介紹論析：謝東翰〈三國故事人物形象比較研究——從中國到日本，從古典到科幻〉，著重於介紹改編文本，及其角色形象之造型設計、性格特質，就中分析構想原型、轉變原因，特別針對《繪本通俗三國志》、橫山光輝《三國志》、《SD 鋼彈三國志》三作。張君仰〈歷史題材於遊戲設計中運用情形分析：以「三國」爲例〉，介紹三國題材遊戲化過程，

使用媒介與內容更迭，但將觀察重點鎖定於遊戲形貌，而未涉及改編文本之對照探討。上述二作，均是著重於作品介紹，雖有提及三國故事原始設定，卻僅作為人物形塑的參照基準，並未深析其中癥結。

　　縱合上述，可見三項端倪：一是，探討三國題材當代改編的學位論文，始於 2005 年杜信彰〈日本光榮版「三國志 X」教育功能之研究〉，卻是孤懸一本、未有續作。然而，2011 年接連出現九本研究三國改編文本的論文，〔註 103〕推究其因，應與三國題材改編戲劇，帶動風潮有所關連：2008 年接連上映《三國之見龍卸甲》、〔註 104〕《赤壁》、〔註 105〕《赤壁：決戰天下》，〔註 106〕2010 年中國播映《三國》大劇，〔註 107〕2011 年則有另部電影《關雲長》問世，〔註 108〕上述作品雖是褒貶相參，卻也促使大眾重新回味經典文本，遂使研究者察見文化趨勢及變異特點，轉而回溯動漫遊戲之觀察比較。二是，上述論文，多半偏向於人物形象之觀察、對照、象徵喻意，而於三國文本之主旨、史觀、結構、情節……等等，尚未深入探究。三是，上述論文之觀察重點，在於比照《三國演義》、三國故事之「變異性」，卻未論述改編文本對照原作之「同質性」；然而，三國題材改編文本，即便顛覆荒誕，仍始終存有延續原作的關鍵特點，此乃前輩研究者尚未深究，也是本論文可再經營之處。

〔註 103〕陳柏豪，〈歷史策略模擬遊戲對玩家歷史學習之影響—以三國志為例〉，2008。
王竣平，〈三國人物形象的新塑造：從文字文本到電玩文本的討論〉，2011。
蔡名峰，〈以新藝術風格表現《三國志》電腦遊戲人物角色之插畫創作〉，2011。
童華仁，〈從歷史教訓到文化消費—在日本「三國志」文本中變遷的中國〉，2011。
謝東翰，〈三國故事人物形象比較研究——從中國到日本，從古典到科幻〉，2012。
莊志文，〈電視劇《三國》的人物分析〉2012。
張君仰，〈歷史題材於遊戲設計中運用情形分析：以「三國」為例〉，2012。
楊妮潔，〈吉川英治『三國志』及其底本的比較研究—以人物形像為中心—〉，2013。
蔡鶴暉，〈三國人物影視形象分析〉，2014。
〔註 104〕李仁港導演，劉浩良、李仁港編劇，《三國之見龍卸甲》（北京：保利博納，2008）。
〔註 105〕吳宇森導演，陳汗編劇，《赤壁》（北京：電影集團，2008）。
〔註 106〕吳宇森導演，陳汗編劇，《赤壁：決戰天下》（北京：電影集團，2009）。
〔註 107〕高希希導演，朱蘇進編劇，《三國》（南京：江蘇衛視，2010）。
〔註 108〕麥兆輝導演，莊文強、麥兆輝編劇，《關雲長》（北京：星匯天姬，2011）。

第二章 《三國演義》當代改編文本類型總論

　　三國時代（184－280），是兵馬倥傯的動盪亂世，軍閥各擁強權、交相爭戰，逐鹿問鼎於神州，尤以曹魏、蜀漢、孫吳，三大勢力最屬關鍵，遂稱「三國」。三國時期，短短數十載光陰，僅爲歷史洪流的彈指瞬間；然而，鬥智競計的詭譎戰勢、人傑逞鋒的名將奇兵、龍蟠虎踞的各路梟雄，猶然流傳千載，至今家喻戶曉；無論是詩文詠懷，抑或鄉野泛語，信手拈來便是一席三國趣談。三國時代匆匆而逝，後人仍以各種模式，記寫、傳播、推廣、再現，甚至重新構思、創造改編，憑藉三國題材，再次推陳出新；時至今日，「三國」已蔚爲中國文化、甚至東亞文化圈之經典元素。

　　三國事蹟之保存、記載、傳頌、演繹，並非今日才如此興盛。追尋源由，最早可溯及三國末期：曹魏魚豢（？－？），私撰《魏略》38 卷，此爲記載曹魏事蹟之紀傳體史書，劉知幾（661－721）《史通》評爲：「鉅細畢載，蕪累甚多。」〔註 1〕又有《魏書》44 卷，原由衛覬（155－229）、繆襲（186－245）奉旨記寫，再由王沈（？－266）、韋誕（179－251）、應璩（190－252）、阮籍（210－263）、孫該（？－261）、傅玄（217－278）接力同撰，最後王沈定稿；此書評價不高，《史通》譏爲：「多爲時諱，殊非實錄」。〔註 2〕至於吳國史事，則有韋昭（204－273）、華覈（219－278）、周昭（？－261）、薛瑩（？－282）、梁廣（？－？）同撰《吳書》55 卷。書成不久，太康元年（280）晉

〔註 1〕　〔唐〕劉知幾著，〔清〕浦起龍釋，《史通通釋》（臺北：里仁，1980），頁 347。
〔註 2〕　〔唐〕劉知幾著，〔清〕浦起龍釋，《史通通釋》，頁 347。

軍南下、包圍吳都建業，吳末帝孫皓出降、東吳滅亡，分崩離析數十載的三分天下，終究分久必合、歸於一統。

蜀漢未置史官，但有蜀人陳壽，拜譙周（199－270）為師，研讀《尚書》、《春秋》、《漢書》、《史記》……等史。西元 263 年曹魏滅蜀，265 年司馬炎篡魏，改國號為晉，陳壽舉孝廉，除佐著作郎，出補陽平令；此時，陳壽撰寫《益部耆舊傳》、《諸葛亮傳》24 篇，編有《漢名臣奏事》3 卷、《魏名臣奏事》40 卷。之後，陳壽致力蒐羅三國史料，包括魚豢《魏略》、王沈《魏書》、韋昭《吳書》，以及自行採集的文獻資料，編撰《魏書》30 卷、《蜀書》15 卷以及《吳書》20 卷。〔註 3〕陳壽《三國志》，內容精要、行文簡潔，時人多所稱頌，范頵（？－？）讚其：「辭多勸誡，明乎得失，有益風化」，〔註 4〕裴松之（372－451）《三國志注表》同贊：

> 壽書銓敘可觀，事多審正。誠游覽之苑囿，近世之嘉史。然失在於略，時有所脫漏。臣奉旨尋詳，務在周悉。上搜舊聞，傍摭遺逸。按三國雖歷年不遠，而事關漢、晉。首尾所涉，出入百載。注記紛錯，每多舛互。其壽所不載，事宜存錄者，則罔不畢取以補其闕。或同說一事而辭有乖雜，或出事本異，疑不能判，并皆抄內以備異聞。若乃紕繆顯然，言不附理，則隨違矯正以懲其妄。〔註 5〕

南朝宋時期，裴松之受詔為《三國志》作注，針對原作疏略、錯誤，予以增注及補正；他蒐羅史料舊聞、涵括異說遺逸，依照「引諸家之論以辨是非，參諸家之說以核譌異，傳所有之事詳其委曲，傳所無之事補其闕佚，傳所有之人詳其生平，傳所無之人附以同類」，〔註 6〕注解《三國志》內文不足。裴松之注述證釋、旁徵博引，三國史事更見詳盡。

時至東晉，三國史事猶然未遠，先有常璩（291－361）編撰《華陽國志》，記述晉代梁、益、寧三州事蹟，針對中國西南地區之歷史、地理與人物，統整資料、編撰記錄，是中國現存最早的地方志。裴松之曾引《華陽國志》所述，注證曹操「煮酒論英雄」，以及劉備「聞雷震箸」之事。此外，尚有習鑿齒（？

〔註 3〕 《魏書》、《蜀書》、《吳書》原為單獨流傳，時至北宋咸平六年（1003），方合為一書《三國志》。
〔註 4〕 〔唐〕房玄齡撰，《晉書》（臺北：鼎文，1976），頁 2138。
〔註 5〕 〔西晉〕陳壽著，〔南朝宋〕裴松之注，《新校本三國志注附索引》（臺北：鼎文，1977），頁 1471。
〔註 6〕 〔西晉〕陳壽著，〔南朝宋〕裴松之注，《新校本三國志注附索引》，頁 1473。

－384）《漢晉春秋》，記載東漢光武帝至西晉晉愍帝的兩朝史事；此書特點，在於崇蜀漢爲正統、貶曹魏爲篡賊——肇因晉室避五胡亂華，南渡延祚之況，類似於蜀漢偏安以延漢朝皇脈。因此，西晉爲鞏固政權正當性，遵奉曹魏爲三國正統；南渡避亂的東晉則是自傷處境，改奉同病相憐的蜀漢爲天命所歸；《漢晉春秋》一書，開展「蜀漢正統論」之先聲。〔註 7〕之後，南朝宋史學家范曄（398－445）《後漢書》，記載東漢歷史，包括三國人物之史料撰述：董卓、袁紹、袁術、劉表、劉焉、呂布、陶謙、公孫瓚，資料詳細勝於《三國志》所錄；此書尙存何進、皇甫嵩、孔融、禰衡之事，甚至包括方士左慈，上述人物無存於《三國志》，有賴《後漢書》記傳，方使人物事蹟得以保存。

除了史書記載，三國事蹟也散見於多作。南北朝時期，裴啓（？－？）《語林》，述孔明「乘素輿，著葛巾」，記曹操「自以形陋，使崔季珪見匈奴使」，寫孫皓「好剝人面皮」等事。〔註 8〕雖爲殘叢小語，卻成演繹三國的原型素材。六朝時期《世說新語》，大量匯集三國故事，比如曹操「望梅止渴」、「抽刃劫新婦」、曹植「七步成詩」、喬玄讚曹操「亂世之英雄，治世之能臣」、〔註 9〕鄧艾自云「鳳兮鳳兮，則是一鳳」，以及諸葛亮取巾幗婦人縞素之服，嘲笑司馬懿怯戰之事。〔註 10〕

朝代異轉、江山更迭，三國故事隨著時光流逝，更於民間廣泛傳播、變形增異，逐漸蔚爲龐大架構；除卻史事記寫、小說傳頌，尙有詩詞歌詠。譬如李白〈讀諸葛武侯傳書懷贈長安崔少府叔封昆季〉；杜甫〈蜀相〉、〈八陣圖〉、〈公安縣懷古〉；劉禹錫〈蜀先主廟〉、〈西塞山懷古〉；白居易〈詠史〉；李商隱〈武侯廟古柏〉；胡曾〈五丈原〉、〈詠史詩〉；蘇軾〈念奴嬌・赤壁懷古〉；辛棄疾〈南鄉子・登京口北固亭有懷〉——前述詩詞，均爲讚揚三國人物事蹟。又有王周〈詠赤壁〉、李白〈赤壁歌送別〉、李商隱〈行次西郊作一百韻〉、杜牧〈赤壁〉、張孝祥〈水調歌頭・聞采石磯戰勝〉、戴復古〈赤壁〉，聚焦於赤壁大戰，可見三國戰事延至唐宋時期，仍然膾炙人口。

宋朝時，說書人講述三國史事，爲求吸引聽眾注意，便將內容加油添醋、恣意增補；《東京夢華錄》記載當代講史盛況：「霍四究說三分，尹常賣五代

〔註 7〕沈伯俊，《羅貫中與三國演義》，頁 12。

〔註 8〕朱一玄、劉毓忱，《三國演義資料匯編》（天津：南開大學，2003），頁 17-18。

〔註 9〕喬玄，亦稱「橋玄」，本論文依《世說新語校箋》所述。（徐震堮，《世說新語校箋》（臺北：文史哲，1989），頁 212。）

〔註 10〕徐震堮，《世說新語校箋》，頁 274。

史，文八娘叫果子，其餘不可勝數。不以風雨寒暑，諸棚看人，日日如是。」〔註11〕足見史傳故事引人入勝。不過，同是取材三國的講史，演繹形式卻有別於前述媒介——說書人直接面對聽眾，機動調整故事內容，遂使講述形式更重靈活也更為創新；此外，宋代說書人面對市井百姓，必須使用日常語言，尚得適時補充、說明釐清，甚至對於故事人物，道德評論以引發共鳴，藉此加強閱聽者的心理認同。〔註12〕因此，說唱表演之中，說書者掌握劇情、適切增刪，尚須留意聽眾的心理與情緒；約莫此時，「尊劉反曹」之意識形態，也已深植於民間庶眾。關於「尊劉反曹」，除了民間集體意識的歷代累積，尚因史學家撰述史書之際，投射其中的家國情感：習鑿齒《漢晉春秋》尊蜀，是因東晉局勢如同蜀漢偏安。而於宋朝，先有司馬光（1019－1086）所著《資治通鑑》，沿襲《三國志》觀點，記寫三國史事全用曹魏年號，崇奉曹魏為正祚；時至朱熹（1130－1200），雖是依循《資治通鑑》改編為《資治通鑑綱目》，史料方面無所增添，卻刪改原書正統觀，加諸以朱熹秉持之道德信念，譬如否認王莽政權之存在；此外，再因金人侵襲中原、南宋積弱勢危，為求推崇漢族政權，遂而延伸至認同漢室血脈的蜀漢，遵奉其為三國正祚。

　　兩宋時期，三國創作更顯興盛，尚可分為下列數種：詩歌、筆記、影戲、戲曲、唱詞、繪畫、木刻，三國故事廣泛流傳，普羅百姓深為沉迷，北宋張耒（1054－1114）《明道雜志》：「京師有富家子，甚好看弄影戲，每弄至斬關羽輒為之泣下，囑弄者且緩之。」〔註13〕足見百姓對於三國故事的熱衷神迷，甚為角色死亡深感不捨。元朝時期，元世祖至元 31 年（1294），已有《新全相三國志故□》，〔註14〕分上中下三卷，每卷卷首題《至元新刊全相三分事略》；時至元英宗至治年間（1321－1323），又有建安虞氏新刊本《新全相三國志平話》問世。此書約八萬字，分為上、中、下三卷，起於孫學究得天書，迄於諸葛亮病逝五丈原；形式方面，蒐羅各家講史底本，採取上圖下文排版，生動闡述三國事件與人物要典。因是綜合各家腳本，故事質感良莠不齊，講

〔註11〕〔北宋〕孟元老撰、〔民國〕鄧之誠注，《東京夢華錄》（臺北：漢京，1984），頁 133。

〔註12〕許麗芳，《章回小說的歷史書寫：以三國演義語水滸傳的敘事為例》（臺北：秀威資訊科技，2007），頁 16。

〔註13〕轉引自關四平，《三國演義源流研究》，頁 133。

〔註14〕現存閩建坊刻本，藏於日本天理大學附屬圖書館，封面書名末字殘缺。共有三卷，上、中兩卷首題《至元新刊全相三國事略》，又別稱為《三分事略》。

述對象又爲市井百姓，遂於用字遣詞方面，平淺直白而幾近俚俗，譬如《三國志平話》開篇：「昔日南陽鄧州白水村劉秀，字文叔，帝號爲漢光武帝，光者爲日月之光，照天下文明；武者是得天下也，此者號爲光武，於洛陽建都，在位五載。」〔註15〕介紹人物尚得解說姓名，聽衆水準可見一斑。再者，《三國志平話》爲求劇情精彩，甚至雜有因果輪迴轉世之說，〔註16〕角色形象也常見突兀，在在顯現民間創作之粗糙龐蕪；但是，正因內容龐雜，方使羅貫中藉此架構，改寫成精彩絕倫的曠世鉅作——《三國演義》。

第一節　《三國演義》成書、傳播與改編

羅貫中（1330－1400），生卒於元末明初；賈仲明（1343－1422）《錄鬼簿續編》：「羅貫中，太原人，號湖海散人。與人寡合。樂府、隱語，極爲清新。與余爲忘年交，遭時多故，天各一方。至正甲辰復會，別來又六十餘年，竟不知其所終。」〔註17〕是目前僅見羅貫中生平記載。羅貫中生於亂世，行跡飄盪、籍貫紛紜，僅知其人參與《水滸傳》編撰，同時寫有《隋唐志傳》、《大唐秦王詞話》、《殘唐五代史演義》、《北宋三遂平妖傳》……等書，以及堪稱中國最爲盛行之章回小說——《三國演義》。

《三國演義》之成書，乃是羅貫中對於前作的承續、推衍、改編之再創作；曾爲《三國志通俗演義》著序、刻印，亦開啓中國文學史上首篇小說專論的蔣大器（1455－1530）曾言：

> 前代嘗以野史作爲評話，令瞽者演說，其間言辭鄙謬，又失之野，士君子多厭之，若東原羅貫中，以平陽陳壽傳，考諸國史，自漢靈帝中平元年，終於晉太康元年之事，留心損益，目之曰《三國志通俗演義》，文不甚深，言不甚俗，事紀其實，亦庶幾乎史。〔註18〕

〔註15〕古本小說集成委員會編，《古本小說集成・三國志平話》（上海：上海古籍），頁2。
〔註16〕《新全相三國志平話》記寫：「交韓信分中原爲曹操；交彭越爲蜀川劉備；交英布分江東長沙吳王爲孫權；交漢高祖生許昌爲獻帝；呂后爲伏皇后。交曹操佔得天時，因其獻帝，殺伏皇后報讎，江東孫權佔得地利，十山九水，蜀川劉備佔得人和。」遂將三國鏖戰，歸肇爲因果輪迴之前世夙怨。古本小說集成委員會編，《古本小說集成・三國志平話》，頁5。
〔註17〕〔元〕鍾嗣成、賈仲明，〔民國〕浦漢明校《新校錄鬼簿正續編》（成都：巴蜀書社，1996），頁160。
〔註18〕〔明〕蔣大器，〈三國志通俗演義序〉，《三國演義資料彙編》，頁232。

可知羅貫中以《三國志平話》為演繹基底，加諸陳壽《三國志》與裴松之注文，蒐羅雜劇底本、文人詩詠以及民間逸聞，萬般資料鎔鑄薈萃，遂成章回文本。明人高儒（？－？）《百川書志》：羅貫中寫作《三國演義》，乃「據正史，採小說，證文辭，通好尚，非俗非虛，易觀易入。」〔註19〕「據正史」意指依循史事時序，刪減不合史實的杜撰軼聞，譬如孔明親斬來使，抑或妨害人物塑造之突兀橋段，譬如劉備怒殺督郵。「採小說」則為虛實交雜，大量摻入虛構情事、恣意渲染，譬如關羽速斬華雄之英勇神猛，又如孔明升壇求風之神機妙算，抑或周瑜嫉賢妒能之狹隘心胸。金聖嘆（1610－1661）〈讀第五才子書法〉曾言：「《史記》是以文運事，《水滸》是因文生事。」〔註20〕《史記》根據實事以記撰成文，縱使司馬遷藉事抒論、暢議觀點，仍須遵照史實，無法任意竄改；《三國演義》則如同《水滸傳》，同屬小說創作，著重於情節經營、奇思架構，雖是奠基史事，卻可憑空虛撰，從中寄託作者意圖，極盡誇張渲染之能事。簡言之，歷史學家「敘述」事件，必須秉持客觀、全觀；小說家則為「描述」事件，反倒仰賴獨特視角，甚至容許主觀解讀，方使作品更加觸動人心、博取讀者的認同共鳴。誠如德國劇作家戈特霍爾德·萊辛（Gotthold Ephraim Lessing，1729－1781）所言：

> 劇作家並不是歷史家，他的任務不是敘述人們從前相信曾經發生的事情，而是要使這些事情在我們眼前再現；讓它再現，並不是為了純粹歷史的真實，而是出於一種完全不同的更高的意圖；歷史真實不是他的目的，只是他達到目的的手段；他要迷惑我們，從而感動我們。〔註21〕

《三國演義》同如上述，創作主旨並非重現史實，而是闡揚羅貫中「尊奉忠義」之意圖，作者憑藉史實概要，佐以杜撰情事，遂使內容擺盪於虛實之間；相互兼融之後，如同史事循序可信，卻又無法據理臆測其情節發展，正是《三國演義》引人入勝之處。

　　《三國演義》，顧名思義，理當聚焦於三國動盪，全書卻涵括東漢末年至西晉初年之史事脈絡，反映各路軍閥逐鹿天下，同時傳達社會階層之頡頏傾頹，以及亂世人心的矛盾掙扎。三國故事發源於史，羅貫中統整資料之際，

〔註19〕〔明〕高儒，《百川書志》（上海：古典文學，1957），頁 82。
〔註20〕宋倫，《奇書四評》（武漢：新華書局，2004），頁 288。
〔註21〕轉引自關四平，《三國演義源流研究》，頁 364。

卻更強化「人」之描繪；觀其筆勢，書中有其名氏的角色，洋洋灑灑達二百多人，結構脈絡卻能化繁就簡，極力收攝於少數焦點：述諸葛亮之智，揚趙雲之勇，慕劉備之仁，讚關羽之忠，謔張飛之莽，抑或詆毀周瑜之狹，鄙夷呂布之私，攻訐曹操之逆——創作者將真實存在的歷史人物，強化其特色、渲染其風貌，甚至大幅篡改人物本貌，引發讀者的更強共鳴，致使劇情連波高潮。歷代讀者之所以著迷三國，一方面動心於情節曲折；但更多可能，乃是傾慕書中人物形象，認同其人行動舉止，藉此投射個人價值觀。因此，對於另起爐灶、舊事新說的後世改編者，三國故事之「人」，實比「事」具有更為豐沛的藝術能量。

一、韓國

三國故事，廣泛流傳於中國，甚至拓及東亞文化圈：包括兩岸三地，以及日本、韓國、泰國、〔註22〕印尼、〔註23〕越南、馬來西亞……〔註24〕曾受中華文化影響之國家，芸芸大眾對於三國故事，猶仍保有基本印象，諸多人物、經典情節，沉浸內化為該國文化，已然渾然一體。韓國高麗時代（918－1392），編寫之中國語教材《乞老大》，文中述說「《貞觀政要》、《三國志評話》這些貨物都買了也」，〔註25〕即見三國故事已流傳至朝鮮半島。之後，壬辰倭亂（1592－1598）爆發，朝鮮軍隊難敵豐臣秀吉大軍壓境，遂向宗主國明朝求援，此役同時造成《三國演義》傳播於朝鮮境內。朝鮮王朝時代（1392－1897），中國的四大奇書與才子佳人小說，盛行當地且備受關注，《朝鮮王朝實錄》記載大臣奇大升（1527－1572）上書，提及「朋輩間聞之（三國演義）」，此事記於宣祖二年（1569），距離現存最早的《三國演義》嘉靖壬午刻本（1522），不及五十年，足見流傳之速。〔註26〕此時，身處韓國的讀者群，乃以宮廷人物、朝廷士大夫、通曉中文之譯官為主，以及常用漢文之地方官吏

〔註22〕泰國初中課本，長期採用〈草船借箭〉之片段章節。
〔註23〕印尼以華人族群較為熟知《三國演義》。1859年已有印尼華人，將《三國演義》譯為爪哇詩歌；1882年開始，陸續有印尼華人譯者，將《三國演義》、《金瓶梅》、《西遊記》……中國名著翻譯為爪哇語版本。
〔註24〕馬來西亞華僑，接連成立「關氏宗親會」、「劉關張趙宗親總會」，自詡為三國豪傑之後代。
〔註25〕〔韓〕崔溶澈，〈韓國對三國演義的接受和現代詮釋〉，《中國古代小說研究》（北京：人民文學，2005），頁239。
〔註26〕盧盛江，《閒話真假三國》，頁335。

及其家中婦女；肇因故事簡明，文白夾雜有利學習漢文，又能闡發忠孝思想，再加上朝鮮遵奉朱子學，因此認同《三國演義》之「尊劉貶曹」的創作意旨。〔註27〕時至 1910 年，日本與朝鮮簽訂《日韓合併條約》，抗日意識強烈的韓國文人，憑藉中國文學以消極反抗，譬如梁白華（？－？），於日佔初期，藉由報紙連載，陸續發表《紅樓夢》、《水滸傳》及《三國演義》之韓語譯本。1948 年，北緯 38 度以南成立大韓民國；抗日情節高漲，坊間拒絕出版日本文學，兼又缺乏本國作品，是故中國古典小說之節選譯本，遂於韓國更見風行。目前盛行韓國之《三國演義》重要譯本：金光洲（1910－1973）所譯並最早於 1941 年出版之《新譯三國志》，黃秉國（？－）所譯且全然按照原本、毫無添刪的《原本三國志》，以及李文烈（1948－）所譯《三國志》，此書譯寫靈活，加以適度改寫、新創構思，並且穿插譯者對於人物之觀見評論，遂成目前最受歡迎的通行版本，銷售已達 1400 萬冊。〔註28〕

　　三國故事，藉由章回小說之盛行，就此潛移默化，影響韓國社會。根據朴晟義（？－）、鄭東國（？－）考證，韓國現存舊劇腳本一千餘種，有三分之一的故事底材源生於《三國演義》；另外，18 世紀前後盛行民間的「時調」（시조），計有 59 首以吟唱三國故事為其曲辭內容；並且，諸多三國經典場景：三顧茅廬、舌戰群儒、七擒孟獲，也被引用、承襲抑或改寫於《玉樓春》、《九雲夢》、《李春風》……韓國文人編撰之小說作品。三國故事，不僅風靡市井百姓，甚至成為韓國科舉考題，足見昔時文人之重視與推崇；朝鮮王朝金萬重（1637－1692）所著《西浦漫筆》，記載當世士人多半不讀歷史，而是仰賴《三國演義》以瞭解建安以後的中國要事。〔註29〕時至今日，韓人依然眷懷三國，尚將英雄神化崇拜──譬如，長期祭祀諸葛亮，並於 1695 年明令以岳飛配祀諸葛亮，〔註30〕韓國各地尚有許多「關羽廟」，祀奉受人尊崇之三國武聖；位處仁川廣域市的唐人街，是韓國最大的華僑居留地，並有「三國志壁畫街」之特色建築，長約 150 公尺的尋常街道，兩側繪有 160 幅壁畫，以圖講述《三國演義》數十幕經典場景，已成為中外遊客慕名前來之觀光熱點。

〔註27〕〔韓〕崔溶澈，〈韓國對三國演義的接受和現代詮釋〉，頁 233-234。
〔註28〕〔韓〕崔溶澈，〈韓國對三國演義的接受和現代詮釋〉，頁 237。
〔註29〕盧盛江，《閒話真假三國》，頁 337。
〔註30〕岳飛南歸途經南陽，感佩諸葛亮事蹟，遂書〈出師表〉以示敬懷；岳飛墨寶，再由清代石匠樊登雲刻於碑上，此碑被稱為「諸葛亮廟三絕碑」。

二、日本

　　漢化極深的日本，對於三國故事的愛好推崇更是眾所皆知，《三國演義》早有譯本，《三國志》也廣受注目，三國故事之研究著作、改編再創更是屢屢可見，涵括小說、影劇、動漫、遊戲、廣播劇、同人誌，時至今日仍是如火如荼，傳頌熱潮猶仍未歇。早在元末明初，日本《太平記》此部「軍紀物語」，〔註31〕記載日本南北朝時代（1332－1392）之戰勢紛擾，述及後醍醐天皇即位至鎌倉幕府（1192－1333）滅亡；雖以日本史事爲宗，卻大量借鑑中國史籍，包括《史記》、《漢書》、《後漢書》、《唐書》，以及膾炙人口的三國史事，〔註32〕譬如其書卷二十所述：

> それから七日目に当る夜、養貞朝臣は不思議な夢を見られた……
> 義貞は朝早く起きて、人々に此夢の事を話されると……豫め凶を
> 告げる天の声である。と申すわけは、昔支那に呉の孫権（そんけ
> ん）、蜀の劉備、魏の曹操といふ三人の豪傑が居り、支那四百余
> 州を三つに分けて各々其一を保つてゐた……此故事を以て、今の
> 御夢を考へるに、事の様（さま）、全く魏呉蜀三国の争ひに似て
> ゐる。〔註33〕

情節描述：新田義貞身爲後醍醐天皇軍大將，於交戰前夕，夢見自己蛻爲三十丈巨蛇，挫敗敵軍大將足利高經；新田認爲此夢吉兆，部將齋藤道猷卻認爲實屬大凶。因爲，臥地大蛇即爲「臥龍」——意指三國智士諸葛亮——此人神機妙算，總能險中求勝，自是大吉徵象；但是，兩軍交戰於暑末秋初，蛇虺即將冬眠，此夢反成大凶。藉由夢境景象，《太平記》引出三國情事，以及曾經馳蕩中原的諸多豪傑，並且大肆歌頌孔明忠義，書中人物藉由三國名將，得以遣懷紓鬱。

　　之後，江戶時代（1603－1867），時值中國政權易轉，亡明遺臣避居東瀛，同時攜入中國圖書、文化資產，如同日人所析：「（不願事清而避居海外的亡明遺臣）對日本的文化、文學產生了巨大的影響。當時僅受聘德川三大家的

〔註31〕「軍記物語」，源自日本古典文學，以歷史記載之戰爭史事作爲描述題材。代表作品眾多，包括記載源平合戰之《平家物語》、記載源義經主從之《義經記》、記載應仁之亂的《應仁記》。

〔註32〕邱嶺、吳芳齡，《三國演義在日本》，頁7。

〔註33〕《太平記》：http://www.j-texts.com/yaku/taiheiky.html（2014.11.29）。

有名者就有尾張的陳元贇、紀伊的吳任顯與水戶的朱之瑜（號舜水）」。〔註34〕
爾後，元祿二年（1689），湖南文山（？－？）將《三國演義》譯爲日文《通
俗三國志》50卷，〔註35〕並且製版刊行，此爲《三國演義》之最早外譯版本。
越見盛行的文化傳播，造使日本廣爲流行《繪本通俗三國志》，此書由池田東
籬亭（1788－1857）校訂、葛飾戴斗（？－？）繪圖，將繁瑣史事，變爲搭
配圖畫之簡明劇情，甚受大眾喜好。明治時期（1868－1912），大阪城內盛行
說書，長年演說《太平記》與《三國演義》，由於故事太長，聽眾往往不耐久
坐、逕行離開；但若門口貼出「正成（孔明）今起登場」的紙條，〔註36〕聽
眾便又驟然增加，足見三國故事廣受歡迎。〔註37〕

　　時至近代，「大眾文學第一人」、「日本國民作家」美稱的吉川英治（1892
－1962），將其口中「世界古典小說中無與倫比」的《三國演義》，改寫爲《三
國志》日文小說，省略冗長戰事，增添虛構枝節，寄託個人解讀觀點，以現
代手法將三國故事重新演繹，1939 年於《中外商業新報》連載以來，成爲日
本三國迷最爲熟悉、最受標榜的經典鉅作。回顧 1937 年——吉川《三國志》
登報連載的兩年前——中、日爆發盧溝橋事變，實爲日軍侵華之緊繃時期，
軍國當局嚴格控制人民言論，屬行審察文學作品，谷崎潤一郎（1886－1965）
《細雪》即因風花雪月、無關時局，被迫中止連載。吉川《三國志》，雖是懷
想古事，戰爭主題卻巧妙迎合日本處境，藉由故事當中大量謀略，得以探索
中國人的心理、思維與行爲，滿足當世日本讀者急欲瞭解中國之需要。〔註38〕
因此，吉川英治《三國志》，及其虛構增添的三國史事，已成日人心中經典印
象；世界桂冠詩人池田大作（1928－）曾言：「在日本，說到《三國演義》的
話，指得就是吉川《三國志》，它就是這樣深受愛戴。」〔註39〕

　　風靡日本的三國作品，尚有海音寺潮五郎（1901－1977）《天公將軍張
角》撰述黃巾起義；伴野朗（1936－2004）《中國反骨列傳》、《謀臣列傳》，
前者述及諸葛瑾、楊阜，後篇含括魯肅、郭嘉之事；以及藤水名子（1964－）

〔註34〕邱嶺、吳芳齡，《三國演義在日本》，頁 54。
〔註35〕湖南文山，實爲京都天龍寺的兩位和尚——義徹、月堂——之合名；本由義
　　　　徹獨力翻譯《三國演義》，逝後交由其弟月堂，方得譯完全作。
〔註36〕正成，意指楠木正成，爲日本軍記物語《太平記》書中之理想人物。
〔註37〕邱嶺、吳芳齡，《三國演義在日本》，頁 23。
〔註38〕王向遠，《中國題材日本文學史》，頁 143。
〔註39〕金庸、池田大作，《探求一個燦爛的世紀》（臺北：遠流，1995），頁 424。

《公子曹植之戀》、《赤壁之宴》等作。再以時間略分，60 年代有花田清輝（1909
－1974）《隨筆三國志》，80 年代爲林田愼之助（1932－）《人間三國志》，90
年代則是志茂田景樹（1940－）《大三國志》、北方謙三（1947－）《三國志》、
三好徹（1931－）《興亡三國志》，21 世紀尚有宮城谷昌光（1945－）《三國
志》、桐野作人（1954－）《破・三國志》。〔註 40〕江山代有才人出，三國題
材屢再推陳，「吉川三國志」之後最具代表性的三國改編，當屬柴田鍊三郎
（1917－1978）《英雄ここにあり》（譯：英雄在此）、《英雄生きるべきか死
すべきか》（譯：英雄應當生或死），以及日籍台裔作家陳舜臣（1924－2015）
《秘本三國志》。陳舜臣尚有《諸葛孔明》，並以此書獲得「第二十六屆（1992）
吉川英治文學賞」。三國時代眾多豪傑，尤以諸葛亮最受日人歌頌傳揚，專
述其人事蹟的小說、評論、隨筆，即有植村清二（1901－1987）、宮川尚志
（1913－）、立間祥介（1928－2014）、狩野直禎（1929－）、立石優（1935
－）、白川次郎（1945－）……等人之作，〔註41〕可見三國改編之文人新作，
風氣始終蓬勃。

　　日本對於三國故事的接納、喜愛、幾近沉迷，除卻故事文本的流通傳播，
更將三國情境移植至電玩、動漫、影視戲劇；陳述異國史事的作品，爲何能
於一海之隔的東瀛，掀起歷久不衰的擁戴熱潮？首先，因爲三國故事高潮迭
起、迂迴轉折，令人愛不釋卷；其次，中國曾是日本心馳神迷的模仿對象，
對於渡海西來的唐土文化，自是張開雙手熱烈歡迎。此外，王向遠認爲：《三
國演義》於日本廣爲傳頌，肇因書中人物、情節、思想、感情，均能巧妙切
合大和民族的文化心理；例如，蘊涵全書的忠君理念，正與日本的皇道思想
不謀而合；捨生取義的尚武意念，也切合於悲壯犧牲的武士道精神；再者，
崇尚義氣的道德觀念，恰如日本傳統的「義理」、「人情」行事準則。〔註 42〕
此外，日本之所以喜愛三國，筆者認爲尚因三國情境與日本戰國（1467－1615）
的巧妙雷同：首先，均是天下大亂的割據形式，尤以織田氏、德川氏、武田
氏、今川氏、上杉氏最屬關鍵，互有勢力傳承、亦或取代併吞；其二，眾多
大名相互交戰，兼又聯姻結盟，更顯局勢詭譎；其三，各地軍閥征戰不休，
卻仍遵奉「萬世一系」的天皇，作爲名義上的天下共主，並由位高權重的「幕

〔註40〕邱嶺、吳芳齡，《三國演義在日本》，頁 349-355。
〔註41〕王向遠，《中國題材日本文學史》，頁 255-256。
〔註42〕王向遠，《中國題材日本文學史》，頁 349。

府」掌握實權，正如董卓、曹操欺凌漢獻帝，亦或司馬一族蠶食曹魏大權。
綜合上述，三國情境遂令日本大眾備感熟悉，加上先天思維契合，以及故事
內容精采，造使三國故事與日本讀者，遂能一拍即合。

　　除了故事演繹、小說改編之文本再創，三國故事甚至成爲日本民俗基
底。承前所述，湖南文山《通俗三國志》，影響日本深遠，以致「今日所見
加藤清正像也頗似關羽。收於《國史肖像大成》中的京都勸持院加藤清正像
留的是一小撮山羊鬍子，但畫本中的加藤清正卻都是『美髯公』，而且都如
關羽提著鈎鐮槍。」〔註43〕足見三國故事於日本之浸潤影響，即連日本戰國
的威猛武將，都被替換爲三國神將之關羽形貌。又如，日本三大火祭之一的
「青森佞武多祭」，〔註44〕最早始於奈良時代（710－794），源自中國的七夕
放河燈傳統；之後，逐漸演變成巨大人形燈籠遊行，且爲享譽中外的重要民
俗文化財。「佞武多」（ねぶた）爲寬 8 公尺、高 7 公尺之巨大燈籠，多以人
物頭頸塑像爲主，主題取材自日本傳奇英雄、中國戰國人物、水滸角色抑或
三國豪傑，個個魁梧高壯，以其威猛形象，收得嚇阻瞌睡蟲之效，並祈求來
年無病息災。除了花燈遊行，尚會舉辦優秀作品評選；觀其歷年記錄，最早
於昭和 40 年（1965），便有名爲「三国志　呂布関羽奮闘の場」之得獎作品，
之後尚有「三国志」、「諸葛亮孔明と南蛮王」、「三国志　張飛、厳顔を降す」、
「呉軍の先鋒・鈴の甘寧」、「于吉仙人、小覇王を倒す」……等等得獎作品，
〔註45〕均以三國人物爲創作題材，足見三國故事已與日本文化交融結合，展
現濃濃日式風情。

三、泰國

　　泰國早在拉瑪一世（Phra Phutthayotfa Chulalok，1737－1809）之統治時期
（1782－1809），貿易大臣昭披耶帕康（Chaophraya Phrakhlang Hun，？－？）統
籌《三國演義》翻譯事由，經其審定、簡化爲散文體小說；洗鍊精確的譯本敘述，
對於泰國文學也多有影響，被稱爲「三國體」（Samnuan Samkok）。〔註46〕《三

〔註43〕 邱嶺、吳芳齡，《三國演義在日本》，頁 57。
〔註44〕 每年 8 月 2 日至 8 月 8 日，於日本青森縣五川原市舉辦，故日文原稱爲「ご
　　　　しょがわらたちねぶた（五所川原立佞武多）」。
〔註45〕 「日本の火祭り青森ねぶた」：http://www.nebuta.or.jp/kiso/yurai/index.html
　　　　（2014.10.17）。
〔註46〕 沈伯俊，《神遊三國》，頁 223。

國演義》是泰國首部引進的中國小說，更是家喻戶曉之通俗作品，且於 1914 年被泰國文學會評定爲優秀小說；此外，蒙拉查翁・克立・巴莫親王（Khuekrit Pramot，1911－1995）——出身泰國皇族，曾任首相，並爲知名文學家——也曾改寫三國題材，編撰《孟獲》、《終身丞相曹操》等作。〔註47〕由此可見，三國故事雖然肇基中國，卻未因文化差異而造生隔閡；反能憑藉峰迴路轉的事件發展，以及拍案叫絕的運籌謀略，橫跨時空屏障，務使萬千讀者再三讚嘆。

四、蘇俄

　　《大英百科全書》1980 年版第十卷〈元朝白話小說〉，條稱《三國志通俗演義》的作者羅貫中是「第一位知名的藝術大師」，並認爲《三國演義》是 14 世紀出現的一部「廣泛批評社會的小說」。〔註48〕蘇聯學者帕納休克（Vladimir Panasjuk，1924－1990）翻譯的俄文本《三國演義》序言指出：

> 《三國演義》在表現著中國人民藝術天才的許多長篇小說之中佔有
> 卓越的地位，它是最普及的作品之一，不論成年人或剛剛有閱讀能
> 力的少年，都懷有極大的興趣閱讀它。小說寫得是西元三世紀魏、
> 蜀、吳三國鼎立與相互戰爭的故事，這些故事家喻戶曉，有許多故
> 事在民間說唱並被搬上戲劇舞臺，不論識字與不識字的人都津津樂
> 道，因而它可說是一部真正具有豐富平民性的傑作。〔註49〕

此外，蘇聯作家科涅楚克（Alexander Korneichuk，1905－1972）訪問中國，也曾讚言此書成就：「我剛剛讀完俄譯的《三國演義》，是一口氣讀完的。它使我非常激動，它是中國古代的一部英雄羅曼史。」〔註50〕在在可見，三國故事之無遠弗屆、懾服人心。

五、歐洲

　　除此之外，三國熱潮甚至延及歐洲文化圈，根據郭興昌研究，《三國演義》的英譯始於歐洲，譯者多爲 19 世紀任職中國的外交官；目前可考的最早譯文，是英國人彼得・湯瑪斯（Peter Thoms，1814－1851）所譯，題爲〈著名丞相

〔註47〕盧盛江，《閒話真假三國》，頁 337。
〔註48〕沈伯俊，《神遊三國》，頁 106。
〔註49〕王麗娜，〈三國演義在國外〉，《三國演義研究》（臺北：木鐸，1983），頁 135。
〔註50〕盧盛江，《閒話真假三國》，頁 335。

董卓之死〉（The Death of the Celebrated Minister Tung-cho），載於 1820 年版《亞洲雜誌》（Asiatic Journal）第一輯卷 10 及 1821 年版第一輯卷 11，內容是《三國演義》第一回至第九回的節譯。此後，尚有喬治‧史坦（George Stent，1833－1884）節譯之〈孔明一生簡介〉（Brief Sketches from the Life of Kung Ming）、翟理思（Herbert Giles，1845－1933）節譯之〈宦官挾持皇帝〉（Eunuchs Kidnap an Emperor）述十常侍之事、〈戰神〉（The God of War）述關羽之事、〈華醫生〉（Dr. Hua）述華佗之事，尚有卜濟航（Francis Pott，1864－1947）節譯〈三國選〉（Selections from "The Three Kingdoms"），楊憲益（1915－2009）、戴乃迭（Gladys Tayler，1919－1999）合譯〈赤壁之戰〉（The Battles of the Red Cliff）。時至 1925 年，首本《三國演義》全譯本於上海發行，為英國漢學家鄧羅（Charles Brewitt-Taylor，1857－1938）所譯之《三國志演義》（San Kuo Chih Yen I，or Romance of the Three Kingdoms），可惜此書疏誤甚多，大量刪去原作詩詞，且無任何背景解釋；因此，1991 年又有摩斯‧羅伯特（Moss Roberts，？－）之全譯本，不僅注釋詳多，有助瞭解三國史事，並且附上戰爭地圖，以便讀者明瞭戰局。最後，於 1972 年，再有濃縮全書精華的節譯本，包括張慧文（Cheung Yik-man，？－）所譯《三國演義》（Romance of the Three Kingdoms），以及摩斯‧羅伯特所譯《三國：中國的敘事戲劇》（Three Kingdoms: China's Epic Drama）。〔註 51〕三國故事，藉由上述人士之翻譯剪裁、推廣傳頌，逐漸廣為人知，甚與西洋經典文學相提並論，卜濟航便曾讚云：「《三國演義》在中國是擁有廣大讀者的一部通俗小說，它在中國所受到的歡迎，就像西方兒童歡迎韋弗利（Waverley）的有趣的作品一樣。」〔註 52〕《三國演義》精彩絕倫，得使其作橫跨語言、文化、時空……種種隔閡，成為全球人士共同欣賞之寶典。至於三國故事源生背景的中國，則於 1983 年開始，陸續於成都、洛陽、鎮江、襄樊，這些存載三國史蹟的悠久古城，舉辦全國性《三國演義》研討會，至今已成全球學術交流活動。〔註 53〕《三國演義》擴及多國，目前外文譯本有英、法、德、俄、波蘭、荷蘭、日本、韓國、越南、泰國、柬埔寨、愛沙尼亞……諸多語系，已成全球人類共同欣賞的經典文學。

〔註 51〕郭興昌，《三國演義研究在美國》，頁 26-28。
〔註 52〕王麗娜，〈三國演義在國外〉，《三國演義研究》，頁 179。
〔註 53〕盧盛江，《閒話真假三國》，頁 387。

第二節　改編成戲劇

　　金聖嘆曾言：「三國者，乃古今爭天下之一大奇局；而演三國者，又古今爲小說之一大奇手也。異代之爭天下，其事較平。取其事以爲傳，其手又較庸。故迴不得與三國並也。」〔註54〕三國乃是古今罕見之天下奇局，故事峰迴路轉，令人驚心動魄；因此，三國故事改編，橫跨眾多媒介，除卻文字描述，元代戲曲也常以三國爲本，至今可察劇目近六十齣，雖然部分劇文散佚，但由其殘存劇目、以及時人記載，仍可推想昔時盛況：

> 據元代陶宗儀《輟耕錄》記載，金代院本中已有三國戲《赤壁鏖兵》、《刺董卓》、《蔡伯喈》、《襄陽會》、《大劉備》、《罵呂布》等幾種。顯然這不是金代三國戲的全部。元代是雜劇的繁榮時期，據《錄鬼簿》、《錄鬼簿續編》、《涵虛子》、《太和正音譜》、《元曲選》、《元曲選外編》等書記載，在現存的七百多種元雜劇劇目中，三國題材的劇目就有五十多種。其中，以諸葛亮、關羽、張飛、劉備等蜀漢方面的英雄人物爲主角的有三十多種。在宋元南戲中，三國戲也不少，今天知道名目的就有十幾種，如《周小郎月夜戲小喬》、《關大王獨赴單刀會》、《貂蟬女》、《劉先王跳檀溪》等。〔註55〕

三國戲蔚爲元劇大宗，時至資訊時代，傳播媒介更顯多元，單述字句的文章紙本，已難滿足讀者需求，聲光炫目的影視傳播，更加符合瞬息萬變的感官享受。是而，以招徠觀眾目光、引發觀眾認同，作爲終極目的之影視娛樂相關產業，同樣熱衷於三國改編，極力迎合票房廣大的基本觀眾，採以眞人演出的戲劇作品，舊酒新瓶以重新詮釋流傳千百年的經典文作。

一、改編之電視劇

　　雖以相同素材作爲故事基礎，但若媒介不同，呈顯效果必生差異，甚至截然不同；譬如，三國故事源於史事，歷代流傳形式，縱有口說講述、劇曲表演，仍是歸根於文本字句。文字可精細描述，也可籠統概括，爲求敘事流暢抑或情節簡明，甚可三言兩語略述要事；但是，此種方法卻難套用於影視媒介，人物造型、搭景布幕、時代考證，以及磅礡浩大的戰爭場面，若以文字描述，縱橫筆勢即可迤邐成文，但若眞實搬演，卻須耗費龐大金錢，及其

〔註54〕〔清〕金聖嘆，〈金聖嘆序〉《三國演義（上）》（臺北：三民書局，1998），頁1。
〔註55〕沈伯俊，《神遊三國》，頁75-76。

附帶孳衍的無形成本。沈伯俊論及《三國》電視劇創作，必將面對五大矛盾：

> 一、小說的浪漫情調、傳奇色彩與電視劇的求實風格的矛盾。二、
> 小說的豐富情節與電視劇的取捨剪裁的矛盾。三、小說的簡略描寫
> 與電視劇的具體表現的矛盾。四、小說所造成的高期望值與電視劇
> 時實際達到的水平的矛盾。五、改編者的藝術追求與部分觀眾的審
> 美心理的矛盾。〔註56〕

三國故事匯聚之豐、流傳之廣，雖為有利改編基礎，得以省卻繁瑣鋪陳。但
是，百廿回原作，實則糅合歷代軼聞、劇目底本、說唱情節以及史事記寫，
涵括意象廣浩，文本交錯牽連，絕非隨意刪減即可精整切割。此外，小說文
字可極力馳騁，據本翻拍卻非易事：天馬行空難以具現，即便確有其事的真
實景貌──百萬雄軍之鏖戰，抑或萬民流徙的漢末動盪──礙於經費、人力、
場地、製作……種種實際考量，同需取捨，無法全然呈現。

因此，倘將三國故事改編戲劇，因應經費、技術，勢必刪修原作；問題
在於，長達百回且廣為人知之經典文本，應當刪減何處，方能不失原味？《三
國演義》流傳甚廣，普羅大眾均已熟知，甚至對於結局瞭然於心。照理來說，
創作者常會避免情節已定、結局明確的作品題材，因其了無新意，難以吸引
讀者，造成作品推廣不易，徒然耗費創作心力。然而，舊作翻拍卻為各國通
例，越是經典的文學作品，再創情形更顯興盛；肇因於讀者的「預期心態」，
人們喜好新知新見，卻也留戀於熟悉平穩的安定環境。因此，以舊有劇情為
全作脈絡，再調整內容、刪補情節以增添新意，藉此提升讀者好奇，闡發嶄
新刺激，兼融新舊、兩相併進，便是改編經典之慣用手法。

此處，欲探討《三國演義》改編模式，並針對電視媒介之呈現狀況，茲
引劇曲改編特點，以作探討：

> 對於劇曲形式的傳統劇目，可再進行整編、修編、縮編、移植、再
> 創造之改編形式：整編是「整理改編」，將一些傳統劇目加以整理，
> 刪去冗雜蕪蔓的片段、集中焦點、重現原劇的精髓……。「修編」
> 則是將原有劇目重新修飾，剔除不合時宜的情節對白、加強某些腳
> 色的心理描述，必要時添加細節強化轉折等等……。「縮編」則是
> 運用在長篇鉅製……。「移植」是指劇種之間相同劇目的挪用……。
> 「再創造」則是將舊有的題材推陳出新、脫胎換骨，以不同的觀點

〔註56〕沈伯俊，《神遊三國》，頁 169-174。

或現代意識進行顛覆或改造。〔註57〕

承上所述，「整編、修編、縮編、移植、再創造」，爲當今改編戲劇之常用手法：「整編」意指突出焦點、加快節奏，俾利觀眾瞭解劇情。「修編」意指添轉內容、加述新事，以茲凸顯新作特點。「縮編」多爲濃縮劇情、剔除冗事，甚至結合蒙太奇手法，浩繁文本蛻變爲流暢鏡頭，予以讀者嶄新觀感。「移植」則將不同源由的三國故事，相互交糅而見新思，甚至成爲「反《三國演義》」之翻轉路線。最末，「再創造」更是常見改編技巧，包含史觀轉變、杜撰情事，均可予以讀者新奇感受。

影視改編之電視劇，由於劇碼較長，演繹時間充足，劇情足以發揮，大致維持歷史小說的龐大架構，尚可細述過場瑣事、枝微末節，力求呈現原典風貌，予以讀者據實呈現。譬如：1994年《三國演義》連續劇，〔註58〕以及2010年《三國》連續劇，〔註59〕二者均投入大量資金、人員、器材、時間。1994年央視版《三國演義》，爲圖忠實呈現，頻繁拉景至全國各地，斥資搭建錫江、涿洲兩座影城以供拍攝劇中場景；時至今日，《三國演義》仍被譽爲電視圈經典製作，眾聲頌揚此劇尊奉原作、據實演繹。2010年《三國》，則爲迎合時代潮流，加添自創人物、虛設旁生情節，修改部分劇情以便翻出新意；此劇變迭極多，但從全體視之，仍然遵循原作脈絡。因此，三國改編電視劇，多爲依序推展文本情節，縱有增刪也無妨主線；再者，電視劇可達百集長度，〔註60〕足以盡其所能，涵括原作情事，整體呈現《三國演義》之磅礴壯景。

尚有部分電視劇，聚焦於單一人物，譬如：《三國春秋》專述劉、關、張三人；〔註61〕《英雄曹操》，搬演曹孟德之事；〔註62〕《諸葛亮》、《臥龍小諸葛》、《少年諸葛亮》專述孔明之事；〔註63〕又有《三國英雄傳之關公》、

〔註57〕 沈惠如，《從原創到改編──戲曲編劇的多重對話》，頁59。

〔註58〕 王扶林導演，杜家福編劇，《三國演義》（北京：中央電視，1994）。

〔註59〕 《三國》此劇，於2008年籌拍，2010年於江蘇衛視、安徽衛視、重慶衛視、天津衛視，同步播映。此劇晚於1994年央視《三國演義》，故又稱爲《新三國》。

〔註60〕 1994年《三國演義》，全作共84集；2010年《三國》，全作共95集。

〔註61〕 鄒世孝導演，編劇不明，《三國春秋》（香港：麗的電視，1976）。

〔註62〕 胡玫導演，金樂石編劇，《英雄曹操》（北京：電廣傳媒，2012）。

〔註63〕 孫光明導演，鄒雲峰編劇，《諸葛亮》（武漢：湖北電視，1983）。
　　　 薛文華導演，編劇不明，《臥龍小諸葛》（發行商不明，2001）。
　　　 繁華導演，邱明編劇，《少年諸葛亮》（鄭州：電影電視，2014）。

《少年關雲長》、《武聖關公》均是演繹關羽功蹟；〔註64〕尚有《貂蟬》、《蝶舞天涯》、《洛神》、《新洛神》、《曹操與蔡文姬》，〔註65〕聚焦於三國人物情愛糾葛。上述各劇，單看片名僅為一人列傳，綜觀全片內容、出演角色，卻仍牽扯三國大局；因為電視劇篇幅浩長，加以連續播出易顯疲態，必須時時安排轉折高潮，方使觀眾持續鎖定。因此，三國題材連續劇，雖有專述某人事蹟，仍須兼及三國要事，俾使劇情發展更顯精彩，同時收得延長劇碼之效。

二、改編之電影

　　三國故事改編，也常採用電影形式，質感更細膩，行銷管道更廣，整體利益也更見提昇。電視劇具有足夠時間處理細節，相同主題的電影作品卻必須極度濃縮為數小時的視覺藝術，務使觀眾於短促時間，立即察知全片高潮。因此，同選三國為題，電視劇得以循序推演，涵括重要情節以至碎末小事，用以迎合觀眾預期；電影卻須去蕪存菁，鎖定書中某事件之起始經過、抑或某人物之事蹟闡發，將此區塊極力放大，並將相形龐雜的背景設定，盡量淡化、甚至略化，方能突顯主題，並使節選片段得以完整呈現。

　　德國文藝理論家戈特霍爾德‧萊辛曾言：「詩人如果運用熟悉的故事和熟悉的人物，就是搶先走了一大步。這樣他就可以放過許多枯燥的細節；如果不是用熟悉的人物時，這些枯燥的細節有助於全體的瞭解，是沒辦法放過的。」〔註66〕經典文作屢加改編，乃是因其「便利性」：再創者無需構思故事背景、人物設定，也無需耗損心力以吸引讀者、營造認同，甚至不必承擔能否引發讀者興趣之風險評估。只要再創者，利用經典文本作為改造基底，便已擁有基本觀眾群，以及市場接受度；因此，再創者能將創作精力，全然投諸於自

〔註64〕王重光導演，董升編劇，《三國英雄傳之關公》（臺北：中華電視，1996）。
　　　　麥兆輝導演，莊文強編劇，《少年關雲長》（發行商不明，2002）。
　　　　鄭克洪導演，程青松編劇，《武聖關公》（廣州：廣東衛視，2004）。
〔註65〕郭建宏導演，王笠人編劇，《貂蟬》（臺北：中國電視，1988）。
　　　　陳凱歌導演，李輝、汪海林、閻剛編劇，《蝶舞天涯》（太原：太原電視，2001）。
　　　　此劇原名《呂布與貂蟬》。
　　　　梅小青導演，陳靜儀編劇，《洛神》（香港：無線電視，2002）。
　　　　韓鋼導演，武斐編劇，《曹操與蔡文姬》（杭州：華策影視，2002）。
　　　　朱莉莉、王淑志導演，簡遠信編劇，《新洛神》（杭州：華策影視，2013）。
〔註66〕轉引自周傳家、王安葵、胡世均、吳瓊、奎生，《戲曲編劇概論》，頁14。

創亮點。此外，王寧認爲經典作品的再創改編，「達到了原作者所始料未及的『後啓蒙』效果」，〔註67〕經由演員實體演出，漂蕩於字裡行間的平面角色，清楚呈顯於觀眾眼前，乃是百讀文本也難以感受的眞切震撼；因此，「大眾傳播並非一定要與經典文化藝術作品形成二元對立，他完全可以與前者形成一種互補的關係。」〔註68〕這也解釋，有些「三國迷」已對故事滾瓜爛熟，卻仍持續關注三國改編；由中找尋悖離原作的嶄新增添，進而評論鑑賞，對於熱衷文作的忠實讀者，同樣是種複習原作、重溫劇情之樂趣。

是以，三國題材電影，常見單事詳述抑或單人立傳，給予重詮者更大的發揮空間與敘事彈性。譬如，吳宇森執導《赤壁》、《赤壁：決戰天下》，綜合兩片內容，全然迴繞於赤壁始末，僅只三國一頁波瀾。又如廖祥雄執導《武聖關公》、黃祖模執導《華佗與曹操》、午馬執導《一代梟雄——曹操》、李仁港執導《三國之見龍卸甲》、麥兆輝執導《關雲長》、趙林山《銅雀臺》、李國立執導《諸葛亮與黃月英》，〔註69〕觀其片名，猶如列傳，內容兼具史實、傳聞以及虛構事端，並將敘事主線鎖定於單一人物，聚焦事件甚至耙梳細節，渲染人物情感，特寫生動性格，俾使主角風貌大肆展現，更是在有限片長之中，匯縮三國龐雜事端的最有效取捨。

上述影片均是根源三國，肇因片長有限，務必盡速呈顯要點，此外，一味舊事重述、了無新意，必將無法吸引觀眾。因此，演述劇情之際，尚會使用特殊手法，作爲改編主軸；譬如，「轉換史觀」以重新省思歷史事件，抑或「虛設情事」以加添詮釋空間，此二特點將於論文後部再作專述；值得注意的是，尚有「另闢焦點」之改編路線，譬如電視劇《終極三國》、《回到三國》以及電影《超時空要愛》、《越光寶盒》、《關雲長》。〔註70〕《終極三國》爲臺

〔註67〕王寧，《全球化與文化研究》，頁233。
〔註68〕王寧，《全球化與文化研究》，頁233。
〔註69〕廖祥雄導演，江述凡編劇，《武聖關公》（臺北：龍裕，1969）。
　　　黃祖模導演，陶原編劇，《華佗與曹操》（上海：上海電影，1983）。
　　　午馬、柯俊雄導演，馬泉來編劇，《一代梟雄——曹操》（臺北：駿繕，1999）。
　　　李國立導演，編劇不明，《諸葛亮與黃月英》（北京：韓露影視，2011）。
　　　趙林山導演，汪海林編劇，《銅雀臺》（北京：光線影業，2012）。
〔註70〕柯欽政導演，陳東漢編劇，《終極三國》（臺北：大力，2009）。
　　　關樹明導演，伍婉瑩編劇，《回到三國》（香港：香港電視，2012）。
　　　黎大煒導演，劉鎮偉編劇，《超時空要愛》（香港：金公主，1998）。
　　　劉鎮偉導演，劉鎮偉編劇，《越光寶盒》（香港：美亞娛樂，2010）。

製偶像劇，奠基三國情節，卻是大肆簡化、改造、惡搞，〔註71〕改以現代元素作為全劇亮點；角色名稱與人物關係，大致秉持三國原設，其餘均為全盤顛覆：背景改為學園械鬥，主軸設為武術交戰，場面穿雜魔幻咒語與特異功能，處處結合西洋傳說、當代潮流、現今觀點甚至反映時事，再全然貫串青少年次文化之流行詞彙與特定價值觀；熟諳三國原著的讀者，觀賞此劇反而如墮五里雲霧，全然不解劇中內容與三國關聯為何。《回到三國》則為穿越主題，劇情輕鬆逗趣，並於歷史背景之中，增添許多格格不入的當代元素，藉此橫生笑料，詼諧解讀三國史事。電影《超時空要愛》、《越光寶盒》，滿溢港式「無厘頭」風格，任意曲解史事，無端竄改文本，大肆增補怪力亂神，全劇毫無邏輯，只為博君一笑。另部電影《關雲長》，則由武打明星甄子丹（1963－）飾演，內容界定於著名事件——「身在曹營心在漢」、「過五關斬六將」——但是，全片賣點並非史觀轉換抑或虛實轉替，而是全為演員形象以量身訂作：大量鋪陳武打戲碼，極致渲染拳腳功夫，以此張揚演員帥氣；表面為三國題材，實際只將三國名聲作為號召，反成「名存實亡」之改編作品。

第三節　改編成動漫

　　動漫，意指動畫（animation）與漫畫（comic）。隨著當今傳播媒體之興盛，各種形式的動漫作品，廣泛流傳於全球各國，掀起不少話題與風潮。動漫產業範疇廣闊，包括大眾習以為常的通俗主題：戀愛、校園、友情、料理、競賽，亦可涉獵少有接觸的特殊領域：運動、演藝、偵探、決鬥、靈異；尚可藉由動漫分鏡之快速節奏，重新詮釋架構龐大的歷史事件，予以讀者嶄新觀感。1814年，江戶時代浮世繪師葛飾北齋（1760－1849）創造「漫畫」一詞，意謂隨性不羈的速寫，得以自由發揮、盡情幻想，不合常情的誇張描述，正是漫畫本質。〔註72〕時至近代，日本知名漫畫家石之森章太郎（1938－1998），又於1990年提出「萬畫宣言」：

> 一、漫畫就是「萬畫」。就是全部事物萬象的表現。二、萬畫是萬人（無限之意）的嗜好之媒體（最受喜愛且最具親和力）。三、萬畫是從一到萬（無限大）的馳騁演出。四、萬畫一直都是無限可能的媒

〔註71〕　惡搞（KUSO），源自日本流行語「くそ」，意指將既定印象有所改造或顛覆，以達到謔笑、諷刺、衝擊之娛樂效果。類似於西洋文學之諧擬（parody），同以嬉鬧態度顛覆傳統以達幽默。

〔註72〕　〔英〕Paul Gravett著，連幸惠譯，《日本漫畫60年》，頁21。

介。五、萬畫的英文可稱 Million Art。由 Million 的百萬，可和日本
語「萬」（卍）字的無限大同義。簡稱 M.A.。六、M.A.即「MA」
NGA（日本漫畫的發音）。〔註 73〕

由此可見，漫畫以圖象作爲述說故事、表達意旨、傳達理念的基本媒介，無
論背景環境、人物設定、肢體表情，常見誇張渲染，甚能迥異世俗；漫畫作
品的不羈常理，策使創作者勇於突破現實框架，挑戰禁忌領域，甚至否定世
俗邏輯，誠如日本觀察者所言：「Manga 所隱含具有不按牌理的顛覆性、視覺
可愛的討喜性、以及當代商業界提倡的故事性行銷等，都將成爲轉換思維的
驅策力量。」〔註 74〕對於當代漫畫創作者，有所創新、有所突破、甚至有所
顛覆的故事內容，方能具備賣點；作品是否不同凡響，更是暢銷獲利之現實
考量，誠如陳仲偉所述：日本漫畫不僅作爲流行文化，更是爲了因應創造市
場需求而大量生產的「文化工業」，因此，只有具備「商機」的作品才有可能
受到業主青睞，進而出版面世。〔註 75〕因此，社會氛圍的容許、支持、對於
虛構作品較爲模糊寬鬆的開放態度，加上讀者的喜好期盼，以及現實層面的
銷售考量，種種因素推波助瀾，使得當代漫畫作品，更能拓展多元題材，恣
意衍伸萬千想像，給予創作者極爲廣大的發揮空間。

　　今日，動漫風潮普及全球，各國均見愛好支持，閱覽族群也擴及不同種
族、性別、教育程度、年齡層級；但就整體而言，仍以青少年族群爲主。針
對漫畫閱讀行爲的研究指出，讀者之所以閱覽漫畫，可以歸納爲四大取向：（1）
知識性、（2）娛樂性、（3）宣洩性、（4）交友性。〔註 76〕「知識性」，在於傳
遞新知新解，卻非侷於深奧專業的學術理論，只要予以讀者嶄新論點，即便
浮誇之述，同能啓發漫畫讀者的好奇心。「娛樂性」，則是閱覽漫畫所生樂趣，
肇因於多數漫畫之原始設定，即爲滿足讀者之視覺享受與心理滿足，歡樂作
品宜使讀者放鬆，刺激作品務使讀者震撼，纏綿作品方使讀者揪淚，縱使主
題懸殊、風格迥異，讀者從自行抉選的閱讀當中，均能各取關注、享受樂趣。
再論「宣洩性」，漫畫作品的內容安排，多爲滿足大眾幻想，藉由書中人物的
性格、互動、行爲以及事件遭遇，讀者投射個人形象於其中，恣意揣想自己
是拯救世界的英雄、穿越時空的奇行者、抑或纖細敏銳的有情人、甚或違背

〔註 73〕 洪德麟，《傑出漫畫家——亞洲篇》（臺北：雄獅圖書，2000），頁 74。
〔註 74〕 Max Ziang，《酷日本》（臺北：御聖出版，2009），頁 19。
〔註 75〕 陳仲偉，《日本動漫畫的全球化與迷的文化》，頁 39。
〔註 76〕 蕭湘文，《漫畫研究：傳播觀點的檢視》，頁 120。

道德的畸戀情侶，種種離經叛道的驚奇情事，均可藉由無所桎梏的漫畫篇章，予以共鳴、進而滿足；情感憑藉與心理投射，足使讀者跳脫現實社會的諸多壓抑，有所宣洩抒發。最末所論「交友性」，興趣相近本就容易交流，並且衍生共通用語、符號、意徵……種種相互凝聚且又強烈排他性的特殊行為，甚至蔚為「次文化圈」；因此，部分讀者並非受到作品吸引，而是有感當代熱潮，遂才接觸當紅作品，藉由閱讀相同文本，作為同儕交流的共通內容。

　　既然漫畫閱覽者以年輕族群為主，此類閱讀群眾，本就傾向於內容簡明、敘事暢快、劇情緊湊的作品。因此，發展多元的漫畫藝術，雖有部份作品極富深意、發人省思，甚至融合專業知識、哲學省辯亦或宗教情懷；〔註77〕但是，大部分的漫畫作品，仍然首重娛樂效果，偏好於簡明易懂的通俗題材；或著，也可反向而行，將複雜難解的專業領域，利用圖象媒介的明快運鏡，佐以適宜簡化的改編再創，轉化成普羅大眾均可瞭解的漫畫作品。綜合上述，本屬歷史領域的三國故事，改編為動漫類型，內容難免簡化、偏頗，卻使史事再度普及於新世代讀者；時至今日，三國為宗的動漫改編，猶仍蓬勃且廣受好評。但若細觀內容，會發現號召三國的動漫作品，大多稀釋原作之歷史成分，同時加添自創情節、虛構角色、杜撰信念，甚至扭轉中心意旨，用以迎合動漫讀者追求刺激、滿足愛好、享受娛樂之速食式口味。

一、日本改編之《三國演義》動漫

　　改編三國的動漫作品，最屬經典當為橫山光輝（1934－2004）《三國志》，〔註78〕忠實呈現文本情節，切合全作綱領脈絡，將文字敘述的內容章節，據實轉換為圖象形式；但是，橫山光輝依循範本，並非羅貫中《三國演義》，而是吉川英治改寫之後的日本小說《三國志》，〔註79〕二作雖有差異，概要仍屬一致。眾多古典小說傳播於世，橫山光輝為何鎖定《三國演義》，並將此部浩瀚長篇，改編為節奏快速的漫畫作品？起因在於，昔日他見弟弟高考在即，卻依然沉

〔註77〕比如，倉成佟一郎、阿宮美亞《查稅女王》，探討日本稅務制度與追稅過程；細野不二彥《真相之眼》，則是古董鑑賞與買賣；沖本秀《心理醫恭介》，便是臨床心理之專業學識。

〔註78〕橫山光輝，《三國志・1-60》（東京：潮，1974-1986）。此作曾獲1991年日本漫畫家協會第20屆優秀作品獎，以及2004年文部科學大臣獎。

〔註79〕吉川英治《三國志》，乃是仿效《三國演義》之半譯半創；因此，於日本社會，標明《三國志》之改編作品，通常承衍《三國演義》之情節。陳壽《三國志》，則另稱為「正史三國志」。

迷於吉川英治《三國志》，因想現代少年難得讀通吉川《三國志》，但若編成連環畫、按月出版，或能有益年輕族群接觸經典，遂以吉川《三國志》爲底本，開始創作改編漫畫。單行本第一卷於 1974 年 4 月出版，大受歡迎，持續出版直至全書告罄，共爲漫畫 60 卷。〔註80〕就日本而言，戰前有吉川英治《三國志》之小說作品，驅使成人讀者明瞭三國故事，戰後加上橫山光輝《三國志》之漫畫連載，遂使三國熱潮更見升溫，尚將風潮拓展至低年齡讀者；因此，時至 1970 年代，境外傳入的三國故事，全面席捲日本，堪稱「國民讀物」。附帶一提，日本戰前最受少年歡迎的中國讀物爲《西遊記》，特爲聚焦於大鬧天宮；1936 年始刊的少年讀物《講談社畫本》，收有《孫悟空》及其續編《西遊記》，卻未收錄《三國演義》及《水滸傳》。〔註81〕由此可見，橫山光輝《三國志》，成功引發讀者興趣，對於當今日本動漫界之聲勢龐大的三國熱潮，實爲重要奠基。

　　承前所述，橫山光輝《三國志》普一推出，立即搏得好評，甚至拓及海外三國迷的喜愛與推廣；時至今日，無論身爲三國同好，抑或喜好歷史作品，甚至僅是單純閱覽，此部作品猶仍舉足輕重。爲何橫山光輝《三國志》能精準掌握讀者喜好？此作創於 1971 年，仍見昔日漫壇之簡潔分鏡，有助讀者迅速瞭解，感受劇情渲染魅力；此外，橫山光輝擅長歷史題材，除了《三國志》，尚有《史記》、《楚漢群英》、《殷周傳說》結合中國歷史，又有源出日本歷史的《德川家康》、《織田信長》、《伊達正宗》、《武田信玄》、《武田勝賴》、《豐臣秀吉》、《平家物語》……等等歷史題材漫畫作品。創作之際，橫山光輝用心考證以切合史實，兼又虛銜情節，設計無關緊要的對話互動，營造閱覽樂趣，譬如眾所熟知的「三顧茅廬」：

　　　　劉備：我能夠得到孔明的輔佐，如魚得水一般。

　　　　張飛：哇啊，主公你是魚啊？

　　　　關羽：孔明是水？

　　　　劉備：你們不應該對這件事情有任何的不滿才對……

　　　　張飛：哎喲老天爺，看來相當嚴重了——我們回去吧，二哥。

　　　（關羽、張飛轉身離開，來到長廊）

〔註80〕邱嶺、吳芳齡，《三國演義在日本》，頁 74。

〔註81〕邱嶺、吳芳齡，《三國演義在日本》，頁 74。

　　張飛：看來比患了熱戀病還要嚴重，無藥可救了。

　　關羽：你看看，「水」來了。

　　（諸葛亮迎面走來）

　　張飛：我看是鼻水吧！〔註82〕

藉由二人對話，巧妙勾勒角色性格，不僅博君一笑，加諸以人物表情、肢體形貌，更使其人其狀勝於文本字句，更加躍然紙上；因此，許多熟知三國、抑或有所興趣的年輕世代，對於三國之最初接觸，實是來自改編漫畫。時至今日，橫山光輝《三國志》發行總數已達 7000 萬部，〔註83〕風靡程度可見一斑。

　　除了蔚為經典的橫山光輝《三國志》，三國文化浸淫最深的東亞文化圈，尚有眾多根據《三國演義》改編詮釋、增刪潤色、翻轉再創的動漫作品，並以日本最顯蓬勃，不僅成品繁多，並且風格殊異，甚或立意迥然。日本自 7 世紀以來，經由朝鮮半島的陸路傳播，奮力汲取中國文化；直到明治時期，「漢學」已蔚為頂級學識，當世文人以能直接書寫、閱讀中文而自豪；直至 19 世紀，日本為求富國強兵而推行改革，企圖「脫亞入歐」，躋身全球頂尖國家。由此可見，日本雖然處地劣勢、腹地狹隘、兼又諸多天災戰燹，卻是善於吸收他國精粹，擷取文化精華，加以改良以體切國情，甚至發揚光大遂成自國文化，此種博采各家的廣泛學習，遂被稱為「拿來主義」。〔註84〕拿來主義，源於 1934 年 6 月 7 日，魯迅發表於《中華日報·動向》的一篇雜文《拿來主義》：〔註85〕面對外來文化的衝擊，和中國封建時代的遺留文化，如何選擇和取捨，立場各異的大眾輿論自有不同呼聲；魯迅主張，面對來勢洶洶的文化衝擊，既非被動被「送去」，亦非不加分析地直接「拿來」，而是通過實用主義的觀點，選擇性的「拿來」，方能確切吸收，藉此提昇自身內涵。

　　中國於 19 世紀，遭逢西洋勢力的重大衝擊；位處東隅，同樣經歷新舊思潮強力襲捲的日本，卻能憑藉「明治維新」成功經驗，樂於、善於吸收各國文化；此般體現，不僅呈顯於日本積極接納外國學識，並加以翻譯、傳播之

〔註82〕佐伯貞夫，《三國志·35》（東京：DNP 映像センター，1992）。

〔註83〕「《三國志13》橫山光輝氏とのタイアップ武将 CG『諸葛亮』を無料で配信」：
　　　　https://www.4gamer.net/games/302/G030244/20160318068/（2015.02.22）。

〔註84〕Max Ziang，《酷日本》，頁 65。

〔註85〕魯迅，《魯迅全集·6·且介亭雜文》（北京：人民文學，2005），頁 39。

文化歷程，同樣見證於動漫作品的擇題架構。因此，曾經萎弱落後、不敵黑船入侵的島國日本，今日已蔚爲全球八大工業國，並於 ACG 作品之軟實力，實爲引領全球潮流的動漫強國，肇因之一，即是日本大加發揚「拿來主義」。創作者面對世界各國的風俗民情、傳說逸聞、經典作品，信手拾來皆爲題材，譬如：膾炙人口的動畫作品《小さなバイキングビッケ》（臺灣譯名：北海小英雄），源自瑞典童書《Vicke Viking》；風靡多國的日製動畫《アルプスの少女ハイジ》（臺灣譯名：小天使），全以歐洲風情作爲故事背景；名聞全球的動漫導演宮崎駿（1941－），代表作品《魔女宅急便》、《紅豬》、《霍爾的移動城堡》，大量糅合歐陸風貌，處處均見異國情調。日本廣泛擷取各國經典，包括盛行中國的《水滸傳》、《三國志》、《西遊記》、《封神演義》……等等名作，均已陸續改編爲影視、動漫甚至電玩遊戲，並且廣受大眾好評。

　　位處亞洲的日本，領地狹隘、資源有限，且與四方鄰國以海相隔，偏處一隅而先天貧弱，因此更加重視後天擷取，廣泛汲求各國優秀元素，參照目標尤以中國爲盛，誠如李永志所言：

> 日本處於中國大陸的邊陲，自古以來即將眸光凝注於做爲中心的中國，極端注意中國的動靜。因爲無論何時，中國對日本都是一種威脅，在心理上總存在著緊張感，因此對中國不能不有所防備；但是，另一方面，又藉吸收中國文物來解消這種緊張感。〔註86〕

正因日本 ACG 作品風靡全球，不僅藉機宣傳風俗民情，更能行銷海外、賺取龐大外匯；前日本首相麻生太郎（1940－）曾於 2009 年提出「酷日本」（クールジャパン）：日本政府向海外推銷國際公認的日本文化軟實力，制定之宣傳與政策，便包括動漫作品之輸出、行銷與強化策略。〔註87〕政策訴求目的，在於如何將日本的漫畫、動畫及電玩市場拓展全球，並預計在 2020 年將文化產業的出口總值，提升至十兆元台幣，同時創造五十萬個新職位。根據統計，光是漫畫，2008 年就爲日本創造約莫 1560 億元產值。〔註88〕因此，日本動漫作品飽含異邦文化、全球風情，乃是現實利益考量。倘若，觀眾對於本國題材已熟稔至極，甚至了無新意，挪借外國文化以達耳目一新，即是創作者殺

〔註86〕李永熾，〈三國志與日本〉，《三國英雄傳・1》（臺北：遠流，1992），頁 11。
〔註87〕「日本經濟產業省・クールジャパン／クリエイティブ産業」：
　　　　http://www.meti.go.jp/policy/mono_info_service/mono/creative/（2015.01.06）。
〔註88〕Max Ziang，《酷日本》，頁 12。

出重圍的藍海策略。再加上，隨著資訊快速傳播以及後現代風潮興起，「國族區分」已漸為淡化、模糊、甚至容許翻轉拼貼，唯一不可動搖者，僅有「市場接受度」的現實考量。誠如美國迪士尼，以西方眼光演繹中國傳說〈木蘭〉、印地安史事〈風中奇緣〉、法國經典小說《鐘樓怪人》，日本也能以自身體悟與喜惡觀點，重新詮釋法國大革命《凡爾賽玫瑰》、俄國貴族情事《奧爾佛士之窗》、中國料理格鬥《真・中華一番！》。徐佳馨認為：「各國開始以一種『我者』的眼光來看在圖象上所形塑的『他者』，藉著圖象的運作進入一個對他者文化想像的深層，浸淫其中，去獲得一個異國風情的歡愉。」〔註89〕新奇迷人的異邦風貌，可以來自豪邁壯闊的美洲大陸，或是古典細膩的歐陸古國，亦或引頸效仿的中國風土；因此，中國歷朝歷代、屢次增添的三國傳說，更被日人鎖定，並且大肆改編再創。

表格 8　日本改編之《三國演義》漫畫概要〔註90〕

名　稱	主角	內容簡述與特點
《三國志》	劉備	依循吉川英治《三國志》，描述三國大事。
《聊齋三國傳》	諸葛亮	諸葛亮求仙，陸續邂逅鬼道，並結為夫妻。
《天地吞食》	劉備	增添天界、人界、魔界設定，述三國亂世爭鬥。
《SWEET 三國志》	多人	以隨筆方式，詼諧詮釋三國史事。
《龍狼傳》	天地志狼	日本少年穿越至三國時代，協助劉備平定亂世。
《蒼天航路》	曹操	翻案之作。以曹操為主，描述三國史事發展。
《中国大人物伝：諸葛孔明》	諸葛亮	以諸葛亮為主，描述三國史事發展。
《諸葛孔明》	諸葛亮	以諸葛亮為主，描述三國史事發展。
《三國群俠傳》	多人	以蜀漢為主，描述三國史事發展。
《江東之曉》	孫策、周瑜	描述二人結交、共同患難之過程。

〔註89〕徐佳馨，〈圖框中的東亞共榮世界——日文漫畫中的後殖民論述〉，《日本流行文化在臺灣與亞洲（I）》（臺北：遠流，2002），頁97-98。

〔註90〕各書出版資料，參閱本論文之表格3：「《三國演義》改編文本之漫畫列表」。

《一騎當千》	孫策伯符〔註91〕	現代時空、性轉女體。描述孫策大戰三國人物。
《諸葛孔明時之地平線》	諸葛亮	諸葛亮為徐州難民，描述其與曹操之糾葛爭鬥。
《諸葛孔明》	諸葛亮	以諸葛亮為主，描述三國史事發展。
《怪‧力‧亂‧神　酷王》	酷王	結合《山海經》神話，新詮黃巾之亂始末。
《三國志百花繚亂》	劉備	人物多為性轉。述劉備與結拜妹妹關、張之事。
《三國志》	劉備	綜合《三國演義》與吉川英治《三國志》。
《霸王之劍》	劉備	黃巾戰後，劉、關、張三人，義結兄弟之事。
《超三國志霸－LORD》	劉備	倭人燎宇渡海而來，託名劉備而一統江山之事。
《三國亂舞》	張飛	張飛遭仙術操縱，協助劉備對抗張角之事。
《三国志斷簡‧空明の哥》	多人	三國時代的軍師特集，包括諸葛亮、郭嘉、陸遜。
《三國志》	劉備	依循《三國演義》之簡明漫畫版。
《新三國志》	劉備	描述劉、關、張三人，行俠仗義之事。
《關羽出陣！》	關羽	依循《三國演義》，主述關羽之經典事蹟。
《曹操孟德正傳》	曹操	兼合正史、小說與自創情節，主述曹操事蹟。
《三國志烈傳‧破龍》	曹操、諸葛亮	描述三國人物與女性角色的戀愛韻事。
《赤壁》	諸葛亮	節選橫山光輝《三國志》之赤壁大戰情節。
《三國英雄傳》	劉備	依循《三國演義》之簡明漫畫版。
《三國笑傳之曹操跌停板》	多人	四格形式，詼諧講述《三國演義》。
《三國笑傳之孔明的逆襲》	多人	四格形式，詼諧講述《三國演義》。

〔註91〕日本動漫界改編三國題材之際，肇因中國姓名太過簡短，為求迎合日本命名模式，有時會將三國人物的姓名、字號一併稱呼，遂成「孫策伯符」、「周瑜公瑾」之人物名稱。動畫《鋼鐵三國志》、漫畫《一騎當千》、遊戲《三極姬》，均見此況。

《三國笑傳之劉備硬起來》	多人	四格形式，詼諧講述《三國演義》。
《三國笑傳之玄德大進擊》	多人	四格形式，詼諧講述《三國演義》。
《三國道士傳－八卦之空》	管輅	述其占卜神算，所遭遇之志怪事跡。
《武靈士三國志》	孫策	三國人物轉世至現代時空。吳國爲主之觀點。
《雲漢遙かに－趙雲伝》	趙雲	描述趙雲生平事蹟，及相關史事發展。
《三国志断簡・地涯の舞》	多人	三國時代的武將特集，包括典章、趙雲、甘寧。
《異鄉之草》	多人	分述黃忠、鍾會、甘寧、孟獲、簡雍之事。
《BB 戰士三國傳・風雲豪傑篇》	劉備	三國人物均成鋼彈造型。描述劉備崛起之事。
《龍狼傳・中原繚亂篇》	天地志狼	天地志狼協助曹操，意圖瓦解仲達野心。
《江南行～戲說魯肅》	魯肅	描述魯肅、周瑜相遇過程，以及吳國民生感受。
《BB 戰士三國傳・英雄激突篇》	劉備	三國人物均成鋼彈造型。描述三方勢力崛起。
《魔法無雙天使衝鋒突刺！呂布子》	呂布	性轉女體。三國天使界的呂布，下凡所生事端。
《アレ国志》	孫權	主述吳國史事，兼合正史記載與小說情節。
《三國馬也通》	多人	詼諧風格，夾繪夾敍，介紹三國史事。
《三國笑傳之赤壁奧運》	多人	四格形式，詼諧講述赤壁之戰。
《三國笑傳之桃園大滿貫》	多人	四格形式，詼諧講述劉、關、張之事。
《赤壁ストライブ》	孫權	主述吳國相關事件。
《BB 戰士三國傳・戰神決鬥篇》	馬超	三國人物均成鋼彈造型。描述馬超征戰中原。
《三國志 F》	劉備	三名女子穿越時空，成爲亂世的「命運三女神」。
《華佗風來傳》	華佗	描述華佗行醫濟世之事，旁及佛教傳播。
《三國貴公子》	曹丕	以曹丕爲主，兼及曹魏發展與三國事端。
《關鍵鬼牌三國志》	司馬懿	科學家穿越時空，獵捕司馬懿爲研究對象。

《武靈士三國志：赤壁》	周瑜	描述赤壁大戰，著重周瑜之思謀與心境。
《漢晉春秋司馬仲達傳三國志司馬仲先生》	司馬懿	主述司馬懿事蹟，兼及三國情勢發展。
《曹植系男子》	曹植	曹家兄弟之互動，以曹丕、曹植、曹彰為主。
《蒼穹三國志　劉備立志編》	劉備	以蜀漢史觀，演繹三國史事。
《蒼穹三國志　劉備徬徨編》	劉備	以蜀漢史觀，演繹三國史事。
《打貓》	孫堅	〈漣漪〉篇，描述妖狐夜烏欲延長孫堅生命。
《三國志》	劉備	依循北方謙三《三國志》，總述三國重要人物。
《三極姬》	關羽	人物多為性轉。虛構武將投身三方勢力之事。
《食之軍師》	美食軍師	以三國陣法，比擬點餐、進食、評鑑之戰略。
《みんなの吳》	孫權	採取吳國史觀，主述吳國關聯事蹟。
《孔明のヨメ。》	諸葛亮	描述諸葛亮夫妻之新婚生活，及三國社會情勢。
《眞三國志－SOUL 霸》	諸葛亮	主述赤壁之戰，諸葛亮、關平，力抗曹操之事。
《三國遊戲》	典韋	外星人設定、性轉女體。三國武將於現代交戰。
《三國志魂》	多人	詼諧風格，四格形式介紹三國相關知識。
《三國戀戰記》	山田花	日本少女穿越時空，投身三國時代與多人相戀。
《王者的遊戲》	郭嘉	軍師與武將成為「刎頸交」之架空設定。
《十三支演義~偃月三国伝》	關羽	貓族少女關羽，為拯救族人而投身亂世大戰。
《軍師 x 彼女》	郭河奉子	將三國人物名號諧音，轉為校園笑鬧喜劇。
《三國志艷義》	多人	三國人物性轉女體，劇情著重於交媾畫面。

◎製表人：黃脩紋

二、其他國家改編之《三國演義》動漫

　　當然，奠基《三國演義》的改編漫畫，絕非僅存於日本漫壇，於韓國、臺灣、香港、中國，久受中華文化浸潤之地區，同有諸多再創新品。作品數量繁多，且非筆者可全數盡覽，遂以表格形式，簡要介紹作品內容：

表格 9　其他國家改編之《三國演義》漫畫概要〔註92〕

名　稱	國別	主角	內容簡述與特點
《不是人》	香港	貂蟬 魏延	翻案之作。上篇述貂蟬無罪，下篇論孔明偏執。
《火鳳燎原》	香港	趙雲 司馬懿	以關東聯軍為始，描述三國史事發展。
《錦堂秋色草堂春》	臺灣	諸葛亮	仿擬演義情節，刻意拆解以成詼諧笑料。
《哈啦三國》	臺灣	劉備	以輕鬆形式，簡述《三國演義》內容。
《三國神兵》	香港	曹操	曹操為求重生，捨棄良心換取更大力量。
《武・霸三國》	香港	趙雲	趙雲領導山寨，對戰呂布之事。
《RANJIN　三國志呂布異聞》	中國	呂布	主述呂布個人事跡，及相關史事發展。
《天子傳奇・三國驕皇》	香港	劉備	劉、關、張三人，迎戰三大門派以捍衛漢朝。
《笑傾三國》	中國	裴笑	女子穿越時空，與三國英雄相戀之事。
《KILLIN－JI 新霸王傳・孫策》	中國	孫策	孫策接受玉璽之力，起死回生並成為不死之身。
《侍靈演武》	中國	孫宸	孫宸利用紙牌戰鬥，呼喚武將周瑜應戰。
《三國無雙傳》	香港	呂布	模仿光榮電玩《真・三國無雙》之角色設定。
《三國演義》	中國	劉備	依循《三國演義》之簡明漫畫版。
《三國英雄傳》	香港	劉備	依循《三國演義》之簡明漫畫版。

◎製表人：黃脩紋

　　由表格8、表格9，可見三國題材漫畫，類型多元、主題紛歧，內容更是五花八門，任憑作者編撰改造，尤以日本作品最顯蓬勃——肇因市場廣大、風氣開放，凡是立意獨特的作品，即便內容荒誕不經，甚至顛覆經典文作，

〔註92〕各書出版資料，參閱本論文之表格3：「《三國演義》改編文本之漫畫列表」。

只要能夠吸引讀者，便有商機價值，得以出線問市；但是，正因市場考量，部分作品為求醒目，反倒淪為刻意操作，無所不用其極以竄改文本，意圖增進作品賣相，卻使三國故事更顯混淆，甚至喧賓奪主，竟以武打、穿越、戀愛、性轉……作為發揮要點，全然偏離歷史情節。

　　動漫改編尚有一處特點：故事背景多為「前三國」，即是黃巾之亂至天下三分；聚焦此處，正為《三國演義》精彩所在，舉凡十八路諸侯、官渡對峙、長坂逃難、赤壁大戰、合肥圍城、漢中決戰，均是名聞遐邇的經典戰役，遂見改編者有志一同，鎖定此處以翻轉再創。其次，漫畫作品多為連載，端賴讀者反應，決定作品存亡，常見創作者豪氣干雲，意欲開創三國新貌，便於首篇黃巾之戰大肆發揮，抑或人物前傳詳加描述，以示三國亂世恢宏；卻因銷售萎頹、反應不佳，被迫中途腰斬，後續劇情自然無復存在。譬如《新三國志》，〔註93〕先以三集闡述劉備剿匪，再以二集敘述關東聯軍，最後一集匆匆交代三國鼎立；又如《三國志百花繚亂》，〔註94〕細筆描繪董卓之亂、貂蟬之計，卻於劉備急行江陵之後，僅用一頁交代三國稱帝，虎頭蛇尾、草率作結，遂使改編作品殘陋不全。

第四節　改編成電玩

　　電玩，為電子遊戲、電玩遊戲（Electronic games）之簡稱，意指使用電子載體做為運行媒介的遊戲。按照平台類型分類，可略分為街機遊戲（Arcade game）、掌機遊戲（Pocket game／Portable game／Hand-held game console）、電視遊戲（TV game／Home video game console）、電腦遊戲（PC games）、手機遊戲（Mobile game）。街機遊戲，即為大型機台，通常設置於公共遊樂場以投幣方式購買遊戲回合；掌機遊戲，即俗稱之掌上型遊樂器，譬如曾創下一億兩千萬台銷售奇蹟的任天堂 Game Boy；電視遊戲，則以遊戲機連結電視作為顯示器，引領潮流的任天堂 Family Computer（臺灣俗稱為紅白機）、索尼 PlayStation、微軟 Xbox、任天堂 Wii 均屬此中翹楚；至於手機遊戲，自是利用手機載具，多以 Java 語言編寫。時至近期，隨著網路環境日趨成熟，以及數位媒體技術進展，憑藉網絡連線作為媒介的線上遊戲（Online game）也順

〔註93〕山崎拓味，《新三國志・1-6》（臺北：東立，2005-2006）。
〔註94〕nini，《三國志百花繚亂・1-6》（臺北：東立，2005-2008）。

勢崛起,甚至後來居上蔚爲主流。硬體載具的精進開發,造使遊戲內容的聲光影像、娛樂效果,更顯流暢多元,精緻優美而臻至藝術;時至今日,遊戲已非打發時間,而是眞切影響個體生活、社會趨勢乃至全球風潮的重要變因,柯舜智以遊戲平台劃分人類年代,依序分爲:任天堂世代(Nintendo generation)、PS 世代(Playstation generation)、拇指世代(Thumb generation)、網路世代(Net generation)以及數位世代(Digital generation)。〔註95〕若是按照遊戲主題進行分類,則可分爲格鬥動作、任務冒險、角色扮演、模擬策略、即時戰術、經營統領、益智博弈、領域競技……諸多模式。每種模式之娛樂效果,各有側重也各成風貌,動作冒險首重刺激,回合戰略則需深謀遠慮,經營模擬憑藉通盤運籌。因此,即使電玩作品改編自相同腳本,肇因操作模式的大相逕庭,仍會造生新異感受。

　　電玩作品,是當代重要娛樂,引人之處在於:影音效果炫爛繽紛,涵括主題包羅萬象,加上軟體程式的即時運算,劇情走向得以變化萬千。不過,縱使科技進步,電玩內容仍如傳統小說,必須依循故事,作爲敘事基底;唯有作品結構流暢完整,劇情內容得以順利推展,方能持續吸引玩家投入。所以,廠商開發新作之際,首重內容是否引發關注,博取玩家認同、喜愛、著迷。有些策劃小組,嘔心瀝血以苦思新創;有時則巧取捷徑,憑藉經典文本以翻轉新意;源遠流長的三國故事,再度成爲可供開發的廣闊沃土。

一、三國電玩作品簡介

　　綜觀歷史題材之電玩遊戲,奠基三國乃是數以百計,並且持續推陳出新,甚至蔚爲市場熱潮,屢次攻佔銷售金榜。三國電玩遊戲,最早可追溯至 1985 年:日本軟體企劃光榮公司(株式会社コーエー),選擇磅礴浩瀚的三國征戰作爲題材背景,兼融史事記載,以及《三國演義》小說情節,甚至參雜日本對於中國世界的奇幻想像,研發電玩遊戲《三國志》。〔註96〕時至 2014 年,陸續發行達 12 代,深受中、臺、日、韓諸多玩家之熱烈支持,堪稱當代最具影響與口碑的歷史模擬遊戲。〔註97〕《三國志》顧名思義,遊戲主軸設定於三分天下的征戰謀略,但卻跳脫既定結局,藉由電腦軟體即時運算,改由玩

〔註95〕柯舜智,《合成世界:線上遊戲文化傳播研究》,頁 150。

〔註96〕KOEI,《三國志》(東京:光榮,1985)。

〔註97〕1985 年 12 月 10 日,光榮發行之電腦遊戲《三國志》,獲得日本 BHS 大賞第一名及最受讀者歡迎產品獎。

家擔任沙場梟雄，審辨決策、調度將領，因應瞬息萬變的戰場情勢，交相聯盟或是狼戾圍攻。各自迥異的操作途徑，排列組合之萬端變數，隨機造就截然不同的運勢走向，〔註98〕以此呈現廝殺中原的詭譎多變，激使玩家竭己所能，邁向統一中原的終極結局。此款遊戲迅速風靡，尤以年輕族群為盛；回顧昔時日本社會，三國熱潮歷久不歇，卻從小說鑑賞轉為商業應用，對於年輕族群造生隔閡、徒增漠然。三國遊戲崛起，拋卻陌生冷硬的職場法則，變為可供玩家盡情操縱的虛擬世界，投身其中樂趣無窮。電玩《三國志》，同時結合農地開發、治水灌溉、商業投資、武器鍛鍊、招募新兵、軍備開發；倘若玩家偏重鏖戰，枉顧其他經營，必將糧食不足，進而士氣下跌，縱使擁有十萬兵數，也會自損自傷反倒潰不成軍。此般設計，一方面得使作品貼近歷史，另一方面則可增添遊戲多元性、變化性，以達更為持久的耐玩度。

　　《三國志》大為暢銷、廣受好評，開發商光榮公司接連研發新作，增添劇情脈絡、精進遊戲謀略、持續推陳人物，甚至扭轉史實以造就更多變因；直至今日，遊戲雖有多代改版，代代均有嶄新突破，玩家猶仍擁戴未歇。憑此成功經驗，光榮公司逐將觸角延伸其他類型，同以三國情事為基底，卻因操作模式亦或娛樂主軸之設定差異，俾使玩家感受新奇，得以體驗不同樂趣。1989 年，卡普空公司（株式会社カプコン）趨利而出爭食大餅，推出 FC 平台的《天地を喰らう》（譯：天地吞食），〔註99〕採取角色扮演，預設為劉備軍的玩家，必須憑藉謀略點、經驗值以及調度兵力之時機關鍵，極盡所能突圍關卡，助益蜀漢統一中原。1997 年，光榮公司推出《三國無雙》，〔註100〕以動作格鬥為遊戲方式，有別於《三國志》之戰情謀略，《三國無雙》改以衝鋒陷陣的臨場快感作為號召，廣告標語「體驗一騎當千的樂趣」，意在呈顯猛將突圍、萬夫莫敵的颯爽英姿，玩家藉由斬殺千軍，獲得血脈賁張的刺激快感。2004 年，鑒於三國題材屢屢熱銷，光榮公司再推《決戰 II》，〔註101〕劇情時空由日本關原之戰，移轉至三國時期的蜀漢對決曹魏。2007 年，因應遊戲環境與硬體媒介之改變，光榮公司推出《眞・三國無雙 Online》，〔註102〕突顯戰鬥快感的浩大場面，同時兼融線上遊戲的「成長」特色，以練功升級、技能

〔註98〕1985 年《三國志 I》可選戰場為 58 郡，可選人物為 255 名；2012 年《三國志 12》可選城池為 40 座，可選人物已達 480 名。

〔註99〕CAPCOM，《天地吞食》（大阪：卡普空，1989）。

〔註100〕KOEI，《三國無雙》（東京：光榮，1997）。

〔註101〕KOEI，《決戰 II》（東京：光榮，2001）。

〔註102〕KOEI，《眞・三國無雙 Online》（東京：光榮，2007）。

強化、蒐集寶物……即時運作的網路特點，增強玩家對於此作之固著性。2009年，三國遊戲開山始祖的《三國志》，一方面延續單機新作，同時嘗試嶄新領域，推出《三國志 Online》；〔註103〕遊戲內容爲任務解決、軍略統籌以及國戰制霸，仍是偏向模擬策略，卻也因應線上遊戲特點，加上自創角色、職業類別、技能練造、武器鍛製、連合戰鬥、公會組織……諸多設定，遊戲進展更爲多姿，更使玩家難以預期。

　　除卻上述，2006年光榮公司亦曾推出遊戲《雀・三國無雙》，〔註104〕同樣肇基於三國史實，人物設計則源生於《眞・三國無雙》，遊戲內容卻是麻將競技，且於配牌、摸打、計分方式，均採日式麻雀（マージャン）之規則，遂成如此畫面：叱吒三國的武將、謀臣、梟雄，或是虛實難辨的傾城美人、嗟嘆世道的皇親國族、狡詐邪佞的宦官常侍，全都蛻變爲博弈高手，同桌一較牌技。馳騁中原的廝殺叫陣，變成刺激緊湊的方城之戰，玩家享受麻將對戰的益智之外，也因三國人物形象落差，由中得取顛覆樂趣。2007年，日商BaseSon 發行《戀姬†無雙》，〔註105〕定調爲戀愛冒險遊戲，並將男性爲主的三國人物「性轉」爲嬌俏可人的美少女。〔註106〕風姿綽約的稚齡女孩，竟是馳騁沙場的三國猛將；纖細靈巧的二次元身形，卻是殺氣騰騰操舞重型兵器，矛盾體現三國人物之驍勇英姿。故事設於架空背景，同時兼融戀愛養成，玩家達到特殊條件之後，便可讀取軟體預設的 CG 圖片，多半爲曖昧養眼甚或裸露情色；至此狀況，全然脫離三國原軌，縱使內容背離本質，此作卻仍廣受好評，〔註107〕與漫畫《一騎當千》同爲三國性轉之代表作品。如同前文所述，正因「三國」名聲響亮，有些改編作品並未著重於原始情節，僅是套用三國人物的顯赫名號，重新包裝，遂與三國情事全然無關。

　　三國熱潮同樣席捲臺灣，早前時期，採取翻譯移植、引進日本發行的三

〔註103〕KOEI，《三國志 Online》（東京：光榮，2009）。

〔註104〕KOEI，《雀・三國無雙》（東京：光榮，2006）。

〔註105〕此款遊戲的日文全稱：《恋姫†無双～ドキッ☆乙女だらけの三国志演義～》，中譯：《戀姬†無雙～心跳☆滿是少女的三國演義～》。BaseSon，《戀姬†無雙》（東京：BaseSon，2007）。

〔註106〕「性轉」，性別轉換之簡稱。ACG作品中，角色因爲某種原因而轉變性別：此爲架空設定，不同於現實變性，變性意指性徵的改變，而性轉則是身體、心靈、行爲，全面且同時地變爲另種性別。

〔註107〕此作榮獲 2007 年美少女ゲームアワード（美少女遊戲賞）的最佳角色賞、新類型賞。

國遊戲，肇因文化基底與崇日風俗，造使作品大受歡迎，日益茁壯的遊戲市場與逐漸攀升的玩家人數，也讓本土廠商窺見商機，自行研發三國遊戲。1991年，智冠科技公司推出策略遊戲《三國演義》，[註108] 操作模式、設計主軸與遊戲介面，在在仿效光榮公司《三國志》；然而，因其搭配語音系統，以及毋需轉譯的中文流程，又為東方讀者甚為熟稔的三國主題，甫一推出便創下 17 萬銷售紀錄，成為臺灣電腦遊戲史上銷售長紅的代表作品。1994 年，光譜資訊發行《富甲天下》，[註109] 類型為電子棋盤，遊戲方式類似大富翁，以買賣、收租、累積財富為主，卻刻意融合三國史事，而將地產換為城池、道具改稱錦囊、繳納過路費改為交戰抵銷，藉此突顯遊戲新意。1998 年，奧汀科技推出《三國群英傳》，[註110] 類型為即時戰略，交戰之後獲取經驗值以提升等級，升級之後方可協助內政、強化國力，蓄勢大戰之殲滅敵軍，再三循環最終統一天下。2003 年，單機作品不敵網路狂潮，宇峻科技仍於電腦平台推出《幻想三國誌》，[註111] 屬於角色扮演類型，主要人物全為原創，穿越時空遂與三國史事連結，憑此對陣戰鬥，抑或衍發情愫，逐於煙硝四起的中原鏖戰，同見亂世渦漩的兒女情長。此種設計，一方面遭受三國迷的撻伐攻訐，因其嚴重偏離戰事主軸，另一方面卻又引發潮流而博取好評，因其跳脫三國範疇，成功開發本未熱衷三國史事的遊戲族群，尤以女性玩家為盛。上述作品，均為臺灣國產，肇因反應熱烈且風評攀升，隨即推廣中國市場、順勢延及華人地區，遂使中文領域的遊戲玩家，甚或日本、韓國之東亞文化圈，全盤浸淫於三國熱潮。

　　隨著硬體設備逐漸提升，網路環境日趨成熟，線上遊戲順勢興起，蔚為一方之霸，趨利靈敏的廠商，便將三國題材轉植於網路處女地。2002 年 7 月，曾經涉足三國題材的智冠公司，承接前作，發行《三國演義 Online》，[註112] 將單機作品改為線上模式，利用操作介面殊異，以及線上遊戲有別於單機作品之最大特點——即時互動與無限更新——再度於臺灣電玩界興起三國風潮。2002 年 8 月，皓宇科技接連推出《三國策 Online》，[註113] 屬於回合制策略類型，同樣聚焦於三國紛擾，卻另闢蹊徑，改以棋牌競技作為遊戲主軸，在日、臺大作夾擊之間，仍

〔註108〕智冠科技，《三國演義》（臺北：智冠科技，1991）。
〔註109〕光譜資訊，《富甲天下》（新北：光譜資訊，1994）。
〔註110〕宇峻奧汀，《三國群英傳》（新北：宇峻奧汀，1998）。
〔註111〕宇峻奧汀，《幻想三國誌》（新北：光譜資訊，1994）。
〔註112〕智冠科技，《三國演義 Online》（臺北：智冠科技，2002）。
〔註113〕皓宇科技，《三國策 Online》（新北：皓宇科技，2002）。

可翻轉三國題材的嶄新玩法。此後，三國主題之線上遊戲，猶如野火燎原、推陳出新，截至 2010 年發行之三國主題線上遊戲，臚列如下：〔註114〕

表格 10　三國主題線上遊戲

遊戲名稱	開發公司	時　間	遊戲名稱	開發商	時　間
《三國演義 Online》	智冠科技	2002.07	《赤壁 Online》	完美時空	2007.12
《三國策 Online》	皓宇科技	2002.08	《三國伏魔》	起凡遊戲	2008.02
《天地吞食 Online》	中華網龍	2003.07	《三國征戰 Online》	世嘉	2008.04
《鐵血三國》	華義國際	2004.03	《名將》	八皇網絡	2008.05
《世紀三國》	尼奧科技	2004.05	《三國鼎立 Online》	龍圖智庫	2008.08
《天外》	雷爵	2004.10	《征戰 Online》	龍游天下	2008.10
《亂舞三國 Online》	松崗科技	2005.06	《西西三國》	西西網絡	2009.03
《三國爆爆堂 Online》	銳遊	2005.09	《三國帝王戰》	G-rex	2009.03
《三國群英傳 Online》	奧汀軟件	2005.10	《夢三國 Online》	電魂網絡	2009.04
《猛將 Online》	久之遊	2005.11	《三國之天》	韓光軟件	2009.05
《傲世三國 Online》	目標公司	2005.12	《風雲三國 Online》	福臨臨	2009.05
《無雙 Online》	光榮	2007.03	《火鳳三國 Online》	宇峻奧汀	2009.06
《QQ 三國》	騰訊	2007.04	《亂世》	新禧網絡	2009.08
《三國爭霸》	起凡遊戲	2007.05	《王者三國》	中青寶	2009.08
《大話三國英雄堂》	泰傲互動	2007.05	《三國殺 Online》	游卡桌遊	2009.08
《猛將傳 Online》	逍遙遊	2007.07	《群英賦 Online》	光濤互動	2009.08
《亂世三國 Online》	TOM	2007.08	《三國 Online》	天龍飛樂	2009.10
《三國義志》	寧波金麥	2007.10	《易三國 Online》	網易	2009.10
《三國志豪傑傳》	Weaver	2007.10	《御龍在天》	騰訊公司	2009.11
《蒼天 Online》	Wemade	2007.10	《東風 Online》	松崗科技	2009.11
《三國傳奇 Online》	天暢	2007.10	《猛將三國》	九眾互動	2010.01
《三國猛將傳 Online》	樂雅	2007.10	《VS 三國》	唯思軟件	2010.03

◎製表人：黃脩紋

〔註114〕　「三國題材遊戲大全」：http://www.sanguogame.com.cn/source2.html
　　　　　（2015.01.10）。

上述作品，各有特點以區別市場，或強調華麗炫爛的遊戲畫面，或仰賴美艷俊帥之人物形象，或以殘暴攻擊作為號召，或以可愛氛圍形塑特色；但卻萬變不離其宗，大多冠上「三國」品名，亦或可供聯想之稱：「猛將」、「群英」、「東風」、「亂世」、「鼎立」，藉此收攬聲勢龐大的三國粉絲，以求增強該作之曝光度、接受度、耐玩度，並求提升最為重要的實質利益。

二、三國電玩類型簡介

現今電玩作品，品項繁雜、難以計數，各有引人入勝之處，甚令玩家廢寢忘食；其實，遊戲本質雖為抒發身心、娛樂個體，卻非全然自由隨性。陳仲偉認為：所有的遊戲，均具神聖之目的，與嚴肅的規約，並將此應用於脫離現實的遊戲領域。唯有遊戲者全神貫注、遵守制約，所做行為才能達到預期之遊戲目的；因此，背離規準的人，便是遊戲的破壞者。〔註115〕類型殊異的電玩作品，各有專屬特點與操作模式，玩家操作遊戲之際，同時接受作品制定的所有規範，甚至包含「架空」設定。〔註116〕《三國演義》改編而成的遊戲作品，廣泛移植各類媒介、各種平臺，排列組合已成迤邐名單，難以通盤介紹；因此，筆者摘引關鍵模式，簡介代表作品，以探討其中意涵：

（一）戰術策略類型

承前所述，最早將三國故事移植於電玩遊戲，始於光榮公司於 1985 年推出的《三國志》，屬於歷史模擬（simulation game，SLG），玩家進入遊戲空間變為一方梟雄，思索如何折衝樽俎、運籌帷幄，方得殲滅敵軍以達統一大業；操作內容採以回合策略（urn-based strategy，TBS），兼及戰術運用、資源補足，尚須應對電腦攻擊，如同三國時代之馳騁戰場、協調內政以及外交策略，藉此重現環節盤錯的歷史浩戰，兼得變化萬千的遊戲樂趣。此部電玩源於《三國演義》，天下局勢與事件脈落大致參照原作，卻又增添電玩遊戲的必備設定——數值。

所謂數值，乃將人物特點，無論具體形貌亦或抽象特質，一律換算為可供計算的數字，使其明確精準，以便相互比較、分出高低。此種評量人物的方式，早有根源：1979 年，日本新人物往來社發行月刊《歷史讀本》，

〔註115〕陳仲偉，《日本動漫畫的全球化與迷的文化》，頁 174-175。
〔註116〕「架空」，意指憑空捏造、無所根據。ACG 文化中，架空意指脫離現實的虛幻世界，容許創作者隨意架構背景設定，提供更為廣闊甚或荒謬的設定背景。

推出三國特集，持續廣泛的專欄介紹，俾利讀者更有系統瞭解三國始末。1995 年 1 月，再以增刊形式出版《三國英雄資料篇》，針對 169 個三國英雄，各就統率能力、決斷能力等八項類別進行評判；每項各有評論，整體分數以八角圖示，遂使人物能力一目瞭然。2000 年 6 月，新人物往來社將評論英雄增至 173 人，改名《三國英雄 173 人計分資料篇》，以單行本形式出版，造成熱銷。〔註 117〕此種精簡量化卻又通盤呈顯的數值模式，正與電腦數位運算，得以相互連結；準確的數值，可使電腦運算以便連結預設結果，玩家也才有所脈絡，思索操作步驟是否符合目標，進而掌控遊戲樂趣。因此，電玩《三國志》登場人物，個個標予等級各異的能力數值：統率、陸指、水指、武力、智力、政治、魅力，〔註 118〕本為浮動抽象且難以量化的個體特質，全都成為可供計算的精準數字；卻也衍生另個難題：如何決定角色的量化數值，孰高孰低？端視《三國志》數值設定，除了預設個體紛歧，各部特質也必有領先群雄的標竿人物：

表格 11　《三國志 12》人物數值

	統　率	武　力	智　力	政　治
一	曹操（99）	呂布（100）	諸葛亮（100）	荀彧（98）
二	司馬懿、諸葛亮（98）	張飛（98）	司馬懿（98）	張昭（97）
三	呂布、關羽（97）	關羽、馬超（97）	賈詡、龐統（97）	陳群、張紘（96）
四	趙雲、孫策（96）	許褚、趙雲（96）	郭嘉、周瑜（96）	諸葛亮（95）
五	張遼、周瑜（95）	典韋（95）	荀彧、陸遜（95）	曹操、司馬徽（94）

◎製表人：黃脩紋

　　上述數值，於遊戲中各有關聯項目：「統率」最為基礎，針對全體戰力、募兵效果、糧草運輸，乃以梟雄曹操制霸；「武力」為使用特殊攻擊之破壞效能，當以震懾三軍的呂布拔得頭籌；「智力」可影響部隊視野、祕技開發及兵器鍛造，則以諸葛亮智壓群雄；「政治」造就市場配屬、農作收穫以及外交效能，改以王佐之才荀彧為首。由此可見，開發商預設數值，並非憑

〔註 117〕邱嶺、吳芳齡，《三國演義在日本》，頁 76。

〔註 118〕所述面向，綜合《三國志》1 至 12 代，預設能力值各有增刪。譬如：僅有 3 代出現「陸指」、「水指」，3 代至 12 代新添「政治」數值，而 11、12 代則取消初代即有的「魅力」數值。

空杜撰，而是有所憑依；筆者認爲，至少考慮三項要素：一是突出某位人物之強化特色，藉此製造遊戲高潮；二是兼顧作品的整體平衡，避免失衡懸殊反倒扼殺遊戲樂趣；三是參詳登場角色之史傳事蹟，佐以小說傳奇的誇張渲染，俾使玩家進行遊戲之際，同時結合演義情節，更加感受作品內容的銜合強化。

　　縱使如此，「數值」設定強弱，仍使玩家爭論不休，各以己見而相互攻訐，此乃據實改編的戰術策略作品，必將面臨的無解公案。上列表格爲例：「武力」方面，驍勇善戰的呂布或許堪稱三國第一猛將，但是獨捍長坂的張飛與速斬顏良的關羽，又該如何分出高下？此外，威震逍遙津、五子良將之首的張遼卻跌落榜外，討伐袁術、平定江東的孫策同樣榜上無名，評比信度令人質疑。由此可見，數值設定除了端詳實況，同時參雜日本開發商之國情主觀——尤以「頌蜀」、「抑吳」、「崇操崇亮」，最爲明顯。日本流傳三國故事，同時承接羅貫中《三國演義》之尊蜀抑魏，並將東吳弱化、劣化、邊緣化，藉此突顯王道、霸道的此消彼長；除此之外，吉川英治、柴田鍊三郎之改編作品風靡東瀛，日本讀者因而潛移默化，特爲推崇諸葛亮與曹操，讚頌二者爲三國翹楚。因此，電玩《三國志》，縱使源生於《三國演義》之數位轉值，仍與文本內容有所殊異。

（二）動作格鬥類型

　　提及三國故事，最爲深植人心，通常是名聲遠揚的人物群像——叱咤山河的貔貅猛將，運籌帷幄的智囊謀臣，亦或是過場匆促卻更添神秘的傾國美人。三國故事，以國群爭鬥爲背景，卻因人物姿態萬千、躍然紙上，加以傳播之際對於角色特質的增添強化，遂成歷久不衰的雋永文作。因此，前文介紹三國改編遊戲《眞・三國無雙》，即以鮮明靈活、美形豐姿的角色設定，做爲遊戲賣點；此款作品採用動作格鬥（Action Game，ACT），於操作模式、敘事脈絡及娛樂主軸，均與強調策略經營的《三國志》大相逕庭。

　　電玩遊戲之動作類型，在於操控角色相互搏鬥，利用武打招式、武器攻擊，削減對手的體力量表、生命總值，直至分出勝敗或達一方死亡；玩家奮力抗衡的目標，可能是連線玩家，亦或電腦運算的虛擬對手，甚是聲勢浩蕩、源生不絕的人海戰術。上述設定，轉換爲三國情境，即是各路英雄揮舞兵器，各顯奇招以擊退敵方，力圖鞏固自身優勢，以達統領三國的最終目標；交戰對手，可能是勢均力敵的戰將單挑，誠如關羽過五關斬六將，亦或萬夫

莫敵的橫掃千軍，即是趙雲七進七出之血染長坂。開發商絞盡腦汁、尋思關聯，利用三國史事的戰鬥主題，對照動作格鬥之遊戲精髓；不僅吸引三國愛好者，也使單純享受搏鬥刺激的玩家，得以感受作品之中，相互銜接的整體脈絡。

論及格鬥類型之三國遊戲，當以《三國無雙》系列，銷售稱霸且讚譽有佳。光榮公司於 1997 年發行《三國無雙》，首代作品僅只 3 條路線（魏、蜀、吳），8 處戰場（黃巾、虎牢關、官渡、長坂、赤壁、合肥、夷陵、五丈原），16 名角色（夏侯惇、典韋、許褚、曹操、趙雲、關羽、張飛、諸葛亮、周瑜、陸遜、太史慈、孫尚香、貂蟬、呂布、織田信長、豐臣秀吉）。〔註 119〕倘就三國史況，聚焦地區太為褊狹，關注事件不夠完整，眾多英豪更成遺珠之憾，並未成為遊戲角色。除了上述 16 人名單，其餘登場人物，無論名聲高低、重要與否，均為電腦運算，成為僵硬死板、無所特色的「NPC」（Non-Player Character）。〔註 120〕再者，理想狀態而言，遊戲應當呈現千軍萬馬，藉此突顯鏖戰壯景；但是，回歸現實考量，廠商必須兼顧主機運算極限，以及精簡成本的經濟盤算。兩相折抵之下，諸多名將謀臣，竟是套上相同臉廓，頂多只於服裝、顏色略做區別，一代豪傑淪為人海背景，遂被玩家戲稱為「大眾臉」。

《三國無雙》場景陽春、聲道嘈雜、人物動作未臻連貫，又常因畫面人數超過主機負荷而呈現當機狀態，遂使玩家怨聲載道。縱使如此，甫一推出，依舊引發熱潮；之後，光榮於 2000 年推出系列作品《真‧三國無雙》，〔註 121〕持續發行此款遊戲的改版、強化版、移植版，至 2015 年已達續作第七代，設計愈臻完善，成為格鬥類型之經典鉅作。

《真‧三國無雙》系列作品，廣受好評卻也屢遭訾詬。支持者讚其操作簡約，僅需搏鬥擊殺、無勞費神思索，便可達陣成功以達娛樂快感；反對者批判過程粗略，全賴攻擊威力、戰場廝殺、擊斃主帥以決勝負，反倒失去老

〔註 119〕《三國無雙》此款遊戲，滿足特殊條件之後，玩家即可使用「隱藏人物」：織田信長、豐臣秀吉。日本戰國時期武將，本與三國毫無瓜葛且時空殊異，此種設計，旨在提供玩家意料不到的驚奇感，做為持續進展遊戲之紅利鼓勵；此外，光榮公司早有規劃戰國主題之遊戲作品，且於 2004 年發售《戰國無雙》，遊戲模式與人物類型均承衍《三國無雙》。因此，三國主題出現日本戰國人物，一是為達娛樂效果，同時也為試探市場之先行手段。
〔註 120〕NPC，意指非玩家角色，乃由程式預設其反應、行為；於未連線的單機遊戲中，除了玩家所操縱角色，其餘人物均受遊戲主機所控制。
〔註 121〕KOEI，《真‧三國無雙》（東京：光榮，2000）。

謀深算的三國原味。筆者認爲，正因《眞・三國無雙》架構於格鬥類型，自
然首重交戰，突顯衝擊震撼，彰明刺激快感，方是此類遊戲之娛樂特點。誠
如柯舜智所言：以戰鬥爲主的動作類遊戲，遊戲的唯一目標便是消滅敵人、
超越敵人、求取生存，直到通過關卡或提升等級。玩家進行此類遊戲，必須
集中精神，專注於生死存亡，遊戲的故事情節最好簡單明瞭，以便玩家更加
專注致力於攻擊打鬥。〔註122〕三國史事既是家喻戶曉，開發商無須講解脈絡，
玩家也不必分心劇情；重要事件、局勢趨向甚或最終結局，早已瞭然於心，
遂使玩家全然專注於操控角色，盡興於角色對戰之快感。

　　此外，動作類型遊戲，強調格鬥模組，攻擊形式尚可劃分爲「即時制」
（real-time cambat）與「回合制」（turn-based cambat）。即時制，意指戰鬥型
態與故事進展一併發生，即是玩家操縱遊戲之際，同時遭遇敵軍攻勢，必須
立即防禦、反擊，是種擬眞的擊殺型態，移植於三國情境，則是沙場鏖戰的
眞實呈顯。回合制，則爲戰鬥雙方依序出招，順序輪替至自身，方能發動招
式予以攻擊，此種安排如同棋類遊戲；轉替於三國背景，通常佐以「戰術」
施展，並冠上「一騎討」名稱：本是如火如荼的喧囂戰場，瞬間淨空僅剩敵
我二人，宛如《三國演義》的單挑場面，憑此連結文本橋段。再者，此類遊
戲爲求呼應原作，極致利用經典情節；但是，三國雖爲軍事主題，卻非時時
刻刻處於戰鬥情態，即使交戰仍可分爲文攻武嚇，甚或運籌紙上的鬥智謀略。
因此，遂衍生「文戲武編」的改創手法：本爲重於情感、說辭的經典場景，
改以身段、動作、節奏以茲詮釋，形成符合原作又另顯新意的藝術面貌，增
強作品表現效果，同時提升觀眾注目。譬如，《眞・三國無雙 3》即有「二喬
獲得戰」，將孫策、周瑜迎娶佳人的浪漫傳說，改編成雙方交戰的比武擂台；
又如《眞・三國無雙 4》的「官渡之戰」，玩家倘若選用曹丕破關，則必遭遇
甄姬宣戰，〔註123〕必須擊敗對手以提升士氣，乃將原作所述「曹丕趁亂納甄
氏」之兒女邂逅，改爲殺氣騰騰的戰場酣鬥。

（三）角色扮演類型

　　角色扮演類型遊戲（Role-Playing Game，RPG），顧名思義，玩家須於遊戲
扮演虛擬角色，探索場景、執行任務、解決難題、突破關卡，達到預設條件方

〔註122〕柯舜智，《合成世界：線上遊戲文化傳播研究》，頁 23。
〔註123〕《眞・三國無雙》遊戲角色「甄姬」，爲袁紹之媳、曹丕之妻，即爲「文昭甄
　　　　皇后」（183－221），史稱「甄夫人」，相傳其名爲甄宓；此處按照遊戲之人物
　　　　名稱。

可獲得獎賞或勝利。此種類型特色，在於角色各自迥異的「屬性」（Attribute），以及達陣之後的「升級」（Level-based progression）；屬性強弱、特長殊異將影響升級難易，提升等級必會強化屬性特長，同時啟動更難關卡，相互循環以達遊戲進展。此外，各角色之屬性、技能、專長各有所擅，是故解決任務亦或戰鬥之際，最好採取群體作戰，〔註124〕各憑優點相互協助，藉由小組合作以達最大成效；因此，角色伴演作品需要多數玩家的同時參與，方得展現樂趣、俾利進展，此類作品不僅活躍於單機平台，更已蔚為線上遊戲的主要型態。

此類作品，既是奠基於「屬性」與「升級」，則須涵括基本數值：首為生命值（Hit Point，HP），代表生命力多寡，殆盡之際即為死亡；以及魔法值（Magic Point，MP），用以計算角色特殊能力，即前言「屬性」特質；尚有經驗值（Experience point，EXP），玩家依據遊戲要求通過考驗，藉此累積經驗成效，達到預設目標之後便能「升級」，獲得更強能力，可使玩家感受激勵，同時精進遊戲熟練。這些設定，轉植於三國情境：生命值代表角色體力，消耗過多會使人物衰竭、甚至死亡，必須即時補充提升體力的特定物質，譬如《三國群英傳》之「玉屑金丹」，亦或《真‧三國無雙》之「華佗膏」。其次，魔法值轉為角色特性，乃是人物專擅的特殊技能，〔註125〕譬如《世紀三國》將登場角色分為武將、軍師兩大主類，〔註126〕軍師各擁「必殺」、「怒擊」、「血光」、「狂風」、「威喝」……各種能力，每項技能相生相剋，端賴玩家應用得宜、出奇制勝。最末，計算升級與否的經驗值，三國遊戲更可結合歷史實況，改以軍階計量；譬如，初級玩家自是新兵、伍長之流，隨著經驗堆陳、戰果累加，攀升階層而成裨將軍、牙門將軍、輔國將軍，最終晉陞至驃騎將軍、大將軍，即為其它角色扮演遊戲的「封頂」階段，達到經驗值的最大數據。

除卻上述特點，此類遊戲同時兼具兩大特色：廣闊的世界，豐沛的人物。因應玩家的持續升級、拓展能力，必須提供無垠無邊的遊戲環境，方使玩家一再探索，持續發掘嶄新任務，以此增進經驗、提煉等級，邁向下道關卡。所以，RPG類型的遊戲空間，多半架設於幻想國度亦或史詩異域，譬如《勇者鬥惡龍》之天空城、《魔戒》之中土世界、《Final Fantasy》之虛擬帝國、《大航海時代》

〔註124〕此即「組隊」，形式鬆散、無所強制，隊內成員僅為暫時合作；倘若制定規格、成立公約，並明訂遴選方式，則成線上遊戲之「公會」、「同盟」。

〔註125〕角色扮演或線上遊戲，常將人物區分為不同「職業」，各自附加專屬技能；譬如《仙境傳說》之設定，騎士主力攻擊，服事施展治癒，鐵匠則能鍛造武器、尋找礦石。

〔註126〕尼奧科技，《世紀三國》（臺北：尼奧科技，2004）。

之全球海域、《魔獸世界》之艾澤拉斯大陸。烽火四起的三國戰場，縱橫捭闔的州郡城池，無論是十八路諸侯的天下聚義，亦或三國鼎立之各據江山，極為適合 RPG 遊戲的廣袤場景。三國時代，各路豪傑馳騁天下，劃地蟠踞、自擁重兵，卻又此消彼長、互有關連，誠如遊戲關卡各自獨立，破關之後方能進入、接收另塊相互承接的嶄新領域，展開下一波挑戰。此外，RPG 類型為求滿足玩家精熟模式之需要，加以線上遊戲考量伺服器效能，常會另設「地下城」：充斥陷阱以供練功，同時蘊藏寶物吸引玩家探索，並能分散人潮以避免主機承載過高，Online Game《夢三國》、《三國來了》，〔註127〕均有配備上述場域。

　　誠如前文，RPG 類型常與線上遊戲相互結合，藉由群體組織，俾使戰力提升，組織成員各有專擅，方使團體合作不可或缺；因此，開發商務必提供屬性多元的人物類型，一方面增進團體效能的組合變化，另一方面則予以玩家自擇、自煉、自我發揮的特質形象，因其專屬獨特，進而投射自我，增強對於此款遊戲的認同與著迷。人物迤邐的三國故事，單就《三國演義》即高達 1192 名登場人物，於設定基底而言，即能巧妙結合 RPG 所需的龐大角色量；此外，肇因當代否決權威之思想解構，縱使根源史況，三國遊戲仍不可免俗地推出自創角色——人物來自憑空杜撰，亦或連結稗官野史——俾使玩家感受更大、更廣、更為自我的遊戲主導權。

（四）戀愛要素類型

　　戀愛遊戲（恋愛ゲーム），始於 1989 年 Cocktail Soft 發表之約會模擬作品《CANCAN BUNNY》（きゃんきゃんバニー），此為日本首部戀愛養成遊戲。此類作品以戀愛為旨，結合模擬經營，玩家須與喜愛對象培養關係、增溫情愫，如同現實之戀愛過程；誠如柯舜智所言：「常人以為遊戲多半背離現實，但其實所有類型的遊戲均在反應文化，重製（reproduce）創作者所處文化的觀點。」〔註128〕另外，也有結合任務冒險、格鬥動作，如同影視作品之文戲武場，情思糾葛之外，亦有廝殺搏擊，俾使劇情雙頭並進，更顯豐富多彩。此外，有些作品為求出奇制勝，亦或投其所好以鎖定特殊族群，尚將戀愛主題結合情色畫面，談情說愛之後順勢發展肉體關係，一方面切合人生實景，一方面自是吸引「醉翁之意不在酒」的趨色之徒。因此，戀愛主題的遊戲作品，尚會依照內容是否涉及肉慾、裸露、交媾，區分為「純愛遊戲」或「十

〔註127〕電魂，《夢三國》（杭州：電魂，2009）。
　　　　樂迪通，《三國來了》（北京：樂迪通，2012）。
〔註128〕柯舜智，《合成世界：線上遊戲文化傳播研究》，頁 139。

八禁遊戲」（H Game）。〔註129〕

　　戀愛遊戲的基本模式，常是玩家以第一人稱視角端詳故事發展，並與周遭角色互動、解決任務以強化關聯，藉此提升特定角色對於自身的「好感度」，如同現實人生追求心儀對象，百般討好、製造機會。此外，遊戲之中會預設固定的時間流程，即爲「遊戲魔法圈」（magic circle of game）：每款遊戲都架構於超脫現實的特定時空，如同一個封閉的圈圈，自有準則而不受眞實常規所影響。〔註130〕遊戲之中的時間終結，在於是否滿足條件以面對結局來臨——能否和心愛對象情投意合、長相廝守？或是徒勞心神、空手而回？亦或出乎意料，反與其他角色締結良緣？上述結果，端賴玩家是否積極培養「好感度」，有無滿足程式預設的關鍵條件。因此，其他類型的遊戲作品，娛樂效果將因結局底定而停擺，即使重頭玩起，也因熟知過程，遂使樂趣大幅降低。戀愛遊戲則不然，玩家無法達到預定結果，必然重複流程以求修正差錯，期盼導回正軌、成全心願。或是，戀愛遊戲爲求滿足各式玩家，常會預設姿態萬千的多數角色，任憑玩家揀選心儀對象，是故此類主題又被謔稱爲「後宮作品」，自然也使玩家躍躍欲試、心猿意馬，即使已有戀愛達陣的完美結局，仍會另擇新角以再啓遊戲，藉由更換攻略對象，嘗試滋味不同的戀愛風情。甚至，某些玩家尚會採取拖延戰術，迂迴閃躲特定條件以避結局來臨，方能盡情享受最爲陶醉的曖昧時刻。

　　戀愛遊戲架構於情感培養、人際互動，與爭霸天下的三國史事看似毫無關聯，仍被遊戲廠商鎖定，接連改編爲遊戲新作。筆者認爲肇因有二：一是，三國時代的各色人物，正好滿足戀愛遊戲所需的攻略客體。二是，三國豪傑名聲遠揚，早已家喻戶曉且各有擁戴，容易觸發好感，誘使玩家情思動盪，冀望能與心儀人物展開戀情。不過，三國人物多爲男性，爲求迎合各式性向，遊戲廠商遂將玩家角色設爲女性，直接套入三國情境，成爲眾星拱月的寵愛焦點；部份作品卻大肆篡改，反將三國人物「性轉」爲環肥燕瘦的六宮粉黛，玩家猶如帝王選妃，恣意揀選女性類型。各自滿足不同性向的特殊幻想，概分爲滿足少女情懷的「女性向」，或是撫慰男人獵豔渴求的「男性向」。

〔註129〕十八禁遊戲，正式名稱爲「R18遊戲」，通稱爲「成人遊戲」、「エロ遊戲」、「H Game」。「エロ」爲和製英語，由英語「erotic」轉寫爲片假名「エロチック」（EROCHIKU），意指「色情的」。「H」（エッチ）意指色情，始於明治20年代（1887－1896），女學生將「変態」（HENTAI）刻意隱略，僅取H作爲代稱，之後衍生成「色情」、「性交」之代稱。

〔註130〕轉引自柯舜智，《合成世界：線上遊戲文化傳播研究》，頁139。

　　改編三國的戀愛遊戲，囿於遊戲習慣及民情風俗，仍以日本市場較為暢行，譬如：均屬戀愛冒險類型的《戀姬†無雙》、《三極姬》、〔註131〕《三國戀戰記》、〔註132〕《十三支演義》。〔註133〕《戀姬†無雙》為男性向設定，主角北鄉一刀穿越時空來到異世界，以劉備名號周旋於千嬌百媚的鶯鶯燕燕，眾多粉黛均冠以三國名號：關羽成為堅毅傲嬌的馬尾少女，孔明變為溫順嬌怯的稚齡女童，曹操則是善妒任性的驕縱千金。這些女孩容貌殊異、性格迥然，卻與主角發生關聯而得以進展交流，甚至能因條件達成遂與主角接連交媾，玩家藉此投射情感，撫慰自身的戀愛幻想，以及性慾滿足。《三極姬》同將武將性轉女體，雖以戰鬥為主軸，服裝造型卻一律凸顯體態曼妙，著重意涵不言而喻。《三國戀戰記》與《十三支演義》則屬女性向類別，玩家成為遊戲女主角，與三國人物各生旖旎。Daisy2 於 2010 年發行《三國戀戰記》，主角為穿越時空的高中少女，誤打誤撞成為孔明弟子，憑藉隨身攜帶的歷史寶典，所向無敵以指點戰局，並與三國人物展開似有若無的曖昧情愫；玩家面對瀟灑帥氣、冷酷靜默、和藹親切的各式男角，端賴自身喜好以培養情感。IDEA FACTORY 於 2012 年銷售的《十三支演義》，增添更多架空設定：獸人與貓耳。主角為隱居深山的貓族少女——關羽，為了保護全族命脈，因此投身亂世戰局，遂與眾多男角交戰對峙，卻也暗中滋長情愫。登場人物，除了關羽、呂布之外，其餘角色均為原設男身，方能顯現窈窕淑女、英豪述之的浪漫情懷，俾使玩家感受現實難有的眾星拱月之樂。

第五節　改編成同人誌

　　「同人」此詞，源於《易經》：「同人于野，亨。力涉大川，利君子貞。」〔註134〕譯為：「與他人會同於野外，順利，有利於涉越大河，有利於君子堅持。」意指與人協同，則能裨益事端、排除阻礙，相互協助以致成事。但是，此處所欲探討之「同人」，源自日文「どうじん」，雖是根源中國的和製漢字，卻

〔註131〕ユニコーン・エー，《三極姬》（東京：ユニコーン・エー，2010）。此作原名為《三極姬〜乱世、天下三分の計》。

〔註132〕Daisy，《三國戀戰記》（東京：Daisy2，2010）。此作原名為《三国恋戦記〜オトメの兵法！〜》（譯：三國戀戰記〜少女的兵法！〜）。

〔註133〕IDEA FACTORY，《十三支演義》（東京：IDEA FACTORY，2012）。此作原名為《十三支演義〜偃月三国伝〜》。

〔註134〕〔東周〕卜子夏，《子夏易傳》（臺北：臺灣商務，1983），頁 7 之 23。

已變爲動漫文化之專有詞彙。「どうじん」（TOUJIN），意指志同道合的人群，因爲共同喜好而聚首，進而組織交流、蔚爲群體。

同人誌，意指志同道合之人，共同創作出版的書籍、雜誌、刊物，內容端賴社團自訂，可以是文章彙整，也能是漫畫交流，無論聚焦何種主題，通常採取非商業模式，即是不經由登記有案的出版社發行，而是交由組織團員包辦流程。肇因日本 ACG 文化之蓬勃發展，加之臺灣媒體的標籤效應，現今所言「同人誌」，通常是指漫畫類型的非商業作品集。

依循前述定義：理念相同者組織爲社，統整作品以發行推廣，即可稱爲「同人誌」；回顧中外歷史，便能發現此種風氣興盛已久。譬如，「開臺進士」鄭用錫（1788－1858），引領文壇並於咸豐七年（1857）籌組「斯盛社」，撰有〈再贈斯盛社同人〉，描述文友聚會之吟詠樂事。不過，現今所謂「同人」，除了理念共通、分享作品，與其他文藝組織之最大差別，在於成立之初的動機單純——並非博取名聲，也未追求利益；早先時期，「同人」僅於私下交流，創作成品只與同道中人相互傳覽，甚至類似祕密結社，並不接受組織之外的人，瞭解其間活動詳情。

影響當代 ACG 最爲關鍵的「同人」團體，可追溯至 19 世紀，由日本作家尾崎紅葉（1868－1903）、山田美妙（1868－1910）主導之「硯友社」，其於 1885 年與友人共同發行《我樂多文庫》，內容包含詩、俳句、短歌、小說。初始之 1 至 8 期刊物，採取手稿裝訂而成的「肉筆回覽誌」，〔註135〕僅收錄會員作品，並於其間依次傳閱。後來的 9 至 16 期，改以活版印刷之非賣形式，追求娛樂性並努力提升文學價值，廣受好評才複刻公賣、行銷大眾，爲當代文壇帶來極鉅影響。之後，經歷二戰紛擾，日本於戰敗低潮力圖振作，文化界也極欲展現戰時壓抑的創作能量，新刊創編如同雨後春筍、蓬勃熱絡。1953 年，石森章太郎於月刊雜誌《漫畫少年》召攬同好，組成「東日本漫畫研究會」，同年創刊《漫畫一滴》以展示投稿作品；初期資金不足，無法支付當時仍屬天價的影印、印刷費用，遂採「肉筆回覽誌」以編訂會員作品。此後，1966 年，「漫畫之神」手塚治虫（1928－1989），創辦《COM》雜誌，專欄〈ぐらんど・こんぱにおん〉（即英文 Grand Companion，簡稱ぐら・こん）以別

〔註135〕 「肉筆」（にくひつ，NIKUHITSU），源自日本漢字，意指親筆書寫，通常是
　　　　發行者無法支付打字、印刷之費用，採取的因應之道。今日若採用「肉筆」，
　　　　則爲凸顯創作意圖或復古風格。

冊附錄提供讀者發表園地，甚至曾有《優秀同人誌特集》，遂使日本同人團體更具規模、更見組織化。〔註 136〕

　　1970 年代，隨著印刷技術的進步普及，以及交流團體的興盛風行，多以「肉筆」模式、陽春製作的同人誌，轉爲大量印刷以廣泛流通。1975 年 12 月 21 日，漫畫評論團體「迷宮」，於東京「日本消防會館」舉辦同人交流爲主的即賣會「Comic Market」（コミックマーケット，簡稱コミケ、Comike、CM），只有 32 組社團參加，入場人數約 700 人。1996 年，CM 轉移陣地至「東京國際展示場」，每年固定於夏（8 月）、冬（12 月）舉辦，每場爲期三天，規模日漸壯盛，參展團體種類繁多，於 2013 年之 C84 甚至創下三天展期共有 59 萬人次的入館記錄。〔註 137〕而在臺灣，1987 年廢止「漫畫審查制」，漫畫市場急速攀升，漫畫社團也如雨後春筍，愛好者籌辦小型同人誌販售會，此爲臺灣同人誌活動的草創時期。1997 年，日本 SE 株式會社與臺灣捷比漫畫屋合作，於臺北舉辦「Comic World Taiwan」（簡稱 CWT）的同人誌販售會，成功引發熱潮，促使同好交流話題、鑑賞作品、銷售書誌更爲方便熱絡。2002 年 10 月，開拓動漫事業公司加入市場，於臺北世貿二館舉辦「Fancy Frontier 開拓動漫祭」（簡稱 FF），時至 2014 年的 FF24，創下單場參展攤位高達 1700 攤的鼎盛記錄，可見臺灣的同人活動十足熱絡，逐漸蔚爲潮流。〔註 138〕同人浪潮隨著資訊網絡，強力襲捲全球，有其獨特名稱與發展：歐美國家，以自費出版品（self-published book）與小規模發行漫畫（small press comics）爲同人誌代稱；盛行已久的愛好者雜誌（fanzines）、耽美小說（slash），更與當今同人理念可茲相通。〔註 139〕

　　現今 ACG 活動，同人誌已成普羅大眾用以表達理念、推廣作品、交相鑑賞甚至塑立名聲的重要媒介。部分同人作家，其畫技水準、敘事內容、人物設定均見優異，不輸商業成品，擁有廣大粉絲、坐收名利。名氣鼎盛的同人作家，順勢轉往商業領域，憑藉出版社的整體規劃、專業行銷，更加拓展讀者族群，攀上事業高峰；部份同人作家不願躋身商業出版，縱使威名遠揚，仍以同人販

〔註 136〕傻呼嚕同盟，《COSPLAY‧同人誌之秘密花園》，頁 136-137。

〔註 137〕「同人誌生活文化總合研究所」：http://www.st.rim.or.jp/~nmisaki/index.html （2015.01.30）。

〔註 138〕李衣雲，《漫畫的文化研究》，頁 124。

〔註 139〕古孟釗，〈漫畫同人誌在臺灣的發展～休閒與文化產業的觀點〉（臺北：世新大學觀光學系碩士論文，2004），頁 20。

售的攤位形式，小規模、流動性地推銷作品；甚至有些功成名就的漫畫家，已在商業市場打響名號，卻又回歸同人創作的小眾族群，以《美少女戰士》聞名全球的武內直子（1967－）、以《聖傳》引領風潮的 CLAMP，〔註 140〕均於商業作品大受好評之際，持續參與自費創作的同人販售。同人活動看似勞心傷神，萬端事項均需自行處理，卻仍吸引老將新手持續投入；此乃肇因，同人誌初衷，在於同好之間的交流分享，創作與否端賴作者意圖，而非亦步亦趨追隨市場評價，對於創作者而言，雖然事必躬親，創作之外同時兼顧編輯、宣傳、印刷、包裝、銷售、尚得自行開發客群……等等繁瑣雜事，卻也相較商業模式擁有更大的自主權，以及擇題發揮的自由度。正因同人誌容許各式題材的盡情發揮，每個創作者都可恣意揮灑心中藍圖，全然主掌作品脈絡；加以今日硬體設備的進步與便利，無須仰賴專業廠商，有志者也可自行印刷、出版個人作品，甚至已有玩家涉及音樂廣播、遊戲軟體的獨立開發。

　　然而，現今同人誌雖是根源於 ACG 文化，卻非所有的動漫愛好者都會投身同人誌世界，有些讀者對於同人誌置若罔聞、不感興趣，也有讀者甚為憎惡同人作品，認為它們恣意衍伸，嚴重偏離原作主軸，甚至詆毀人物形象。接觸相同作品的閱聽者，何以有人全盤接收故事內容，又有讀者不甘遵循原作、偏好自行揣想以衍發新境？茲引文化學者斯圖亞特‧霍爾（Stuart Hall，1932－2014）所述，解構媒體論述的製碼機制：

　　　　（一）主流稱霸的立場（dominant-hegemonic position）：閱聽人直接且完全接受媒體所傳達的訊息，完全按照製碼意義進行解讀，又稱為「完全透明的傳播」。（二）協商的立場（negotiated position）：包含了適應與反對的混合因素，他承認霸權定義的合法性，可是卻又會在有限的層次上創造自己的規則。閱聽人一方面將事件的主流定義擺在優先地位，另一方面卻保留權利進行更多有利自己立場的協商。（三）反對的立場（oppositional position）：閱聽人將訊息中的優勢符碼完全解構掉，並以不同的參考架構重新加以解釋、重新整體化（retotalize）。〔註 141〕

創作者按照自身思維，予以內容定義，希望讀者依循線索以解讀該作。但是，

〔註 140〕CLAMP，為日本著名漫畫家組合，成員更動多次，目前（2014）成員為大川七瀨（1967－）、もこな（1968－）、貓井椿（1969－）、いがらし寒月（1969－）。
〔註 141〕胡芝瑩，《霍爾》（臺北：生智文化，2001），頁 154-156。

誠如羅蘭・巴特所言：「The death of the author.」（譯：作者已死），認為「書寫成章（作品）的統一性，關鍵不在於它的源頭（作者），而在於它的目的地（讀者）。」〔註142〕縱使閱讀相同作品，不同心性的讀者，各會採取懸殊方法以理解內容，從而衍生因應之道──有些人全然接受，僅將作品視為單純的閱讀素材；多數人則兩相妥協，部分同意作者論點，同時衍生自我解讀；尚有一部分讀者會採取對立，不願依循原作情節，轉而改創改撰、另生詮釋，即為「同人創作」的演進流程。但是，筆者尚須釐清，同人誌雖是針對原作的「反叛」，卻非全然反對原作設定，有時反而是沉迷故事內容、認同創作理念，因此對於略述而過的情節、描寫未盡的角色，有所遺憾進而自行補足，俾使所愛作品能更顯完整。

一、原創型與改編型

前文提述同人誌興起源由，此處再就類型略作簡介。首先，倘以故事來源區分，可概分為「原創同人誌」與「改編同人誌」。原創同人誌（original doujinshi），意指作品之中的情節、人物、主題，均源於作者獨創，無需遵循原作脈絡，也毋須經由商業形式，採取自產自銷的同人販售。正因無關文本框架，市場接受與否的壓力較小、甚至可以全然罔顧；因此，原創同人誌的題材寬廣，任憑創作者恣意選擇，萬般題材均可轉換為動漫形式，蘊含意涵更是五花八門，甚至跳脫現實常規，於平面畫作拓展更勝現實的無垠想像。舉例而言，當今盛行的「擬人」類型，即將現實中本無生命的具體物質，藉由作者憑空揣想，轉繪為各具風韻的人形姿態。「被擬人」之本體，可以是百噸鑄鋼的磁浮列車，亦或精準運算的電腦軟體，甚或糾葛牽連的國家政權，經由作者巧筆撰繪，轉替為容貌殊異、性格顯著的人形樣貌。然而，毫無根據的天馬行空只堪自娛，難以博取讀者認同，因此創作者常會刻意連結足以辨識的資訊、脈絡、特徵。譬如，日本新幹線 Fastech360（ファステック 360）系列，於車頂安裝空氣減速板，宛如於藍綠車頭安裝一對橘黃貓耳，遂有同人以此為題，催生擬人化的「FASTECH360 娘」，〔註143〕將高速列車變為綠髮橘耳的俏麗少女。又有以 Windows 作業系統為擬本的「OS 娘」，

〔註142〕轉引自蔡源煌，《從浪漫主義到後現代主義：文學術語新詮》，頁 205。
〔註143〕此處之「娘」（むすめ），為日製漢字，意指女兒，譬如安徒生童話〈沼澤王的女兒〉，日譯為〈沼の王の娘〉；亦可代指年輕女性，偶像團體「早安少女組」之原名即為「モーニング娘。」ACG 詞彙中的「○○娘」，通常為第二意。

除了服裝配色參考作業系統的預訂色碼，作者尚將角色設定為浮躁不安的性格，以此嘲謔當機陋弊。擬人作品中，最富盛名則為日丸屋秀和（1985－）《義呆利 Axis Powers》（ヘタリア Axis Powers，簡稱 APH），依照各國文化、歷史事件以及民族特質，虛構為形形色色的多姿人物：擬化日本的本田菊，被描述為御宅族以借喻鎖國史事；擬化美國的 Alfred F. Jones，總是自詡正義英雄以譎諷美國的世界警察形象；至於擬化臺灣的林曉梅，頭上戴有梅花髮飾，擅於烹飪美味便宜的料理，意在比擬盛名全球的臺灣小吃。

　　同人誌解讀題材，本就具備彈性，加以原創類型的無所侷限，更使創作得以自由發揮，極力依循作者思維；創作者構思作品之際，考慮的只是自身理念是否抒發、表現欲望是否滿足，毋須在意符合文本或是讀者期許之外在影響。如同普普藝術（POP）開創者安迪・渥爾（Andy Warhol，1928－1987）曾言：「In the future everyone will be famous for fifteen minutes！」（譯：在未來，每個人都有成名的 15 分鐘！）現今的同人誌作品，即可視為當代藝術家對於自身理念的成形、宣揚、推廣，勇於表達己身觀點之呈現。

　　改編同人誌（parody doujinshi），則指作品改編自既成作品，源頭可涵括文學、音樂、動漫、電影……諸類形式，均可成為同人再創的參考底本。現今作品為例，中國漫畫家豬樂桃（1980－）編繪《世說新語・八週刊》，〔註144〕肇源於國學古著；《妄想 BL 世界名著》合同誌，〔註145〕則是奠基於家喻戶曉的童話傳說；動漫作品《黑子的籃球》之所以引發熱潮，部分原因在於同人圈的推波助瀾，此部作品甚至能於日本、臺灣舉辦專屬同人活動，廣受推崇可見一斑；〔註146〕影視方面，《X 戰警》、《蝙蝠俠》、《復仇者聯盟》此類「英雄電影」的改編再創，則於歐美同人圈極為鼎盛。改編源頭，可謂取之不盡、用之不竭，同人翻轉之後的呈現形態，更是五花八門、與日俱進：故事文作，繪圖漫畫，乃是基本改編型式，但也不必侷於紙本，實質印刷逐漸被網路流通所取代；隨著時代演進及設備提升，尚有同人利用影音媒介，譬如日本影音網站 niconico（ニコニコ動画），即見玩家剪輯知名作品，或是扮演角色的

〔註144〕豬樂桃，《世說新語・八週刊》（臺北：網路與書，2012）。

〔註145〕Ayami 等，《妄想 BL 世界名著》（臺北：三采，2011）。

〔註146〕同人誌行銷，通常不經由商業環節，而是利用同人自籌的販售會作為展售形式，因此，販售會通常聚集主題龐雜的各類作品。有別於上者，部分販售會，僅限某部作品的同人誌方可參展，俗稱為「ONLY 場」，通常是特別風行的熱門作品，才能有此盛況。

廣播放送。2014 年，署名 Anshie 的同人團體，於 Youtube 上傳實景演出的《進擊的巨人》，內容模擬原作動漫片頭曲，演出人員則爲服裝、妝髮、神情姿態均極爲考究的 cosplayer，運鏡流暢兼及畫質細膩，卻全然出於同人的自導自演自攝。〔註147〕

　　上述例作，雖然演繹紛歧、媒介殊異，卻均遵循共通特點：同人改編之際，無論情境如何架空、敘事偏離原軌，仍會於故事背景、情節主軸，參照原作設定，方能提供聯想線索，尤以人物形象——至少於外貌、服裝、可供指認的特殊配件——盡量同於原作，方能吸引原作品讀者群。讀者對於改編內容存有預期心態，肇使再創者得以省略交代背景、鋪述事件，直接切入重點情節，重新演繹以激發新篇；亦或反其道而行，憑藉讀者對於相同文本的瞭解與熟悉，同人誌則將故事細節更行精緻，以此加強原作的藝術效果，一方面表證自身對於原始文本的愛好推崇，博取讀者認同，一方面呈顯自身的深入解讀，藉此贏取讚賞。然而，既是同人創作，除了依循原設，尚會新編敘事或是補足情節，甚至衍生架空背景以另闢新境；因此，此類改編同人誌，又稱爲「演繹同人誌」。根據此論，羅貫中《三國演義》實可視爲「改編同人誌」之作：羅貫中拾取素材，包括秉實陳述的史料記載、憑空杜撰的前人虛構，同時兼融自身對於三國人物之喜好、評價與想像，改寫成「七實三虛」的章回小說；即如清人劉廷璣（1654－）《在園雜志》所言：

> 演義者，本有其事，而添設敷演，非無中生有者也。蜀、吳、魏三分鼎足，依年次敘，雖不能體《春秋》正統之意，亦不肯效陳壽之徇私偏側，中間敘述曲折，不乖正史，但桃園結義，戰陣回合，不脫稗官窠臼。〔註148〕

《三國演義》流通以後，有人拍案叫絕於內容精彩，也有人厲聲斥責故事妄誕。不可否認的是，《三國演義》之價值，也在於背離史實發展，改由作者虛撰、翻轉、拼貼的經典場景：貂蟬巧設連環計、關羽溫酒斬華雄、孔明智取十萬箭、赤壁之戰借東風、孔明三氣周公瑾、死孔明嚇活仲達；上述劇情，均是萬千讀者最爲熟稔的精采篇章，卻也是無中生有、移花接木的文人虛構。

　　《三國演義》之成功，除卻敘事靈活、情節曲折，便是鎔鑄前人基底，兼

〔註147〕「進擊の巨人・自由の翼 CMV」：
　　　　https://www.youtube.com/watch?v=xVcYH3Fsdwg（2015.01.30）。
〔註148〕〔清〕劉廷璣，《在園雜志》（上海：上海古籍，2002），頁 50。

又翻轉新篇。直至今日，《三國演義》改編者，由中發掘敘事篇章，擷取經典元素，增添虛構情節，用以迎合改編意圖及演繹脈絡。此種改編的再改編，宛如「同人誌的同人誌化」。臺灣同人作家 Viva（？－），代表作品《秋風五丈原》、《錦城秋色草堂春》，均是改編自《三國演義》，並以此作代表臺灣參加 2007 年威尼斯雙年展，再於 2009 年成爲首位邀展於臺北美術館之同人作者。一本盛行於 15 世紀的章回小說，面對眾所皆知的劇情脈絡，何以現今同人作者仍可推陳出新、再次詮釋？筆者認爲，無論原創與否，每個作品形成之際，便已成爲後續作品可茲改造的嶄新文本，以供有志者重新解構。此種狀態，誠如約翰・費斯克（John Fiske，1939－）之「讀者解放運動」（reader's liberation movement）：

> 大眾在消費商品的同時，會依自己所處的社會情境與生活經驗，賦予商品意義。消費是意義創造的生產過程，消費者即透過這個過程獲得愉悅感。此種愉悅感，包括「相關」與「增權」。「相關」意指大眾消費文本之際，會將文本與自身經驗相互連結，創造出屬於自己的意義；「增權」意指文本或商品被消費之際，也會對人們的日常生活產生一些功能，進而有所助益，增加個人自我掌控的力量。〔註149〕

筆者認爲，當今《三國演義》的同人誌作品，故事情節如何新詮，必須端視兩大課題：改編者於原始文本所欲關注之處，以及影響再創解讀之個人經驗。二項變因隨人而異，進而造成，縱使文本相同，同人誌仍可跳脫窠臼，翻轉出迥異前人的題材新境。

二、男性向與女性向

「男性向」，源自日本 ACG 用語，意指以男性族群爲訴求對象。坊間分類之「少年漫畫」、「青年漫畫」，乃以讀者心智年齡爲分類，實爲因人而異的浮動標準；「男性向」，則於主軸、人物、情節，均會刻意迎合異性戀男子之偏好，特別是情慾方面的慰藉滿足。既是迎合男性喜好，出場人物遂以女性爲主，力求彙整各式女角以達最大關注度；爲求鞏固讀者支持，創作者尚會釋放利多：暴露或是裸露的女體、超乎常理的巨乳巨臀、對於男性主角（通常也是讀者投射自身的憑藉）無所根據的投懷送抱。近來男

〔註149〕轉引自李天鐸、何慧雯，〈遙望東京彩虹橋——日本偶像劇在臺灣的挪移想像〉，《日本流行文化在臺灣與亞洲（I）》（臺北：遠流，2002），頁 41。

性向作品也盛行 GL、〔註150〕僞娘主題，〔註151〕除了娛樂效果，同時滿足現實當中難以體驗的特殊場景。

「女性向」則反其道而行，改以女性爲預設讀者，多數作品類似於青少女讀者的「少女漫畫」：常以戀愛爲劇情核心，登場人物涵括男女，男角多爲美型俊帥，甚至超越現實的纖細空靈、悱惻深情。部分作品，則如同成年女性的「淑女漫畫」：注重抒發情感，同時呈顯性愛事件；不同之處在於，少女漫畫、淑女漫畫通常架構於異性戀基礎，「女性向」作品則另有 BL、GL 之主題，並以「男性少年愛」蔚爲大宗，發生肉體關係的角色，通常爲同性伴侶。有趣的是，相同一個文本，不僅能再三改編爲同人作品，尚能涵括看似衝突的「男性向」與「女性向」。何以如此？誠如前言，讀者閱覽之際，並非全然被動接收所有資訊；雖能感知作品主旨、思想寄託，也會因爲作者、讀者相互殊異的思維觀念，訊息發送至接送的過程，必有疏漏也必有誤解，造成要點混淆或是額外衍伸；作品完成之後，讀者仍可仰賴自身觀感、個人經驗，予以解讀評鑑，甚至捨棄原旨，變爲理解內容的主動操控者。

《三國演義》屢被改編爲各式媒介，涵括影視戲劇、動漫插圖、電玩遊戲，二度創作之際，爲求別開生面、引發注目，常將文字描述的人物形象，更爲生動彰顯。電玩遊戲《眞‧三國無雙》，藉由聲光效果呈顯華麗場景，並且著重三國豪傑之形象設計，多數角色均爲五官精緻、體態爽健，甚至髮色繽紛、造型前衛的美形人物，成功吸引玩家目光。2013 年，光榮公司於遊戲發行之際，協同《Fami 通》雜誌舉辦角色票選活動，〔註152〕由夏侯霸榮膺「最想成爲手足的角色」，曹操公認爲「最想成爲上司的角色」，趙雲則獲選爲「最想成爲男友的角色」，上述特質絕非源於章回小說，而是肇因遊戲塑造角色之際，玩家由其姿態形貌、氣質語調、整體形象所得之評論感受。豐沛立體的各色人物，自然成爲同人誌的改編沃土。同人圈曾有大哉問：何類作品較易

〔註150〕 GL（Girls' Love），意指女性之間的愛情，俗稱「百合」； BL（Boys' Love）則指男性之間的愛情，俗稱「薔薇」。此二詞彙，現今多視爲 ACG 流行語，指稱狀況與現實之「蕾絲邊」、「男同志」並不等同：GL、BL 之作，通常以情愛糾葛爲主題，如同臺灣之言情小說或是歐美羅曼史作品，較少著重於現實中的性別認同、性向認同、配偶關係合法化之嚴肅議題。

〔註151〕 僞娘，意譯自日語「おとこのこ」（OTOKONOKO），亦稱「男の娘」，指的是具備男性性徵，卻於外表打扮、行爲特質均如女性者。1990 年，小野敏洋《光碼戰士》之女主角有栖川櫻，被視爲是日本 ACG 中首次出現的僞娘角色。

〔註152〕 「樂俠網」：http://www.ledanji.com/news/43029/#t（2015.02.01）。

引發同人興趣，進而推崇、甚或改編？評論者提出下列三項要點：

> 一、架空現實的故事背景：脫離現實的故事，設定通常比較活潑有
> 彈性，同人誌作家也比較有切入發揮的空間……二、大量有魅力的
> 配角：在原作中，如果出現令人難忘的配角，但配角的戲份卻很有
> 限，那麼讀者們自然會產生「想為某配角多說點故事」的期待……
> 三、以男性角色的互動為主軸：由於同人誌作品中有非常高的比例
> 偏向BL，因此原作品中是否存在大量的男性角色互動，便很關鍵地
> 影響到同人創作的切入點多寡。〔註153〕

由此觀之，《三國演義》巧妙兼合三項要素：首先，三國根源史事，卻已是千載
過往，史書記載又非全然可信，留下許多彈性衍伸的敘事空間。其次，三國人
物數量龐博、事蹟洋灑，羅貫中雖是偏重蜀國陣營，其餘被略化、劣化的配角
人物仍於史書多所記載，蘊藏龐大豐富的文史記載，此種敘事未盡的留白，即
是同人著眼之處。末者，男角眾多的三國故事，本就適宜套入「女性向」發展
模式，順勢衍生男男戀的妄想情節；原是血性陽剛的忠義情感，為友插肋的結
拜情誼，遂被刻意解讀成至死方休的亂世俠侶，本以爭霸天下為全書主軸的《三
國演義》，經由再創者的有心詮釋，亦能成為烽火兒女情之纏綿繾綣。

　　《三國演義》改編同人誌，作品繁多、絕非一時片刻可完整論述，筆者
茲引代表作品，簡述其特色、意涵。首先，「男性向」作品為求迎合讀者性欲，
登場角色多為女性，日本市場更偏好美少女、羅莉塔之爭議類材，是故較少
涉足男性為主的三國故事。然而，仍有同人嘗試翻轉，由中開闢藍海策略；
三國故事改編之「男性向」同人誌，最富盛名且毀譽參半，即是桃屋しょう
猫（？－）所繪、以三國女角為主之限制級漫畫：《三國夢想》、《貂蟬外傳》、
《月英無慘》、《星彩亂舞》、《星彩無慘》、〔註154〕《陸遜ちゃんと筆》（譯：
小陸遜與筆）、《陸遜外傳》、〔註155〕《甄姬亂舞》、《王元姬無慘》……等作，
均是依循《真‧三國無雙》人物設計，人物關係與時空背景則根植於三國時
代。內容卻是大相逕庭，改以女體裸露、性器交媾為敘事內容，尚有令人反
感的騷擾、凌虐、侵犯等情事，三國歷史中被隱沒疏略的紅袖佳人，雖於桃

〔註153〕傻呼嚕同盟，《COSPLAY‧同人誌之秘密花園》，頁159-160。

〔註154〕史書記載，張飛育有二子二女。二女均嫁予劉禪，長女諡稱敬哀皇后，次女
　　　　諡稱安樂公夫人，均未知本名。電玩《真‧三國無雙》將二女兼併為一女角，
　　　　名為「星彩」。

〔註155〕桃屋しょう猫將陸遜「性轉」為女性，以符合男性向同人誌之內容需求。

屋筆下變爲主角，卻只是淪爲讀者的意淫對象。

　　三國爲題之「女性向」同人誌，則因屬性相符，發展狀況更顯熱絡，主線脈絡更顯多元，代表作品更是不勝枚舉。此番盛況並非針對三國，而是肇因「女性向」作品大多涉及男男戀情甚或男男性愛，遂於萌發喜好、挑選題材之際，容易偏向男角爲主的原設作品。早在 1979 年，日本同人圈開始盛行《機動戰士鋼彈》、《六神合體》之二次創作，並以「男性間情愛關係文化」作爲故事基底；1980 年代，以少年團體爲角色的動漫作品，備受同人矚目並引發故事再創、男角配對之熱潮，尤以 1981 年連載的《足球小將翼》爲盛。之後，又有《聖鬥士星矢》再湧高潮，自此掀起以少年漫畫雜誌《週刊少年ジャンプ》（譯：《週刊少年 Jump》）連載作品，作爲「女性向」同人誌創作基底的風潮。〔註 156〕《週刊少年 Jump》被歸屬爲「少年漫畫」，預設讀者爲青春期男孩，「女性向」同人誌則以女性讀者爲主；既是如此，同人取材自血氣方剛的少男雜誌，何以能成功吸引取向不同的讀者青睞？其實，正因男女閱覽作品之關注差異，方可造就解讀顛覆。擅長漫畫研究的學者李衣雲認爲：

> 少年漫畫多是以前景故事爲主軸，亦即強調故事的緊湊與情節的發展，人物間的關係乃至感情、心理的描寫則只是作爲點綴。相反的，強調背景故事的少女漫畫，重視的是人物的性格、關係的形成與運作、乃至內心的感受與變化。正因爲少年漫畫重視的是前景故事，對於人物的性格與日常往往只有側筆而未加著墨，使得文本中的這部份，有更多指示上的「空白」、「斷裂」與不確定性，需要讀者的介入與補完，這給予了原本即是從原作中遊戲衍生的二次創作，有了萌芽的溫床。〔註157〕

「男性向」重視事件描述，「女性向」偏重氛圍營造。因此，原設作品之劇情推演，雖能彰明故事變化，於同人眼中，卻缺少角色摹寫、情感交流以及人物整體關聯，因此出現可供切入的「空白」，便是同人誌接續原作、拓展敘事的連結點。此外，二次創作必然面對的棘手問題，即是改編與原作之異同程度，應當如何拿捏？所以，「女性向」同人誌，巧妙選擇少年作品幾乎不可能觸及的主題：「男性間情愛關係」，做爲可供發揮且無所框架的

〔註156〕李衣雲，《漫畫的文化研究》，頁 266。

〔註157〕李衣雲，《漫畫的文化研究》，頁 267。

「平行世界」。〔註 158〕

　　西村眞理（？－）與高橋菫（？－）認爲，原作能否衍生「男性間情愛關係」的二次創作，往往符合三項條件：角色間堅強的羈絆、類似運動或戰鬥的對立構圖、以及與父母乃至世界隔絕的舞台，克服重重難關之後，角色們變得更加強大，同時，彼此間的關係也變得更緊密。〔註 159〕由此觀之，三國故事衍生爲同人作品，同可依理套用：首先，《三國演義》整體故事，架構於三國鼎立的敵對抗衡，各派軍閥均以吞併天下爲目標，是故上下齊力、團結一心，君待臣以誠、臣侍君以忠，劉備與孔明有魚水之交，孫策與周瑜爲莫逆好友，典章以身護主、至死方休；即便身處敵對陣營，英雄豪傑同能惺惺相惜，誠如曹操惜才不忍殺關羽，亦如晉將羊祜贈藥以癒吳將陸抗，上述情節，便屬「角色間的堅強羈絆」。其次，三國故事概以戰鬥爲主線，相同陣營者同心協力，敵對陣營則較勁廝殺，人際互動更顯錯綜複雜，即爲「對立構圖」。最末，「與父母乃至世界隔絕的舞台」，筆者認爲意在塑造架空環境，以便跳脫男男戀愛所將遭遇的現實課題，倘若如實呈顯嚴肅議題，反倒折損想像空間與整體流暢；因此，對於當代改編者，遙遠亙古的三國時代，即是一個遠離現實，可供自由揣想的浩瀚時空。

　　三國故事「女性向」同人誌，得以興起繁盛，猶如水到渠成、全然不費推移力，竟能面面契合男男戀之必備元素，料是羅貫中在世，也會爲種種巧合咋舌不已。此類作品，尚有兩處特點可供省思：一是由女性觀點描述男性戀愛，一是角色之間的抉擇配對（coupling）。根據 Comike 營運統計，目前參與同人販售之人數仍是女高於男，「女性向」作品也以女性創作者爲主，由此衍生「同人女」、「腐女子」之謔稱；〔註 160〕因此，即使作品定調爲男性情愛，

〔註 158〕亦稱「多元宇宙論」（meta-universe），始於美國哲學家威廉・詹姆士（William James，1842－1910），於 1895 年提出之未證實假說。「多元宇宙」意指，在我們所認知的宇宙之外，可能還存有其他時空，這些宇宙之物理常數，和我們所認知的宇宙相同，亦也可能大相逕庭。平行宇宙常用以解譯，一個事件的不同過程、不同決定，其後續發展將是多元並存。「多元宇宙論」，涉及科學、哲學與神學領域，科幻作品亦常套用平行宇宙之概念，譬如電影《MIB 星際戰警・3》之關鍵角色「葛芬」（Griffin），即能藉由事件特徵點，演述不同發展將所生紛異，認爲宇宙當中，實有多種可能同時並存。（「多重宇宙論與創造論」：http://www.techyon.co.nz/joomla/index.php?option=com_content&view=article&id=198%3Amultiverse&catid=34%3Ascience&lang=zh-tw（2015.05.10）。

〔註 159〕轉引自李衣雲，《漫畫的文化研究》，頁 267。

〔註 160〕腐女子，意譯自日語「ふじょし」（HUJYOSHI），由同音詞「婦女子／ふじょし」轉化而來。「腐」，意味無可救藥的意思，此爲喜愛 BL 的女性之自嘲用語。

卻是以女性觀點陳述解讀，造生此般異態——男角的外型，通常美形俊朗、甚至精緻美麗，有時甚至捨棄男性性徵之呈顯，如同評論者中島梓（1953－2009）所言：「這些少年們是具有著男性生殖器的少女。」〔註161〕書中人物是女性讀者情感的投射、意識的寄託，遂在形軀設定呼應女體特徵，又以男性身分與讀者產生疏離，使讀者得以「遠離作品中所揭露出的危險，形成一種沒有傷害的想像的消費。」〔註162〕女性向作品，男角形貌偏於女性化，人物心思也常以女性觀點套入，重視情感抒發、強調內心氛圍，攻君對受君的示愛求歡，〔註163〕呵護體貼、極盡包容，彷彿是現實中女性擇偶的浪漫想像。遂有一說，同人風氣鼎盛的日本社會，直到2000年尚未出現本土自產的男女言情小說，或許正因BL作品已具有替代作用。〔註164〕當然，此般設定，對於喜愛三國的忠實讀者，或許又是一番感官震撼。

　　此外，上文提述之角色配對，於三國改編作品，常會參考原作設定：比如，《三國演義》中有所關連、互動頻繁之人，易被假想為暗通情愫、互有好感，成為同人創作的公認配對，譬如劉備與孔明之君臣情深，亦或太史慈和孫策的坦誠相待，以及曹操與夏侯惇之本家情誼。正如陳光興（？－）所言：「閱聽人有權將有所喻意的文本，與自身的生活經驗相互連結，交相運作之下，形成一個生動且具創造力的文化新生命。」〔註165〕所謂喻意，不僅來自作者的有意寄託，讀者之刻意偏重、妄生解讀，反倒更顯關鍵，更易影響讀者對於作品內容之關注與理解。有些同人則罔顧文本、割捨史實，單憑一己喜好而恣意配對，即是三國同人之「跨國戀」、「超時空戀」，譬如史傳記載全無互動的曹丕、趙雲二人，僅因電玩遊戲將其共置片頭，遂成為同人推崇的熱門配對；又如蜀將姜維，與吳將陸遜，肇因三國改編常將二人形塑為少年英雄，遂被同人杜撰為遠距離戀愛。尚有同人秉持成見，單純考慮人物屬性是否符合個人偏好，譬如兄弟戀、老少戀、主僕戀、敵對戀、身高差戀、年齡差戀……諸多形態。正如李衣雲所言：「大的解釋共同體之中，存在著各式小的解釋共同體，分享了部份大解釋共同體的社會認識參考架構，但卻又有

〔註161〕轉引自李衣雲，《漫畫的文化研究》，頁270。
〔註162〕轉引自李衣雲，《漫畫的文化研究》，頁270。
〔註163〕女性向作品，被配對的男性角色，依據性愛關係中「插入」或「被插入」的狀態，分類為「攻君」與「受君」。
〔註164〕李衣雲，《漫畫的文化研究》，頁269。
〔註165〕陳光興，《內爆麥當奴‧Culture Studies》（臺北：島嶼邊緣，1992），頁52。

各自的差異存在。」〔註166〕上述形式五花八門、莫衷一是，各自有其解釋意圖，唯一相同特點，均是奠基三國原設劇情，遵循其作之事件、人物，以及角色特質，透過同人的「介入補完」，強加解釋並妄想衍伸，以成再創新篇。

　　同時，李衣雲認為：「沒有『關係』的角色若被配成一對，則欠缺關係上的說服力……配對關係的成立不在於關係的好壞，而在於關係的有無。」〔註167〕此番說詞，恰好反映今日同人活動，部分創作者相互攻訐彼此配對的正當性，對於強行扣合的角色配對、甚至背離原作情節的同人作品，感到無法認同；然而，回顧同人創作基底，本就枉顧原設，意在凸顯獨創，「沒有關係」的配對不應存在，「有關係」的配對卻也是本無其事。又如愛德華・佛斯特所述：

> 定義小說各面向最容易的方法，是考量他對讀者的要求。譬如說，故事需要讀者的好奇心，人物需要讀者的感情和價值觀，情節則需要理解和記性。那幻想對我們的要求是什麼呢？它需要我們額外付出一些東西。他迫使我們去適應，一種不同於藝術作品所需的適應，一種額外的適應。〔註168〕

再創者構思劇情之際，與其在乎事物邏輯，更為首重創作意圖，以及作品特點，方是創作者苦心佈局之處；因此，讀者暫時跳脫既定觀點，跟隨作品情境以神遊其中，「適應」作品當中刻意營造的假想，唯有投入其中，與作者默契共通，方能體悟真意。筆者認為，解讀同人作品，縱使其作並非獨創，仍須將其視為獨立文本，遵循其脈絡，觀察其特點，方得彰顯此作品的再創價值。

小結

　　《三國演義》當代改編文本，筆者概分為戲劇、動漫、電玩、同人誌四類。戲劇方面，分為電影及電視劇，前者片長有限，遂以個人列傳亦或單一事件，精要處理以成全片主軸；題材多為眾所熟悉的知名人事，譬如吳宇森《赤壁》述三國大戰、麥兆輝《關雲長》述關羽千里行。電視劇則因集數較

〔註166〕李衣雲，《漫畫的文化研究》，頁159
〔註167〕李衣雲，《漫畫的文化研究》，頁141。
〔註168〕E. M. Forster 著，蘇希亞譯，《小說面面觀》，頁136。

長，演繹時間充足，較能拓及《三國演義》整體風貌，甚至涵括細部描寫，中國產製《三國演義》、《三國》，均是依循章回架構，依序搬演全書情節；此外，也有針對個人事蹟的改編電視劇，尤以曹操、關羽、諸葛亮最屬常見，三人同是大眾熟悉的三國名將，由此可見，三國改編戲劇，爲迎合觀眾喜愛並兼顧利益回收，改編形式仍較保守，務使觀眾得以接受。此外，尚有戲劇作品，名爲三國題材，卻是掛羊頭賣狗肉之流，標榜三國卻又大肆增添架空設定，極盡荒謬、無理惡搞，以致劇情乖違、邏輯紊亂，電視劇《終極三國》、電影《超時空要愛》、《越光寶盒》，均屬此類。

　　動漫方面，分爲動畫與漫畫，前者製作成本較高，播映管道有限，且多爲漫畫作品之同質延續，因此，筆者逐以三國漫畫改編，作爲介紹主體。三國漫畫改編，首推橫山光輝《三國志》，開啓三國故事漫畫化，對於《三國演義》之傳播普及，有其重要貢獻；此後之三國改編漫畫，繁如過江之鯽，又以日本爲主要產製國，肇因「拿來主義」之發揚，更因動漫文化已成日本重要軟實力，並於全球首屈一指。漫畫市場競爭激烈，各家作品另闢賣點，方能殺出重圍、博取認同，遂使同爲三國改編，內容特色卻成涇渭之別：精述整體發展，如《天地吞食》、《三國群俠傳》；聚焦個人之事，如《曹操孟德正傳》、《關羽出陣！》；偏重戰局交鋒，如《三國神兵》、《霸王之劍》；著重情感抒發，如《諸葛孔明時之地平線》、《異鄉之草》；交融穿越劇情，如《龍狼傳》、《三國志F》；賣弄性轉女體，如《一騎當千》、《三國志百花繚亂》；立意輕鬆詼諧，如《三國志魂》、《漢晉春秋司馬仲達傳三國志司馬仲先生》；兼雜架空設定，如《武靈士三國志》、《關鍵鬼牌三國志》；尚有離經叛道以致全然顛覆，如《蜀雲藏龍記》、《怪・力・亂・神　酷王》、《超三國志霸－LORD》、《華佗風來傳》……品項繁多，難以概述。相較之下，作品內容大致切合《三國演義》，僅有橫山光輝《三國志》、王欣太《蒼天航路》、陳某《火鳳燎原》……數部鉅作，雖是如此，仍見史觀變異與事件新詮，可見動漫作品之改編，容許極爲自由的逆轉顛覆。

　　電玩部分，先依媒介不同，分爲單機類型、線上遊戲，前者架構完整，作品有其主題脈絡，後者因應網路特性與載體搭配，得以再三修改，即便未臻整體仍可先行上市，遂成三國遊戲之大宗，但也常如曇花一現，匆匆來去、隨即凋零。若依類型分類，筆者略分爲戰術謀略、動作格鬥、角色扮演、戀愛主題，四者均爲三國遊戲常見模式，各自有其切合特點：戰術謀略，如同

三國實景再現，戰局突圍兼需統領內政，考驗玩家之運籌帷幄；動作格鬥，概以交戰殺戮為主，體驗三國名將一騎當千的衝鋒快感；角色扮演，多與線上遊戲相與結合，此類遊戲需要浩瀚場景、龐大人數、分歧路線、等級提昇，正與三國特性不謀而合；戀愛主題，則為新興趨勢，可再細分為「男性向」、「女性向」，玩家藉由遊戲進展，享受三國人物戀慕情懷。上述種種，類型殊異，巧妙化用三國元素，實是因為三國故事奠基於戰鬥背景，加上風貌獨特的龐大角色群，甚為切合遊戲需求。

　　同人誌作品，先依故事來源，分為原創型、改編型，三國改編自屬後者，甚連《三國演義》一書，都可視為《三國志》同人創作。再依內容取向，分為男性向、女性向，均可察見三國同人改編。男性向之作，意圖取悅異性戀男讀者，常見三國女角之裸露、性交，甚連男性人物都被「性轉」，成為意淫對象；女性向作品，則偏重於情感抒發、戀愛情事，部分作品同有性愛畫面，雖見人物交媾，仍重氣氛營造。此外，女性向同人誌，尚有二特點：多以女性觀點描述男性戀愛，以及角色之間的抉擇配對。部分作品天馬行空以恣意揣想，部分作品卻能連結原作，巧妙介入交代未清的「空白」，予以補遺、奠基發揮，不僅闡發自身論點，同可視為三國故事之可信解讀，只是端賴讀者能否接受。

第三章 《三國演義》當代改編文本同質論

　　明代劇曲家李漁（1610－1680）評選當世盛行的章回小說，並言：「馮夢龍亦有四大奇書之目，曰三國也，水滸也，西遊與金瓶梅也。」由此可見，興起元末之章回體裁，歷經百年光景，已成風靡明朝的熱門作品，深受百姓喜愛，其中更有拍案叫絕之作，即爲《三國演義》、《水滸傳》、《西遊記》、《金瓶梅》，合稱「四大奇書」。時至此日，「四大奇書」成爲中國文學寶典，故事屢加傳頌、再三演繹，藉由各式媒介翻陳出新，適度增添求新求變的當代元素，遂使活躍書中的登場人物，成爲深植人心之經典圖騰：譬如，閩語俗諺「仙拚仙，判死猴齊天」，意指雙方惡鬥，卻牽連無辜第三者，即連本領高強的齊天大聖都會遭受池魚之殃；又如，「潘金蓮」本爲《水滸傳》配角，經由《金瓶梅》詳加鋪寫，荒淫鴆夫的美艷少婦，自此成爲紅杏出牆的代名詞。至於《三國演義》，更是流傳最廣、改編頻繁的經典文作，書中記載之關鍵大戰，引發騷人墨客神思再三；謀士如潮、戰將如雲的各色人物，更能吸引萬千讀者，對其事蹟琅琅上口，甚至膜拜頂禮，奉爲神祇。除了源生地中國，《三國演義》同樣影響東亞文化圈，成爲日、韓讀者對於中國文化的啓蒙認知。溝口雄三（1932－2010）曾言，日人雖然熱衷於研究中國古典，卻非憑藉「近現代中國爲媒介」；換句話說，日本所探討的古典中國，猶如一個懸置往昔的孤立文本，和當代中國並無關連，此乃肇因，日人心中之「中華」意象，乃是古典化、經典化，[註1] 源於歷史流傳亦或小說記載的封建中國，即如獨霸

〔註1〕〔日〕溝口雄三著，林右崇譯，《作爲方法的中國》（臺北：國立編譯館，1999），頁203。

天下的始皇霸業，亦或楚漢相爭的亂世征戰，以及風雲開闔的三國時代。

「四大奇書」其他作品，與《三國演義》同屬章回，成書時代相距不遠，主線架構卻是大相逕庭——《水滸傳》源自北宋民兵起義，除卻宋江、關勝、張橫、呼延灼……等人，其餘一零八魔星多爲虛擬，演述內容憑空恣誇；《金瓶梅》屬於世情小說，具體呈顯市井生活，以及人心糾葛，若就事件發展及人物設定，卻是橫空出世，任憑作者巧思調度；至於《西遊記》，更屬魔幻作品，處處展現天馬行空。相較上述三例，《三國演義》雖爲「七實三虛」，甚或誇稱「七虛三實」，仍須架構眞實場域，憑藉於史有據的事件發展，就中增刪細節流程。羅貫中身爲作者，恣意行筆之際，仍須顧及歷史發展，無法全然篡改史實；因此，三國題材改編作品，大多延續《三國演義》的虛實交錯，即便增添嶄新元素，亦或妄造事件發展，甚或穿插虛構人物，仍將史實記載作爲劇情主線，縱有旁生也非全然杜撰。下文將分數點，針對三國作品「同質性」，以作探討。

第一節　敘事結構

剖析小說特點，必然涉及「結構」（structure）。大衛・洛吉曾言：「敘事結構就像撐起現代高樓的梁柱骨架：你看不到它，但是它決定了建築物的形狀與品質。」〔註2〕一篇小說，猶如一棟建築物，遑論樓層高低、外廓造型，倘若失卻骨幹，龐然建築亦會一夕崩解。創作者撰述小說，正如建築師興建高樓，即便心中萬般揣想，仍須一磚一瓦依序建構，按部就班以鋪排成文；堆疊元素之際，預先設定的敘事架構，便是全作骨幹。誠如「新批評」（new criticism）所言：一部作品必須具備整體結構，這個結構又必須具有「有機統一性」（organic unity），方能俾使作品組織各部和諧，如同有機生命體一般，蔚爲相互貫通的完整結構。〔註3〕《三國演義》同有結構主幹，暗自隱於故事之下，宛如縱貫魚身的骨幹，即使後世屢加改編，再三增添嶄新元素、恣意刪除原作設定，僅是剔除表面魚肉，整體支架未曾動搖，甚至一再延用，成爲再創作品的潛伏脈絡。又如胡亞敏所敘，認爲故事結構可分爲三項要素：

第一，故事是一個有機的整體，内部各部份互相依存和制約，並在結構中顯示其價值。第二，故事又是一個具有一定轉換歸率的

〔註2〕〔英〕David Lodge 著，李維拉譯，《小說的五十堂課》，頁281。
〔註3〕蔡源煌，《從浪漫主義到後現代主義：文學術語新詮》，頁108。

> 穩定結構……第三，故事獨立於他所運用的媒介和技巧，也就是
> 說，它可以從一種媒介移到另一種媒介，從一種語言翻譯成另一
> 種語言。〔註4〕

上述所言，認爲故事宛如有機體，藉由各部結構組織而成，細節各具專屬位置，彼此有其穩定關聯，倘於固定基礎有所錯位、增刪、變形，也能憑藉自我調節的動態過程，調整修補以達故事整體性；因此，只要秉持既定結構，即便媒介殊異，仍然無損故事原貌。覽閱當今三國改編，雖是五花八門、包羅萬象，卻仍有其殊途同歸的「既視感」（déjà vu），〔註5〕便是來自敘事架構之同質承續。下文將就「分合局勢」、「衝突解決」、「多元並進」三項特點，以茲探討。

一、分合局勢

　　愛德華・佛斯特曾言：「小說當中永遠都有個時鐘。」〔註6〕作品敘事過程，乃是按照時間流轉，依序呈顯情節變化。小說雖爲杜撰，任憑作者奇想；但是，部分作品之所以觸發人心，多半肇因作品內容可與眞實人生互作闡發，造使讀者類推感觸、呼應情緒，方能強化作品共鳴；因此，小說內容，雖能跳脫物理定律，譬如架空設定，亦或奇幻小說，但仍遵循該作品之中，自成體系的時間脈絡。誠如美國電影理論家喬治・布魯斯東（George Bluestone，？－）所言：「（小說）通過錯綜的時間，來形成它的敘述。」〔註7〕作品之中的時間流逝，俾使作品內文，類同於眞實人生：人物同會生長衰亡，事件得以流逝變化。《三國演義》全書情節，起於西元184年黃巾起義，終於西元280年西晉一統；採取順敘形式，依照年歲更迭，逐步陳述史事變異；對於創作者而言，此種作法最爲便利，並使事件昭然明白，俾利讀者瞭解劇情發展。此外，按照時間以推陳史事，王靖宇（？－）認爲，實爲羅貫中寄託深意之用：

> 作者羅貫中及後來的修改者，對劉備及其追隨者表現了無限的同

〔註4〕　胡亞敏，《敘事學》，頁118-119。

〔註5〕　既視感，源自法語「déjà vu」，亦或譯爲「幻覺記憶」。意指清醒狀態之下，雖是第一次見到某個場景，卻感到「似曾相識」的認知錯覺；研究認爲，當人類遇到一個與過去經歷極爲類似的情境，腦內處理往昔經歷的神經元，可能因此產生衝動、回溯，遂而造成「既視感」。「Deja vu 'recreated in laboratory'」：http://news.bbc.co.uk/2/hi/health/5194382.stm（2015.04.20）。

〔註6〕　〔英〕E. M. Forster 著，蘇希亞譯，《小說面面觀》，頁52。

〔註7〕　〔美〕George Bluestone 著，高駿千譯，《從小說到電影》（北京：中國電影，1981），頁66。

情，但是作為正義的代表，他們卻最先被惡勢力的代表「魏國」所
消滅。而後魏國被司馬氏篡奪，司馬氏建立晉朝，然後消滅了吳國。
然而，王氏以為晉朝僅僅是短期的勝利者，遲早也會為其它帝國所
取代。嚴格來說，王氏認為，真正的勝利者不是人本身，而是「時
間」。在所向無敵的時間長河裡，善與惡同樣都會被大浪所淘盡，這
也就是人生的真諦。〔註8〕

青山依舊在，長江奔流不休，曾經馳騁大陸的周瑜、陸遜，亦或當鑪煮酒的
劉備、曹操，遑論名將功相，亦或霸王梟雄，終究不敵時間淘選，盡成荒漫
枯骨。依循時間，敘事成文，最終盡頭必為死亡，自古英雄如美人，不許人
間見白頭；笑傲燕雀的鴻鵠豪傑，必將面對大去之日，泱泱氣勢之宏偉聖朝，
同樣有其國祚覆亡，此乃生命常態、歷史必然。孟子有言：「君子之澤，五世
而斬」，端視三國君王——曹魏三世五帝，蜀漢二世二帝，東吳三世四帝——
便會發現，《三國演義》蘊含之「時間鐘」，正合傳統認知的歷史週期。三國
敗亡，肇因懸殊，曹魏亡於權臣篡謀，蜀漢敗於兵困糧乏，東吳則因暴虐自
滅，各有敗亡主因，卻又殊途同歸、相繼傾覆。現今改編，同見時間推衍，
即便是逆轉時空的穿越作品，譬如電影《超時空要愛》、電視劇《回到三國》、
漫畫《龍狼傳》、〔註9〕電玩《三國戀戰記》，均為現今人物回歸三國，倘就物
理觀念，逆溯時間方能返回過往，遂使書中要角，明瞭三國史事發展，以其
早知結果的當代知識，成為未卜先知之神算智謀；人物穿越千年，身處三國
時代，卻又依循東漢末年時間流動，再次經歷「仍未發生」的史事種種，以
此茲發奇事、鋪陳劇情，逐步演繹事件變化。上述再創者，撰寫穿越情事，
或未思量「時間鐘」設定，卻是同循此法以創作成篇；因為，唯有持續推衍
的時間流動，方能造生事件推演，以助故事進展鋪排。

除卻時間依序推衍，書中之空間流轉，同可察見既定架構。《三國演義》
首卷，概述天下局勢，扼要提點戰國七雄直至桓、靈二帝，匆匆略述朝代遞
嬗，更見天下局勢瞬息萬變，以及「分久必合、合久必分」的必定循環。後
續情節，依序介紹劉、張、關三人來歷，鋪寫英雄氣勢及其超凡事蹟，逐步
帶出漢末群雄逐鹿天下，軍容壯盛的瑰瑋浩景，展開百廿章回之風雲開闊；
直至《三國演義》最終章，同樣令人印象深刻：蜀國後主雒城伏首，東吳末

〔註8〕轉引自郭興昌，《三國演義研究在美國》，頁83。
〔註9〕山原義人，《龍狼傳・1-37》（臺北：東立，1994-2007）。

帝肉袒請降，篡漢自立的曹魏家族，更因「三馬分槽」遂而祚敗嗣絕，傾軋鬥謀的三國亂世，廝殺百載卻是相繼滅亡，反由司馬氏漁翁得利，達成一統江山最終霸業。羅貫中對於天下大勢的分合亂治，早已藉由書中角色崔州平，抒發概論：

> 自古以來，治亂無常。自高祖斬蛇起義，誅無道秦，是由亂而入治也；至哀、平之世二百年，太平日久，王莽篡逆，又由治而入亂；光武中興，重整基業，復由亂而入治；至今二百年，民安已久，故干戈又復四起。此正由治入亂之時，未可猝定也。〔註10〕

治亂輪替乃歷史常景，承平日久終有大亂，亂世更迭也必回歸太平，羅貫中藉由分合局勢，作為全書章節起伏，以此架構全文綱領。因此，《三國演義》起於天下分裂，先述黃巾之亂，再言董卓肆亂，遂見各路諸侯興師洛陽：

> 第一鎮，後將軍南陽太守袁術。第二鎮，冀州刺史韓馥。第三州鎮，豫州刺史孔伷。第四鎮，兗州刺史劉岱。第五鎮，河內郡太守王匡。第六鎮，陳留太守張邈。第七鎮，東郡太守喬瑁。第八鎮，山陽太守劉遺。第九鎮，濟北相鮑信。第十鎮，北海太守孔融。第十一鎮，廣陵太守張超。第十二鎮，徐州刺史陶謙。第十三鎮，西涼太守馬騰。第十四鎮，北平太守公孫瓚。第十五鎮，上黨太守張楊。第十六鎮，烏程侯長沙太守孫堅。第十七鎮，祁鄉侯渤海太守袁紹。諸路軍馬，少不等，一有三萬者，有一二萬者一，各領文官武將，投洛陽來。〔註11〕

眾家軍閥，名為「掃清華夏，剿戮群凶」，千里迢迢護衛聖駕，實則暗自盤算，競為多嬌江山而折腰；人謀天數相與抗衡，機關算盡卻不敵天意，叱吒風雲之十八路諸侯，為平亂世而起，卻是壯志未酬以歿，最終僅見司馬家族吞食天下，羅貫中為此嗟嘆：「自此三國歸於晉帝司馬炎，為一統之基矣。此所謂『天下大勢，合久必分，分久必合』者也。」〔註12〕

　　三國時代，先因天下分裂而生奇事，再因天下總合終結落幕，中原局勢之分合對照，更顯衝擊也更添惘然，呈顯歷史循沓之無奈定律。因此，後世改編的三國作品，縱使主題變異、內容懸殊，風格形貌已與原作大相逕庭，

〔註10〕 古本小說集成委員會編，《古本小說集成·三國志通俗演義（萬卷樓本）》，頁696。
〔註11〕 古本小說集成委員會編，《古本小說集成·三國志通俗演義（萬卷樓本）》，頁83。
〔註12〕 古本小說集成委員會編，《古本小說集成·三國志通俗演義（萬卷樓本）》，頁2291。

但就敘事時序方面，泰半秉持「由分至合」、「分合交錯」之背景設定，依循
《三國演義》首尾對照。漫畫《天地吞食》，〔註13〕兼雜魔幻仙法，內容荒誕
不經，劇情中段卻仍遵奉《三國演義》第五回「發矯詔諸鎮應曹公」，呈顯天
下雄兵討伐董卓，隨著故事發展，軍閥相互算計、各謀己利，漢室江山盡被
蠶食鯨吞；最末，劇情終結於作者杜撰之「泰山封禪」，登上山頂即為天子，
遂使各路諸侯再次聚集，重兵出擊只為阻擾劉備登頂，但見天崩地坼、雷擊
落石，蒼天庇祐蜀漢主從，最末劉備登頂、封禪為結，顯見天命註定，天下
大勢再歸一人。再如，漫畫《三國遊戲》，〔註14〕架構於「外星人奇想」，認
為叱吒風雲的三國武將，實是來自宇宙力量所操縱的「道人偶」，轉為人形降
臨地球，展開地盤攻防戰；時至近代，競賽再度上演，因應時代差異以及遊
戲規則，遂將團體戰鬥改為個人獨打，相互廝殺直至勝負。上述作品，設定
偏離三國原軌，卻同以紛亂為始、再以天下一統為終。

　　凌宇認為，《三國演義》首篇述及楚漢相爭，高祖斬蛇以一統天下，時至
桓、靈二帝，又見天崩地裂種種惡象，龐大帝國再度崩頹，頭尾情事迴環相
扣，即是採取「分－合－分」之述；百二章節終卷詩，則是先言高祖成就功
業，再述東漢末年群雄割據，又以晉朝統領天下收結全詩，採取「合－分－
合」之說，首尾對照，環扣相銜。〔註15〕但是，無論「分－合－分」、亦或「合
－分－合」，差別在於論述範疇之時間界定，前者以秦亂為啟、漢末為終，後
者以漢初為啟、晉興為終，若於空間而言，同是藉由分合交錯之時局變化，
呈顯亂世更迭。如此設計，映證歷史循環，同時建立小說架構，「分合局勢」
實是群雄肆虐之亂因，更是支拄全作的架構主幹。

　　《三國演義》再創作品，不論是微幅修改，亦或顛覆逆轉，常將故事背景，
設定於天下分裂；人物奮鬥目標，以及故事主線，便是搏取天下一統，成就終極
制霸。即使，再創情境已非戰場，譬如漫畫《一騎當千》、〔註16〕偶像劇《終極三
國》，均將故事背景改為學園競爭，各路英雄分屬不同學院，彼此較勁、相互鬥殺，
唯有百戰百勝之無敵戰將，方能成為統領天下的至尊強者。上述設定，同樣遵循
「由分至合」劇情趨勢；改編者屢次增添新異元素，卻總於分、合交錯的天下局

〔註13〕本宮ひろ志，《天地吞食・1-7》（臺北：東立，1999-2000）。

〔註14〕田代琢也，《三國遊戲・1-2》（臺北：東立，2009）。

〔註15〕凌宇，《符號：生命的虛妄與輝煌：三國演義的文化意蘊》，頁15。

〔註16〕塩崎雄二，《一騎當千・1-21》（臺北：尖端，2001-2014）。

勢，符合三國原始設定，意圖切合觀眾預期心態，如同金元浦（1951－）所述：

> 所謂的新作品，從來不可能在信息真空中，以絕對的新的姿態展
> 現自身，他總是處在作品與接受者的歷史之鏈中……新作品通過
> 預告、發布各種公開或隱蔽的信息，暗示、展示已有的風格特徵，
> 預先爲讀者提示一種特殊的接受，這樣來喚起讀者對以往閱讀的
> 記憶，使之進入一種特定的情感態度中，並產生對作品的期待態
> 度。〔註17〕

亂世分合、風起雲湧，即是大眾對於三國故事之既定印象，也唯有動盪時局，造就壯闊背景，方能亂世出英雄，使其各展神威；因此，統合亂世之分裂時局，已成演繹三國故事，不可或缺的專屬舞台。

「合－分－合」，抑或「分－合－分」，除了呈顯時局動盪，尚可勾發另種效果：利用相似場景，作爲事件開端與結尾，循環復沓的熟悉場景，更使讀者心生天命註定之感——無論英雄豪傑如何扭轉局勢，始終回歸初貌，看似叱吒風雲的勇猛人傑，終究掩沒於歷史洪流，江山依舊，寂寂無情。《三國演義》常見前後扣合的情節對照：契同生死的桃園結義，接連殞亡殤逝；預言三分之青年，果真面臨漢室分崩、北伐未酬。天子信物傳國玉璽，先因王莽篡逆，同族親長的太皇太后王政君，哀痛擲璽而崩角，悠悠兩百餘年後，又有曹丕篡漢遣使奪璽，同胞姊妹曹后擲璽於軒下，涕淚橫流：「皇天必不祚爾！」〔註18〕直至演義終章，如同曹丕篡漢稱帝，司馬氏依樣畫葫蘆以篡魏奪權，甚言：「吾與漢家報讎，有何不可！」〔註19〕至於吳國，孫權以火燒連環船潰敗曹軍，奠基三分天下霸業，孫皓卻依岑昏之言，投置連環鐵鎖以攔截晉船，最後卻遭「麻油灌之、燃炬燒之」而灰飛煙滅，〔註20〕成也水上火攻、敗也江中火計。最後，綜觀三國群雄，起自孫堅匿璽自重，後有孫皓出降爲終，宛如一弧長線蜿蜒旋繞，最終仍舊叩回原點，萬般苦心徒然白費，遂見歷史循環之必然規律，不爲堯存，也不爲桀亡。三國改編作品，同可見此抒嘆，電影《三國之見龍卸甲》，出身常山的無名小卒，趙雲、羅平安此二結拜兄弟，拋卻故鄉親老、割捨兒女情長，奉獻青春以馳騁沙場；經歷無數血戰，垂垂老矣的百戰將軍趙雲，覽閱地圖以盤算陣法，不禁回憶衝

〔註17〕金元浦，《接受反應文論》（濟南：山東教育，1998），頁122。
〔註18〕古本小說集成委員會編，《古本小說集成・三國志通俗演義（萬卷樓本）》，頁1503。
〔註19〕古本小說集成委員會編，《古本小說集成・三國志通俗演義（萬卷樓本）》，頁2267。
〔註20〕古本小說集成委員會編，《古本小說集成・三國志通俗演義（萬卷樓本）》，頁2289。

鋒陷陣之過往點滴，方才驚覺勝敗交錯的各州據點，已然迴繞一圈，坐困愁城的此處戰線，正是年少起兵的舊日場景。長路迢漫、韶光忽逝，一生戎馬仍未見太平，老將卻已遲暮，徒生嗟吁：「這輩子只走了一個圈，一個很美麗的圈」；〔註21〕馳騁多年，原以換得天下一統，誰知終究回歸原點，神州版圖更爲潰散。此部電影的地理考察、年表時代、戰役事件，多爲自創虛撰，不僅偏離演義，情節也見矛盾。然而，單就電影所抒情感，如同演義文本，同樣奠基於「分合之感」：天下分崩，英雄障百川而東之、挽狂瀾於既倒，誓言人定勝天，意欲扭轉天命；驀然回首，才知世事潮流未如人謀，早已暗自回歸原點，費盡思量之運籌帷幄，僅只掀起點點碎波，歷史洪滔滾滾流動，轉瞬間淘盡英雄。人類自恃才能以崛起亂世，殊不知，正如螻蟻之力，全然未妨歷史巨輪之常軌流轉。

二、衝突解決

　　「分合脈絡」，成爲《三國演義》主軸，廣爲後世沿用；尙有一種敘事模式，同爲三國文本既定結構，即便創作者未曾查覺，仍會不由自主遵循相同方法，即是李培德（？－）提出「衝突－解決」模式，分爲四種階段：（一）鬥爭階段、（二）相對勢力的對峙、（三）白熱化的衝突、（四）解決。〔註22〕檢視《三國演義》，主要「衝突－解決」共有四次，即是最著名的四場戰役：官渡之戰、赤壁之戰、荊州之戰、夷陵之戰。四場大戰，各有衝突起因，或是利益糾葛，或是攸關存亡，逼迫關聯者解決衝突，方能突破僵局以延續生存；但是，解決當前困境之際，創作者尙於他處鋪排伏筆，同時蘊釀事件、增添起因，另場衝突正蓄勢而發，與其說是山雨欲來風滿樓，不如形容爲暴風雨前的寧靜；旁生情事，可能是事件轉折，亦或更趨惡化的另波危機，情勢忽又一轉，危機同是轉機，交錯穿插遂使情節環環相扣。三國時代僅止百餘年，卻是群雄併起、鏖戰不休，再創者利用「衝突－解決」敘事模式，有助釐清史事脈絡，兼又夾雜他事併起，遂使敘事過程跳脫單一主題，更顯變化多端。

　　當今改編文本，承襲上述手法，譬如電影《赤壁》，全作鎖定長江艦戰，開頭情節卻先述江陵逃難，曹操擊敗劉備之後，東吳遂成最大威脅，遂而揮兵東南以斬草除根；背景設定，同在上段衝突解決之際，便已安插下番衝突

〔註21〕李仁港導演，劉浩良、李仁港編劇，《三國之見龍卸甲》。
〔註22〕轉引自郭興昌，《三國演義研究在美國》，頁173。

之起因，登場人物各顯奇招以度難關，卻又另起齟齬，肇生更大衝突的三國對戰。郭興昌指出，交錯手法之敘事形式，對於《三國演義》之架構，得以產生幾種目的：基本上，它是一個擴展的工具，也可以是主題重現的原則，或是平衡故事與故事之間的方式。〔註23〕羅貫中常將多數章節，分為兩個部分，雙線主題交錯敘述。每個事件自有脈絡，甚至對立抗衡，譬如《三國演義》第二十回，先述「曹阿瞞許田打圍」，再言「董國舅內閣受詔」。前段述寫，曹操諫請天子田獵，明為「示武於天下」，實則僭越禮制，展現權臣勢力；正史並無記載此事，應為羅貫中妄語，顯現曹操雖為東漢丞相，實則已存吞噬天下的狼子野心。章節後段獻帝回宮，難忍曹操欺凌，託附忠臣以誅邪佞：

> 承驚拭之，已燒破一處，微露素絹，隱見血跡。急取刀拆開視之，
> 乃天子手書血字密詔也。詔曰：「朕聞人倫之大，父子為先；尊卑之
> 殊，君臣為重。近日操賊弄權，欺壓君父；結連黨伍，敗壞朝綱；
> 敕賞封罰，不由朕主。朕夙夜憂思，恐天下將危。卿乃國之大臣，
> 朕之至戚，當念高帝創業之艱難，糾合忠義兩全之烈士，殄滅奸黨，
> 復安社稷，祖宗幸甚！破指灑血，書詔付卿，再四慎之，勿負朕意！
> 建安四年春三月詔。」〔註24〕

相較章節前部之忍氣吞聲，漢獻帝轉為主動出擊，大膽擘劃以清君側，情節忽為一轉，君臣對峙更顯激化。前為權臣僭凌，後為君王反攻，併行描述更顯緊密，同時增強對立架構，重現史詩恢弘全貌。觀閱此作，讀者不僅做為事件旁觀者，更是熟稔天下局勢的全知觀點，眼見群雄廝戰、衝突迸發，轉瞬之間又是另番波瀾，劇情更見精采緊湊。

　　當今改編，同見「衝突－解決」敘事脈絡，作為貫穿故事的主要架構；例如，1994年電視劇《三國演義》，改編之所以成功，在於「立主腦、剪枝蔓」，將百廿回原作，精簡為五部：群雄爭鹿、赤壁之戰、三足鼎立、南征北戰、三分歸一，各部劇情均為《三國演義》衝突高潮，遂使全劇脈絡明確。〔註25〕又如《一騎當千》，本為個人對戰，「集滿十個勾玉，方能參與鬥士大賽。」〔註26〕

〔註23〕郭興昌，《三國演義研究在美國》，頁169-170。
〔註24〕古本小說集成委員會編，《古本小說集成·三國志通俗演義（萬卷樓本）》，頁392-393。
〔註25〕熊篤、段庸生，《三國演義與傳統文化溯源研究》（重慶：重慶出版，2002），頁299。
〔註26〕塩崎雄二著，《一騎當千·3》（臺北：尖端，2003），頁43。

遂見主角孫策伯符四處征戰，先是對戰東吳勢力之「南陽四天王」，呼應史實之小霸王平服江東；東吳名將陸續臣服，又見曹魏集團、蜀漢陣營相互崛起，自然又是腥風血雨，鹿死誰手猶未可知。作者設定重重關卡，主角屢次克服難關，「衝突－解決」漸趨明朗；跨越難關之後，又是另番挑戰，俾使劇情持續推演。

亦如電影《銅雀臺》，「殺曹」乃是全劇綱領。故事啓首，敘述穆順、靈雎，以及眾多孤兒，日日夜夜鍛練武術，被迫成為刺曹殺手，幕後主使爲誰？孤兒從何而來？此處尚未交代，又轉另段發展；觀星者察見天有異象，「歲次庚子，四星匯聚，必見改朝換代。」〔註27〕朝廷人心惶惶，曹操不置可否，正待後情發展，又見他事穿插。全作人物眾多，卻都各懷鬼胎：身爲呂布之女的靈雎，徬徨於父仇未報，又欲追隨意中人遠離塵囂，爲「情」之衝突；曹丕逼姦伏皇后，伏皇后怨懟漢獻帝之儒弱無能，漢獻帝憤恨權臣、髮妻之雙重背叛，爲「色」之衝突；伏完遵循皇命，串通吉本暗佈陷阱，前者意圖保全地位，後者決意終結曹操，爲「謀」之衝突；至於曹操，面對漢獻帝豢養刺客，伏完、吉本密謀暗殺，以及其子曹丕的弒親陰謀，處處爲敵、步步驚心，爲「權」之衝突。四條脈絡，相互交織，衝突扞格更顯激化，最後聚焦於四星匯聚之「殺曹」夜襲，作爲全劇高潮，同是眾多衝突之解決關鍵。藉此收攬劇情，同是依循「衝突－解決」之敘事模式，甚至不僅單一途徑，而使多方要素相互穿梭，更顯人心複雜、詭譎莫辨，戲劇張力更爲豐沛。

三、多元並進

依照康洛姆（Manuel Komroff，1890－1974）的小說圖式，《三國演義》章節結構，乃爲鋸齒式多線進行。每樁事件均如鋸齒爬升，躍昇至情節高潮點之後，便是逐漸下降；下降途中，再度引發另事因果，因果之間相互碰撞，再度造生另番高潮，以此齒齒相連，高潮迭起。〔註28〕《三國演義》爲例，司馬徽屢薦名士，眾多人才接連迭現，便是層層高潮之貫串呈顯：

> 玄德曰：「天下高賢，無有出先生右者。」庶曰：「某樗櫟庸材，何
> 敢當此重譽。」臨別，又顧謂諸將曰：「願諸公善事使君，以圖名垂
> 竹帛，功標青史，切勿效庶之無始終也。」諸將無不傷感。玄德不

〔註27〕趙林山導演、汪梅林編劇，《銅雀臺》。
〔註28〕轉引自廖瓊媛，《三國演義的美學世界》，頁138。

忍相離，送了一程……庶勒馬謂玄德曰：「某因心緒如麻，忘卻一語。
此間有一奇士，只在襄陽城外二十里隆中。使君何不求之？」……
庶曰：「以某比之，譬猶駑馬並麒麟、寒鴉配鸞鳳耳。此人每嘗自比
管仲、樂毅；以吾觀之，管、樂殆不及此人。此人有經天緯地之才，
蓋天下一人也。」〔註29〕

東漢名士司馬徽，面對劉備虛心請益，先後薦舉諸多賢才，譬如巧設謀略以
襲取樊城的徐庶。謀士加入，遂使猛將如雲的劉備軍團，不再僅是空有戰力
的無頭蒼蠅，而能如虎添翼、更添勝率；然而，肇因曹操欺詐，智囊軍師只
能倉促離去。讀者先因謀臣現身，預感劉備大有可為，至此陡然一落，慨歎
徐庶雖遇明主卻又無法盡忠；又因元直臨別贈言，推薦更顯高明的另位奇人
——名聞遐邇的臥龍先生——陡起陡落，瞬間引爆萬般期待。此般設計，即
為「鋸齒式多線進行」：創作者交錯各事，藉由解決衝突以塑脈絡，又因事件
升落穿插，促使觀眾心懸劇情，卻又難以預測走向；如此一來，有其高潮亮
點，兼能舒緩張弛，不僅收得讀者注目，更見闡發閱讀樂趣。

　　若將觀察範圍更為拓展，《三國演義》全書，同是依照「鋸齒形式」，作
為劇情起伏；觀其架構，全書一百二十章回，常將諸方情勢分頭進展，卻非
各自獨立毫無瓜葛，長篇劇情推演，暗有伏線交錯：或為情勢漸起，或為關
聯加密，只待要素匯合，劇情立即攀至高潮，誠如毛宗崗（1632－1709）所
言：「凡文之奇者，文前必有先聲，文後亦必有餘勢。」〔註30〕若是端視故事
內容，則可分為六大區塊，即為「六起六結」之說：

《三國》一書，總起總結之中，又有六起六結，其敘獻帝，則以董卓
廢立為一起，以曹丕篡奪為一結。其敘西蜀，則以成都稱帝為一起，
而以綿竹出降為一結。其敘劉、關、張三人，則以桃園結義為一起，
而以白帝城託孤為一結。其敘諸葛亮，則以三顧茅廬為一起，以六出
祁山為一結。其敘魏國，則以黃初改元為一起，而以司馬受禪為一結。
其敘東吳，則以孫堅匿璽為一起，而以孫皓銜璧為一結。凡此數段文
字，聯絡交互於其間，或此方起而彼已結，或此未結而彼又起，讀之
不見其斷續之跡，而按之則自有章法之可知也。〔註31〕

〔註29〕古本小說集成委員會編，《古本小說集成·三國志通俗演義（萬卷樓本）》，
　　　　頁685-686。
〔註30〕朱一玄、劉毓忱，《三國演義資料匯編》，頁262。
〔註31〕朱一玄、劉毓忱，《三國演義資料匯編》，頁258。

毛宗崗將全書內容，擘分為六大區塊，均以三國關鍵要事，作為情節主軸；亦或，藉由事件屢次鋪疊，逐漸彙整要素，呈現史事來由。上述「六起六結」，並非按照時間先後，而是分頭進行、甚至同時並生，一波未平一波又起，看似無心插柳的微小事端，卻是造生野火的星星幽芒。以劉、關、張為例，《三國演義》首回即見英雄結義，劉備自詡宗室後裔，秉懷壯志以定傾扶危，立志拯救漢末河山，關羽、張飛護翼左右，三人結心共戰天下，曾有火燒新野之勝，也有江陵敗逃之困；然而，沙場鏖戰之外，更大主線也悄悄浮現。最終，關羽身死人手、張飛命喪部屬、劉備中道崩殂，誠如昔日所言：「但求同年同月同日死」，兄弟接連殞世，以邂逅結義為始，以殞命亡散為終。如同斜角爬昇的鋸齒，癥結之起未顯獨特，攀至高點方覺情勢緊繃，隨又陡然一落、另有焦點躍起，順勢轉移讀者目光，延續另段情節；其實，早在此段鋸齒爬升過程，已見另股暗流蓄勢而起，如此交錯穿梭，即是「六起六結」之法。《三國演義》之妙，在於適時聚焦以呈現衝突，隨又移轉他事以見劇情張弛，多番事件收縮拉扯，呼應三國時代之縱橫捭闔。

奠基三國的《火鳳燎原》，〔註32〕同樣採取上述技巧，雖為漫畫形式，卻能跳脫表現媒介的誇張浮泛、平庸內涵；作品之中，除卻血脈賁張的廝鬥，更為吸引觀眾之處，在於複雜糾葛的情節設定，以及計計串結、層層反間的智力較勁。此書增添「水鏡八奇」，均為水鏡先生門下高徒，更是影響局勢的秘密組織，八人未知名姓、未顯容顏，隨著劇情推展，逐漸浮現人物真貌；目前登場角色，包括作者虛撰之袁方，以及真有其人的荀彧、賈詡、郭嘉、周瑜、龐統、諸葛亮。水鏡八奇，原本配戴面簾、遮掩名姓，未解廬山真面目，僅能藉由其人思維，及其牽涉戰局，極力拼湊八奇身分，即為作者所設「懸疑」。讀者最期待處，乃是八奇真實身分：端看此人自報名氏，歸屬何方勢力，或是提出著名戰略，神秘面紗即將掀開，又有另名「八奇」翩然登場、再掀衝突，同時暗示另有大戰即將爆發，藉由此位登場人物，拋下扭轉局勢的震撼彈。如此作法，雷同於「衝突－解決」模式，並且兼進多方主線的鋸齒走向，相互錯落、兼併而行，以使劇情更顯複雜，更得收攬觀眾目光。

此外，《三國演義》之敘事，時常利用雙邊形式（bipartite form），同時並進多線劇情；毛宗崗〈讀三國志法〉曾言：「三國一書，有添絲補錦、移針勻繡之妙。凡敘事之法，此篇所缺者補之於彼篇，上卷所多者勻之於下卷，不

〔註32〕陳某，《火鳳燎原‧1-52》（臺北：東立，2001-2014）。

但使前文不拖沓，而亦使後文不寂寞；不但使前事無遺漏，而又使後事增渲染，此史家妙品也。」〔註33〕對照演義，便可發現：同一事件之過程，並非僅於同處章回，而是刻意調轉、分割、迂迴進展，羅貫中常於事件即將明朗，卻又文鋒迴轉，猛然插敘其他事件；如此行文，彷若兩線上下編綴，一明一隱，一揚一斂，近景看似錯落懸置，遠景方知兩線互補，相互銜合，更能展現繽紛色彩。

　　觀察《三國演義》章回標題，即能查見二元敘事之編排形式：第七回「袁紹磐河戰公孫，孫堅跨江擊劉表」、三十九回「荊州城公子三求計，博望坡軍師初用兵」、一百零七回「魏主政歸司馬氏，姜維兵敗牛頭山」。上述章回之雙重事件，或為不同勢力的各別進展，或為急緩交錯的事件對照，或為文武兼行的不同情態，作者同時敘寫多事，宛如多線交織的錦繡文章，俾利故事相互補足，輕重紓緩有所變化，並得以多元衍伸。《三國演義》章節標題，經由毛宗崗編排，更顯對立與重覆——單就章節之內，所述二事多成對照；若是總覽劇情，則知此處所述，乃為延續前事之後情。此外，《三國演義》章節分段，多於人物面臨危機、情節轉折之際；因此，對稱標題之使用，既可做為焦點轉替，同可交代雙線進展。〔註34〕而於今日，三國題材改編文本，除卻少數作品之復古追隨，〔註35〕其餘標題多為簡要；但是，二元並列的敘事模式，卻仍持續存在，增添愛情故事之三國改編，便可做為此例代表。三國改編，憑賴真實人物，虛構愛情故事，或為原設夫妻之濃情蜜意，或是虛設

〔註33〕朱一玄、劉毓忱，《三國演義資料匯編》，頁 264。

〔註34〕郭興昌，《三國演義研究在美國》，頁 166。

〔註35〕漫畫《三國志百花繚亂》，每回標題形式，意欲仿造章回小說。部份標題，甚見巧思，譬如第十回「權謀鬥爭侵蝕國本，暴將董卓擁帝自立」、第十六回「江東之虎暗夜退敗，聯軍本陣華雄來襲」；部份標題，僅有字數相對，譬如第四回「劉備失兩翼，孤立於戰場」、第二十五回「再次居無定所，劉備投奔曹操」；更多回目標題，僅可視為兩串長句，譬如第十八回「關羽功勳鼓舞聯軍，迎擊董卓最大威脅・呂布」、第三十回「曹仁佈下銅牆鐵壁八門金鎖陣，雙方交戰鬥智鬥力」。因此，此書之回目標題，雖然有別於當今漫畫標題之淺顯簡短，仍不同於章回小說之言簡意賅、對偶工整的標題形式。此外，漫畫《魔法無雙天使衝鋒突刺！呂布子》，同見此況，第一回「呂布子降臨人間，以暴力討伐匹夫」、第六回「陳宮求寶珠討叛賊，高順助友人赴魔域」、第十七回「呂布子大讚部屬武略，高順為張遼話說霸業」、第廿六回「曹操界鄴宅避雷雨，典韋同許諸話凶兆」、第三十二回「碧眼兒奮勇脫虎口，小霸王威武討黃祖」，均是仿造章回標題，同也失於粗疏簡淺。

配對以杜撰情愛；筆者認爲，除卻全以愛情爲主的再創故事，部分改編作品於述史之際，同時增添情感摹寫，即可視爲多元敘事。

譬如，橫山光輝《三國志》，描繪劉備崛起、匯聚群英，同時述其眷戀芙蓉姬，剛中蘊柔而更顯韻味；漫畫《一騎當千》，陳述呂布廝鬥群雄，兼寫其與陳宮的同性戀情，眞心摯意、昭如日月；電影《赤壁》，描述孫尚香潛伏敵營以密探情報，〔註36〕卻與魏軍小兵孫叔才互生好感；電視劇《三國》，司馬懿工於心計以謀奪大權，側身其旁的間諜靜姝，監視其行以回報曹丕，但因朝夕相處反倒暗生情愫，遂使刺探任務增添變因。上述種種，全爲杜撰，雖是無稽情事，卻可歸屬「雙事兼敘」演繹形式；如同章節標題的「二元併陳」，敘述大事衝突，同時鋪陳另番波折，亦或夾陳瑣事以舒緩情節，誠如毛宗崗評述《三國演義》：

> 《三國》一書，有笙簫夾鼓，琴瑟間鍾之妙。正如敘黃巾擾亂，忽有何后、董后兩宮爭論一段文字；正敘董卓縱橫，忽有貂蟬鳳儀亭一段文字……人但知《三國》之文是敘龍爭虎鬥之事，而不知爲鳳、爲鸞、爲鶯、爲燕，篇中應接不暇者。令人於干戈隊裡時見紅裙，旌旗影中常睹粉黛，殆以豪士傳與美人傳，合爲一書矣。〔註37〕

《三國演義》敘事鏡頭，並非單純移轉於男女雙方，實欲藉由二元並列的舒緩交錯，豐厚故事發展，闡發多元面向，俾使敘事豐富多彩。此般手法，改編作品常見延續，焦點替換流暢自然，除了沿襲原作手法，同因媒介特質助益；《三國演義》演述他事，常用「卻說」、「話說」、「話休絮煩」以轉移主線，雖然方便、卻顯鑿作突兀。〔註38〕當今改編戲劇，則可使用蒙太奇手法，剪輯拼貼多方鏡頭、快速移轉敘事焦點，文戲武戲相互搭配，更見劇情張弛美

〔註36〕孫堅有五子三女，其女名號均未流傳。《三國演義》將嫁與劉備之孫氏，名爲「孫仁」；但是，裴松之注《三國志》，曾言「孫仁」應是孫堅庶子孫朗之別名。後世戲曲，改將此女名爲「孫尚香」。爲免與他人混淆，本論文稱呼孫夫人均以末稱。

〔註37〕朱一玄、劉毓忱，《三國演義資料匯編》，頁263。

〔註38〕將《水滸傳》譯爲日文的駒田信二（1914－1994），曾經收到讀者投書：「買了閣下的《水滸傳》來閱讀，然而雖是號稱長達一百二十回的全譯本，省略刪除的地方卻不勝枚舉，如此豈非欺騙讀者，誇大不實的宣傳嗎？譬如文中充斥『且聽下回分解』、『話休絮煩』等文句，怎能說是全譯呢？」上述之「且聽下回分解」、「話休絮煩」，均是章回慣用詞語，讀者卻以爲是譯者簡便行事，遂生誤解。（駒田信二著，鍾憲譯，〈譯語與改編之解說〉，《三國英雄傳·10》（臺北：遠流，1992），頁406。）

感；至於動漫作品，採取畫格切割，單格獨立之敘事空間，俾利多元敘事得以並陳，卻又不致混淆，甚能利用淡出、回想、意識流……種種手法，巧妙呈現雙線劇情；因此，多元並進之敘事手法，遂成改編作品對於《三國演義》之同質延續。

第二節　事件主題

　　《三國演義》流傳百載、膾炙人口，無論年齡老幼、性別殊異、學歷高低，總能信手拈來一段三國戰役，隨口提及三國名將的經典事蹟。但是，多半聚焦於關鍵戰役，譬如長坂之戰、赤壁之戰；亦或特殊事件，即為桃園結義、三顧茅廬。腦中浮現之三國名將，通常也是重點角色，譬如：曹操、關羽、趙雲、諸葛亮。觀眾對於故事的吸收、理解、共鳴及回溯，通常鎖定於情節高潮，彷彿常人撰寫筆記，往往著重關鍵；這些精采亮點、重要戰役，經由歷代陳述的屢次加強，更加深烙人心，成為後世讀者觀覽三國，最為熟悉也最受期待之「必備事件」。下文，針對三國題材，「事件場景」之同質延續，分為戰爭事件、特殊事件，以作析述。

一、戰爭事件

　　《三國演義》著重英雄事蹟，同時併寫三國勢力抗衡消長，兼又顧及時空背景，萬般事由交錯之下，宛若五彩絲線梭織成匹，直軸為人，橫軸為時，錯綜盤繞而成繁複圖紋，即是盤根錯節的史事過程；抽取單線必將失卻布疋燦華，貿然剪擇必然破壞圖案完整，倘欲切割布料以利精簡，也會顧及布面紋彩，矢力保存圖樣完整。因此，當代創作者處理三國題材，面對龐大情境、紛雜人事，為求掌握效率、突顯焦點，同時避免力有未逮，常會鎖定某人某事，以便聚焦發揮；既已圈定範圍，即可主力描摹，甚至細膩鋪述，方得彰顯作品特色。譬如，漫畫《雲漢遙かに－趙雲伝》（譯：至雲漢深處－趙雲傳）、〔註39〕《RANJIN　三國志呂布異聞》〔註40〕、《KILLIN－JI　新霸王傳・孫策》〔註41〕，意在突顯英雄經歷；電影作品《赤壁》、紙牌遊戲《三國智・決

〔註39〕黃十浪，《雲漢遙かに－趙雲伝》（東京：メディアファクトリー，2006）。
〔註40〕川村一正，《RANJIN　三國志呂布異聞・1-4》（東京：新潮社，2008-2009）。
〔註41〕義凡作，L・DART 畫，《KILLIN－JI　新霸王傳・孫策》（東京：小學館，2013）。

戰官渡》，〔註42〕均是詳述三國時代的特定戰役；漫畫《諸葛孔明時之地平線》、〔註43〕《超三國志霸－LORD》，〔註44〕前者專述孔明事蹟，後者主敘劉備生平，各有其焦點；動畫《三国志・長江燃ゆ！》（譯：三國志・長江燃燒）、〔註45〕《少年諸葛亮》，〔註46〕前作鋪述赤壁之戰，後作聚焦臥龍先生；電玩《三國志曹操傳》、〔註47〕《曹操之野望》〔註48〕均以曹操爲主，架構脈絡更見明顯；尙有同人自製的遊戲模組（modification，簡稱 MOD），雖是改編自發行遊戲，肇因時間心力之現實考量，通常鎖定某人物，譬如《三國志姜維傳》，主述此人北伐戰事。綜合上述，可見今日盛行的三國改編，雖有部分作品鋪陳全局，卻有更多作品精簡行文——特別關注某場戰役，或是聚焦重要人物，看似削減作品長度，實則集中火力以精彩突顯。

今日改編作品，紛紛縮小範圍，以利劇情發揮，既是如此，何以眾人有志一同，往往針對相同戰役？三國故事經由歷代演繹，熱門元素均已挖掘殆盡；照理來說，再創者爲免舊調重彈，應會極力搜索新面向，甚至刻意開發冷門領域。此外，肇因解構思潮，面對經典文本，仍可恣意拆解、拼貼、顛覆，利用各種方式，賦予改編新貌。再創者改造角色、顛覆事件、甚至重組年代，卻對三國經典事件——尤爲牽動全局的關鍵戰役——幾近保存原貌，不忌重複而屢加演述。遑論何種媒介，陳述何番主題，擇定何人爲主角，甚或增添自創元素，但是名聞遐邇的重要戰役：官渡之戰、赤壁之戰、荊州之戰、夷陵之戰，仍是萬變不離其宗的必備元素，即使翻轉事件詳情，征戰地點、參戰勢力、衝突起因以及戰局發展，卻是如出一轍，甚至全然遵照史實。今日三國作品，角色得以性轉，勝敗得以逆轉，看似無所禁忌，爲何戰爭描述卻少有更動，甚至力求秉持原貌？

筆者認爲，肇因有二：其一，某些戰役於《三國演義》鋪陳甚多，倘若挪改戰役起因、交戰內容、參戰勢力，甚至逕自捨去某場大戰，必會造成後續設定的全盤翻改，牽涉之處均得調整，以免劇情難以銜接。例如，消抹官

〔註42〕 前景文化，《三國智・決戰官渡》（成都：前景文化，2014）。
〔註43〕 諏訪綠，《諸葛孔明時之地平線・1-14》（臺北：青文，2003-2007）。
〔註44〕 武論尊作，池上遼一畫，《超三國志霸－LORD・1-22》（臺北：東立，2006-2011）。
〔註45〕 勝間田具治，《三国志・長江燃ゆ！》（東京：東映，1993）。
〔註46〕 朱敏、沈壽林，《少年諸葛亮》（北京：輝煌動畫，2011）。
〔註47〕 KOEI，《三國志曹操傳》（東京：光榮，2014）。
〔註48〕 奇米娛樂，《曹操之野望》（臺北：奇米娛樂，2014）。

渡之戰，曹操難以稱霸北方，袁紹猶仍身擁重兵，主掌朝廷的鼎鼐權臣，自
非曹家天下；失卻官渡對戰，則難鋪陳關羽神勇，亦無張郃投魏之因，既是
如此，日後張郃統領魏軍──漢中之戰與街亭之戰──又該如何鋪陳交待？
更動一場戰役，便會造生連鎖崩解，此般現象，於三國改編穿越題材，更顯
關鍵。《龍狼傳》主角天地志狼，於博望坡前夕，拒絕成為劉備軍師：「我知
道這亂世的未來，這樣的我，如果為了劉備大人而戰的話，或許會改變了歷
史的原本模樣，這一點是我極力想避免的！」〔註49〕又如，電視劇《回到三
國》，描述穿越時空的香港青年司馬信，協同諸葛亮親赴吳國說服孫權，意欲
結盟劉、吳以共抗曹軍；無奈，孫權自覺才能不及孫策，終日玩樂逃避己責，
司馬信擔憂結盟無法成形，必將影響最屬關鍵的赤壁大戰，索性投其所好，
利用「鋤Dee」（大老二）、「野戰」（生存遊戲）競賽過程，深入淺出剖析情勢，
終使赤壁大戰得以成軍。由此可見，三國改編之戰爭事件，為免「牽一髮以
動全身」，泰半秉持文本原貌，縱有細節微調，骨幹依然不變，逐使經典戰役
再三登場。

其二，既是重要大戰，必成經典場景，即便史書約略處理，有賴歷代作
品再三演繹，事件過程早已深烙人心，如同沈伯俊擘析《三國演義》描寫戰
爭之特點：

> 一、善於從政治的高度，把握戰爭的全局。二、善於集中筆墨，描
> 寫戰爭雙方的力量對比、形勢分析和戰略戰術的應用，揭示戰爭勝
> 負的根本原因。三、善於抓住各次戰爭的特點，突出「個性」，充分
> 表現戰爭的複雜性和多樣性。四、情節波瀾起伏，扣人心弦，描寫
> 富於變化，有張有弛，各次戰役呈現出強大張力。五、善於運用多
> 種筆墨，多角度、多層次表現戰爭，給人多樣化的藝術美感。六、
> 善於渲染戰場氣氛，給人身臨其境的逼真感受。〔註50〕

經由《三國演義》渲染，三國時期的關鍵大戰，不只是左右政局的勢力衝
突，更已蛻為文學作品之經典場景，藝術形象豐沛飽滿，多元面向均被細
膩處理，成為萬千讀者的共同印象。與其再創翻轉也僅為狗尾續貂，不如
承接架構穩固的舊有形式，延續戰役過程；倘欲創造新意，則由調度角色、
移轉觀點、增添細節，大戰骨架仍是極力保留，俾使讀者觀賞新作，能由

〔註49〕山原義人，《龍狼傳‧3》（臺北：東立，1995），頁181。
〔註50〕沈伯俊，《羅貫中與三國演義》，頁189-193。

相似事件，連結前人創作的舊有印象，順勢強化藝術效果，引發讀者既存共鳴。

三國題材之中，屢被提及的經典戰役，「赤壁之戰」當屬之最。何以再創者獨沽此味？赤壁之戰雖爲三國鼎立之關鍵，正史僅簡略記寫，甚至偏散各處，無見完整統述。〔註51〕陳壽《三國志》，記述曹操之事：「公至赤壁，與備戰，不利。於是大疫，吏士多死者，乃引軍還。」〔註52〕匆匆數語，簡略行事，宛若長江艦戰只是曹、劉衝突，全然未提東吳勢力；此外，或因爲尊者諱，史官將曹軍大敗歸咎於疫病爆發，既是天命注定，自然未提戰略，以及雙方如何交戰逞能。《吳書‧吳主傳》則述孫、劉聯合以協力抗曹，「遇於赤壁，大破曹公軍。公燒其餘船引退，士卒饑疫，死者大半。」〔註53〕事件次序顚置，反成劉、孫擊破曹操於先，飢荒疾役接踵而來，更使曹軍無力回天，只能鎩羽而歸。此外，《吳書‧周瑜傳》同有記載，更見詳實：

> 權遂遣瑜及程普等與備並力逆曹公，遇於赤壁。時曹公軍眾已有疾病，初一交戰，公軍敗退，引次江北。瑜等在南岸。瑜部將黃蓋曰：「今寇眾我寡，難與持久。然觀操軍船艦，首尾相接，可燒而走也。」乃取蒙衝斗艦數十艘，實以薪草，膏油灌其中。裹以帷幕，上建牙旗，先書報曹公，欺以欲降。又豫備走舸，各系大船後，因引次俱前。曹公軍吏士皆延頸觀望，指言蓋降。蓋放諸船，同時發火。時風盛猛，悉延燒岸上營落。頃之，煙炎張天，人馬燒溺死者甚眾，軍遂敗退，還保南郡。備與瑜等復共追。曹公留曹仁等守江陵城。逕自北歸。〔註54〕

赤壁之戰最屬經典的焚艦壯景，於此方得呈現；此處所述，不僅見證結盟抗敵，同時述及詐降手法，以及火攻準備，加上風力威猛，遂使重兵壓境的曹操軍團，竟是狼狽而歸。雖是史書，人物角色之思維應對，迂迴曲折的虞詐交鋒，突異發展的驚奇結局，在在震懾讀者感知，宛若小說扣人心弦。直至

〔註51〕劉知幾《史通》曾言：「夫國史之美者，以敘事爲工，而敘事之工者，以簡要爲主，簡之時義大矣哉。」遂此，陳壽將同一事件之各部要點，散見於《三國志》各人傳記，少有重複論述，或是爲求史書簡約之美，但是，單就讀者閱讀，仍是易生疏漏混亂。（〔唐〕劉知幾著，〔清〕浦起龍釋，《史通通釋》，頁200。）

〔註52〕〔西晉〕陳壽著，〔南朝宋〕裴松之注，《新校本三國志注附索引》，頁31。

〔註53〕〔西晉〕陳壽著，〔南朝宋〕裴松之注，《新校本三國志注附索引》，頁1118。

〔註54〕〔西晉〕陳壽著，〔南朝宋〕裴松之注，《新校本三國志注附索引》，頁1262-1263。

後世，又有司馬光《資治通鑑》，同樣記載赤壁大戰，先述諸葛亮諫勸孫、劉聯軍，再提曹操遣信以脅孫權，並由周瑜之口，剖析曹操驕兵必敗之蹊蹺，最末同以烽火連天的焚艦浩景，遂見火攻成效；《資治通鑑》承襲前史，加上豐沛史料，事件過程更顯詳盡，並且大量鋪疊人物對話，造生原景重現的歷史實貌。肇因史書資料悠久流傳，宛如小說家語的精采過程，自然成為演繹基底；後世再創者，除了民間異聞的齊東野語，更可援引史書以利詳敘，同時添補個人想像、思維寄託，遂使赤壁之戰成為家喻戶曉的知名戰役，等同三國之顯著標誌。

此後，虛實交錯的文人創作，相繼崛起、重詮史事，「赤壁之戰」成為可供再造的熱門情事。《三國志平話》述及赤壁大戰，並於細節增添鋪疊，譬如兩大軍師秘寫制勝關鍵於掌心，遂見諸葛亮深謀遠慮更勝周瑜；同時，穿插奇門遁甲之術，即為諸葛亮登壇求風，身著黃衣按劍作法，遂將史實記載的天時地利，變為臥龍先生呼風喚雨的通天本領。此外，盛行當代之金元雜劇，尚有《隔江鬥智》、《赤壁鏖戰》種種劇目，全然鎖定赤壁場景，並以瑜、亮較勁之亦敵亦友，呈顯戰役過程的曲折離奇，以及出奇制勝之精采轉折。上述作品流傳廣佈，戰役過程逐漸詳密，再創者參考前作以延續舊述，為求區別、為顯巧思，同時增添新異行事，遂使史書記載的隻字片語，千百年後竟成長篇浩瀚的壯闊史詩。因此，《三國演義》草創之際，羅貫中援引諸作，描述赤壁此戰，不僅牽涉三國要角，關連勢力存亡，詭言譎計更見千迴百折，兩軍交戰甚為磅礡浩瀚，即便未嘗熟讀演義，對於經典情節仍可琅琅上口：舌戰群儒、蔣幹盜書、草船借箭、苦肉計、連環船、華容道，足見經典場景深烙人心。之後，再由毛宗崗評點整編，部份情節有所刪修，赤壁之戰仍為全書亮點，於毛本三國的一百二十章回，赤壁交戰即佔有八回篇幅，且多為於史無稽的妄生情事，堪稱《三國演義》虛構最多之處。〔註55〕此般論點，錢鍾書（1910－1998）也曾論及：

> 《三國演義》寫赤壁之戰，黃蓋苦肉計詐降，周瑜佯醉騙蔣幹，
> 皆使曹操墮術中；徵之《三國志‧吳書‧周瑜傳》，黃蓋詐降而無
> 苦肉計，蔣幹作說客而無被騙事。《演義》所增詭計，中外古兵書
> 皆嘗舉似。《孫子‧用間》篇：「內間者，因其官人而信之」，何延

〔註55〕許盤清、周文業《〈三國演義〉、〈三國志〉對照本》（南京：江蘇古籍，2002），頁16。

錫注引李雄鞭扑泰見血，使謫羅尚，尚信之，即《演義》第四六
回周瑜之撻黃蓋；又「反間，因其敵間而用之」，蕭世誠注謂「敵
使人來候我，我佯不知而示以虛事」，即《演義》第四五回周瑜之
賺蔣幹。〔註56〕

蔣幹盜書、黃蓋詐降，乃是赤壁之戰兩大轉折，更爲聯軍制勝關鍵，失卻部
分環節，只恐曹操鐵騎早已覆吞江南，了其心願以攬二喬於銅雀。但若回溯
史實，黃蓋諫言火攻，卻無矯飾詐敵；蔣幹勸降周瑜，但無盜書之事——傳
頌不休的戰役情事，竟是文人虛撰，卻成爲深植人心的經典場面；可見兩大
端倪：一是，奠基史實的歷史小說，爲求藝術效果，勢必增添虛構情事，甚
至誇張渲染，營造讀者無法預期的新異發展，同時銜合史事脈絡，巧妙統整
虛實事端。另一特點，既然改造新編方能另創懸念，吸引讀者青睞，提升作
品亮點，卻又始終架構於既定場景，由此可知，愈是經典大戰，愈加成爲務
必呈顯之重要事件，失卻關鍵戰役，不僅劇情銜接陡生落差，影響更鉅者，
創作者並非簡省一場戰役之過程，而是失去可供發揮的劇情高潮。承接前述，
三國故事有其「衝突－解決」既定組織；所謂衝突，包括事件跌宕、角色對
峙、牽動全局的戰役爆發。三國時代征戰連年，實爲大小戰役穿插迭生，如
同高低波瀾相間堆疊，每場大戰前提鋪陳，便是逐漸攀升的巨浪前刻；倘若
省略重要戰局，如同波濤未起即已息如止水，難以騰升事件高潮，遂使作品
索然失味，無復驚心動魄之精采場景。

　　現今三國改編，常涉及赤壁大戰：大眾文學方面，吉川英治三國志、北
方謙三三國志、陳舜臣三國志，雖於主題、劇情各有殊異，卻均以赤壁之戰
作爲重要情節；甚至，尚有藤水名子《赤壁之宴》、伴野朗《吳・三国志　長
江燃ゆ》，概以赤壁爲故事背景，細筆描繪事件經過，詳加解釋脈絡源由。當
代娛樂，同見赤壁之戰蓬勃再現；漫畫《武靈士三國志》完結之後，作者又
另開新章專述赤壁，並言：「赤壁之戰是我第一次得知三國志，第一次了解諸
葛孔明，內心雀躍回憶的篇章。三國志本身就十分壯大，赤壁更是展現其霸
氣的最著名篇章。」〔註57〕不僅此作專述赤壁，下列數例同是全然聚焦於赤
壁之戰：

〔註56〕錢鍾書，《管錐篇》（北京：中華書局，1979年），頁861。
〔註57〕眞壁太陽作，壱河柳乃助畫，《武靈士三國志：赤壁》（臺北：青文，2013），
　　　　頁185。

表格 12 「赤壁之戰」為主的改編作品

類 型	名 稱	導演／作者	發行商	出版年代
電影	《赤壁之戰》	楊藝	臺北：漢華	2005
	《赤壁》	吳宇森	北京：電影集團	2008
	《赤壁：決戰天下》	吳宇森	北京：電影集團	2009
漫畫	《赤壁ストライブ》	中島三千恒	東京：メディアファクトリー	2008
	《赤壁》	橫山光輝	臺北：東販	2009
	《三國笑傳之赤壁奧運》	白井惠理子	臺北：東立	2009
	《武靈士三國志：赤壁》	作：眞壁太陽 畫：壱河柳乃助	臺北：青文	2013
	《眞三國志－SOUL 霸》	作：武論尊 畫：池上遼一	臺北：東立	2014
動畫	《三国志・長江燃ゆ！》	勝間田具治	東京：東映	1993
電玩	《天地吞食 2 赤壁之戰》	東京：卡普空	東京：卡普空	1992
	《傲世三國赤壁之戰》	北京：目標軟件	中國：Eidos	2001
	《赤壁 Online》	北京：完美時空	北京：完美時空	2007

◎製表人：黃脩紋

　　赤壁之戰名聞遐邇，但也僅是三國時代的一方戰役，細究戰爭始末，起於西元 208 年七月，止於同年十一月，夏秋之交的短短數月，竟使後世萬般關注、屢加詮釋；相較之下，年代相近的大型戰役，同樣富有盛名，改造熱潮仍難並駕齊驅。更有甚者，普遍流傳三國故事的日本，同有地區號稱赤壁，包括大分縣中津市的「赤壁寺」、歧阜縣木津市的「赤壁城」、兵庫縣姬路市的「小赤壁」、島根縣隱歧郡的「知夫赤壁」；漫畫《一騎當千》，即是利用日本「赤壁」，而將赤壁之戰移轉至當代日本，以便茲發戰事、鋪敘情節；另部漫畫《超三國志－SOUL 霸》，更言「紅通通的赤壁，其實是鐵礦石反射出的光。」〔註58〕遂將全作聚焦於赤壁之戰，不僅是三國地盤角力，更是爭奪鐵兵器的資源大戰。

　　千年之前，匆匆告結的中國內戰，竟成三國時代最顯注目的關鍵事件，癥結何在？筆者認為，赤壁大戰倍受關切，原因在於：牽涉人員眾多，以及戰役

〔註58〕武論尊作，池上遼一畫，《眞三國志－SOUL・2》（臺北：東立，2014），頁 98。

發展對於整體局勢之關鍵作用。參戰角色龐雜，遂可多元轉換視角，移轉敘事主體，亦或跳脫史書記載，就中安插橫生枝節，重新詮釋事件過程；然而，即便細節微調，整體結構卻仍秉持史貌，更見三國戰事之同質延續。此番戰役舉足輕重，乃為前事發展之必生結果，同是後續情節的重要樞紐，失卻此戰、亦或改造結局，歷史將就此改寫；部分作者，立意顛覆史事，遂而大加發揮、妄造無稽，甚至刪除關鍵戰役，譬如周大荒（1886－1951）《反三國演義》，〔註59〕為求塑造蜀漢制霸，因此添造趙雲單騎截江、輕取呂蒙，既是如此，東吳大敗關羽的樊城戰役，自然無復存在；亦或《蒼天航路》，〔註60〕雖然描述赤壁大戰，卻未依循史事，而是以吳軍夜襲、曹操食物中毒，解釋曹魏敗因，乃因作者偏愛曹操，不願描述梟雄曹操的落魄敗逃。〔註61〕但是，大部分的改編作品，為求敘事通貫，仍會遵循史事脈絡，按部就班鋪陳戰役；倘非如此，則如上例，僅只刪減一場戰役，卻會造生無窮推進的蝴蝶效應，再創者講述新事、描繪角色，尚須兼顧挪動戰役所生變化，反倒自尋麻煩。因此，三國故事改編作品，史觀得以變異，情節得以妄造，角色得以新添，年代得以錯亂，處處元素均可改造，唯有戰役，因其牽連甚廣且如骨牌陳列，牽一髮以動全身，往往成為改編作品之中，萬變不離其宗的既有架構。

　　前文主述赤壁之戰，三國時代其他戰役，同樣成為改編作品固定情事，甚為必備環節。舉例而言：欲述曹操生平，必將牽涉官渡之戰，若無突圍白馬、奇襲烏巢，曹操未曾潰敗袁紹主力，勢必失去統一北方的霸權基礎，亂世梟雄又怎能挾天子以令諸侯，自許周文王輔弼天命？電影《華佗與曹操》、

〔註59〕周大荒，《反三國演義》（臺北：捷幼，1996）。

〔註60〕李學仁作，王欣太畫，《蒼天航路・1-36》（臺北：尖端，1997-2006）。

〔註61〕《蒼天航路・22》，卷末作者論述：「在《演義》中，（赤壁之戰）整場戰役前因後果似乎都跳不出孔明的預料，戲劇性十足。但是如果從曹操的角度來看，卻讓人萌生『為什麼偏要選在這裡打仗？』的疑問，找不到這場仗非打不可的理由……多數人把過度驕傲當成曹操繼續進擊的動機，但這種猜測相當缺乏想像力，也與曹操這個人的性格連不起來。」筆者認為，作者否定史料記載，單憑自身對於曹操性格的猜想，遂懷疑赤壁大戰起因，並非史書記載之狀。雖然史事容許個人詮釋，但由上述言論，仍知作者過於偏頗曹操，遂使此部漫畫於赤壁劇情之避重就輕。（李學仁作，王欣太畫，《蒼天航路・22》（臺北：尖端，2001），頁230。）另外，可由此作諸葛亮對曹操之評論，瞭解作者對於曹操的喜愛：「擁有無限的情慾，又集天下正邪於一身，本性如此複雜難解的你，卻能在人世間悠遊來去。」（李學仁作，王欣太畫，《蒼天航路・24》（臺北：尖端，2002），頁220。）

電視劇《英雄曹操》，以及漫畫《蒼天航路》、《曹操孟德正傳》、〔註 62〕《三國志烈傳・破龍》，〔註 63〕均是主述曹操生平，官渡之戰同爲作品高潮。若述龐統事蹟，則必提及益州之戰，及其三計取蜀，方能顯現鳳雛先生之過人智略；漫畫《火鳳燎原》、電玩《眞・三國無雙》，龐統僅爲配角，卻均以上中下三策，大顯威能、驚儡八方。倘以趙雲爲主，決戰長坂一騎當千，捨身救嗣七進七出，更是不可或缺，電影《三國之見龍卸甲》、《赤壁》，漫畫《龍狼傳》、《蒼天航路》，電玩《三國趙雲傳》、〔註 64〕《三國趙雲傳之縱橫天下》，〔註 65〕詳加鋪述事件過程，顯現蜀漢虎將之勇猛剛毅；甚連漫畫《武靈士三國志》，〔註 66〕趙雲轉世爲貧民窟藥師，同樣深入虎穴、拯孤救稚，即是轉化自「趙雲救阿斗」之經典場景。又或，改以吳國作爲敘事主角，均將述及赤壁之戰、夷陵之戰、合肥之戰——赤壁此役，俾使吳國穩定江東，天下三方巧妙平衡，東吳難以併吞二國，卻也得以發展沿海，逐漸壯大軍容威勢；夷陵之戰，肇因同盟破滅，吳國展現兵壯馬肥，同時顯現新秀傳承，即便周瑜病殞，仍有萬千豪傑追隨孫權；合肥之戰，則見孫權秉懷壯志、以圖北伐，卻是接連敗退，東吳難以北進，有利曹魏底定中原，逐步邁向簒漢自立。因此，電視劇《三國》、漫畫《みんなの吳》（譯：大家的吳），〔註 67〕前者概括各國要事，後者主述東吳發展，均曾述及吳國樞紐之三大戰役，倘若失卻戰事，亦或異動情勢，東吳發展必殊異於史傳，而須全盤改造，更顯「同質延續」之必要與便利。

三國時代諸多戰役，成爲更動最少的固定形式，縱使其它元素變動殆盡，全然偏離史傳描述，亦或顛覆演義劇情，讀者感受衝擊之際，卻又察見熟悉戰役。重要大戰始終存於三國作品，除卻上析，尚有一點可供探討：後世再創者，面對既存文本，且又繁加改編、演繹殆盡，應是另行拓展新境，爲何卻又有志一同，保存戰役成爲劇情主幹？原因在於，《三國演義》雖以戰爭銘記人心，堪稱影響深鉅之軍事小說，但於交戰過程，卻是有其述寫模式：

〔註 62〕 大西巷一，《曹操孟德正傳・1-3》（臺北：東立，2006）。

〔註 63〕 長池智子，《三國志列傳・破龍・1-5》（臺北：長鴻，2006-2008）

〔註 64〕 第三波，《三國趙雲傳》（北京：第三波，2001）。

〔註 65〕 第三波，《三國趙雲傳之縱橫天下》（北京：第三波，2002）。

〔註 66〕 眞壁太陽作，壹河柳乃助畫，《武靈士三國志・1-8》（臺北：青文，2008-2009）。

〔註 67〕 宮条カルナ，《みんなの吳》（東京：スクウェア・エニックス，2011）。

次日，張飛引兵前進。張郃兵又至，與張飛交鋒。戰到十合，郃又
詐敗。張飛引馬步軍趕來，郃且戰且走。引張飛過山峪口，郃將後
軍爲前，復紮住營，與飛又戰，指望兩彪伏兵出，要圍困張飛。不
想伏兵卻被魏延精兵到，趕入峪口，將車輛截住山路，放火燒車，
山谷草木皆著，煙迷其徑，兵不得出。張飛只顧引軍衝突，張郃大
敗，死命殺開條路，走上瓦口關，收聚敗兵，堅守不出。〔註68〕

上述事件，乃爲魏、蜀交兵之漢中激戰，張郃率領五千精兵進攻巴西郡，張
飛統籌萬餘兵卒予以回擊，形勢緊迫、戰情膠著，參戰人員不比赤壁，對峙
時日也未若合肥，卻也攸關雙方勢力的地盤重組，仍屬關鍵戰役。然而，《三
國演義》形述內容，只見雙方戰將——張郃、張飛——先是陣前叫戰，各秉
心志壯懷，隨即拍馬迎戰、兵刃交鋒，幾十回合的刀劍對擊，敗者潰逃而去，
勝者趁勝追擊；如此描述，乃將場面壯闊之史詩鏖戰，全然聚焦於特定戰將，
廣浩大軍僅成背景。往昔群眾意識，著重歌頌英雄，遂將作品焦點鎖定於主
要角色；時至今日，肇因環境更迭、意識抬頭、多元評價、以及後現代主義
之解構思潮，「反權威」浪潮興起，「反傳統」更爲深植人心。雖是依循戰事
架構，當代改編卻可改採平民視角，重新審視三國大戰。譬如電影《赤壁》、
《三國之見龍卸甲》、漫畫《三國亂舞》，〔註69〕依序描述孫叔才、羅平安、
無名老兵，對於戰爭之期許、悲憤與感慨，轉而述說小人物觀點。漫畫《江
南行～戲說魯肅》，〔註70〕魯肅無復《三國演義》的溫吞愚庸，而是回歸史傳
記載「獨斷之明」、「智略足任」；此作同述孫劉結盟、柴桑水戰，承襲史傳卻
改以百姓眼光，評判天下亂世動盪。又如《關羽出陣！》，描述樊城之戰關羽
中箭，華佗爲其刮骨療毒，卻是意圖謀殺關羽，乃因盡力救治的農家子弟，
個個盡成關羽刀下亡魂，三國武將之威名，實是來自一將功成萬骨枯。上述
數例，戰爭架構未有更動，卻使讀者強烈感受，熟悉至極的三國故事，竟有
這些未曾注目、但更引共鳴的大眾心聲。又如漫畫《蜀雲藏龍記》、〔註71〕《諸
葛孔明時之地平線》，前者述孤女華英子然一身，後者述孔明幼時逃難，均是
肇因曹操屠城；改編作品轉換視角，藉由底層百姓的顛沛流離，重新解讀關

〔註68〕古本小說集成委員編，《古本小說集成‧三國志通俗演義（萬卷樓本）》，頁1309。
〔註69〕吉永裕之介，《三國亂舞‧1-3》（臺北：東立，2009）。
〔註70〕佐佐木泉，《江南行～戲說魯肅》（臺北：東立，2007）。
〔註71〕林明鋒，《蜀雲藏龍記‧1-11》（臺北：東立，1994-1996）。

鍵戰役，由此批判戰爭惡果，使其更富當代意識，更使大眾心生認同。

戰爭情事，成為三國改編的必備環節。回溯原書，《三國演義》描述戰爭場面，雖然側重大將刻劃、淡化士卒形貌，仍舊有其精彩之處；一場戰役，並非僅述兩軍交戰，尚有前奏鋪陳，以及交戰結局的餘波盪漾，加上戰略使用，譬如連環計、苦肉計、反間計、空城計，以及火攻、水淹、箭陣、圍城，更顯變化莫測。三國戰役之述寫設計，前人另有研析要點，毛宗崗〈讀三國志法〉曾言：

> 寫水不止一番，寫火亦不止一番。曹操有下邳之水，又有冀州之水，關公有白河之水，又有罾口川之水，呂布有濮陽之火，曹操有烏巢之火，周郎有赤壁之火，陸遜有猇亭之火，徐盛有南徐之火，武侯有博望新野之火，又有盤蛇谷上方之火……就其極相類處，卻有極不相類處；若有特特犯之，而又特特避之，真是絕妙文章。〔註72〕

單就火攻戰法，除卻聲名遠佈的赤壁之戰，尚有董卓火燒洛陽、曹操奇襲烏巢、劉備自焚博望、陸遜火燒聯營、孔明火炮藤甲兵；若是水攻陣仗，前有下邳引水灌城，後有樊城水淹七軍，同樣因勢制宜、蔚為經典。孫子曾言：「以火佐攻者明，以水佐攻者強。」〔註73〕三國時代，巧用水火以成戰術，後世演繹，則是推陳出新，更為誇張渲染，卻又同時遵循大戰始末，擇取水火大戰，作為主線脈絡。是故，明清劇曲，常見奠基戰役之經典劇目，譬如：《磐河戰》、《長坂坡》、《漢津口》、《走麥城》、《失街亭》......劇目繁多難以計數；單只赤壁之戰，便可衍生《藐江南》、《激瑜權》、《群英會》、《蔣幹盜書》、《對火字》、《草船借箭》、《打黃蓋》、《闞澤下書》、《橫槊賦詩》、《借東風》、《火燒赤壁》、《派將賭頭》、《華容道》、《關公回令》......十來齣劇碼，更見戰役深烙人心。明清時期，除卻章回小說、改編劇曲，三國故事更成兵陣佈行之教戰守策：

> 明末的李自成、張獻忠及太平天國洪秀全等人，都曾以《三國演義》一書為「玉帳唯一之祕本」。《郎潛記聞》中提到：「太宗（清）崇德四年，命大學士達海譯孟子、六韜兼及是書（《三國演義》），未竣。順治四年，《演義》告竣。大學士范文肅公文程等，蒙賞鞍馬銀幣有差。國初滿州武將不識漢文者，類多得力於此。嘉慶間，毅公額勒登保初以侍衛從海超勇公帳下。每戰輒陷陣。超勇曰：『爾將才可造，

〔註72〕 朱一玄、劉毓忱，《三國演義資料匯編》，頁260-261。
〔註73〕 錢基博，《孫子十三篇章句訓義》（臺中：文听閣，2010），頁273。

須略識古兵法。」因以翻清《三國演義》授之。卒爲經略。三省教
匪平，論功第一。」可見，《三國演義》稱得上是我國古代戰爭的百
科全書。〔註74〕

由此可知，三國時代戰役陣法，不僅屢受改編青睞，更能附諸實踐，成爲明
清時期的治兵寶典。既以戰爭聞名，戰役流程遂成三國故事不可動搖也難以
取代的關鍵事件；知名大戰更是如此，倘若失之一二，勢必缺損三國醍醐味。
三國戰役，成爲同質性之最後堡壘，乃因戰役本爲重要環節，另一要素，反是
因爲《三國演義》陳述戰事，看似架構儼然，鋪述過程卻滿佈空缺，有利增添
妄生情節；漫畫《龍狼傳》各用四集篇幅，描述長坂之戰與赤壁大戰，事件過
程淋漓盡致，並藉由主角之口，傾訴作者的創作意圖：「我所知道的只是歷史的
結果，在歷史上，利用夜襲的曹仁，反而陷入徐庶的火攻中而慘遭敗北，但利
用火便需要了解風向以及安置機關的地勢，可是歷史書上必沒有詳細寫到這些
東西。」〔註75〕既然歷史交代未清，再創者便可依循骨架，恣意添補其中血肉。

此外，夏志清（1921－2013）亦言，《三國演義》所述戰鬥，蔚爲經典、
百讀不倦，在於其中蘊涵「人的企圖」；〔註76〕譬如，眾所崇拜的武聖關羽，
即以「溫酒斬華雄」最受讚頌：

> 操教釃熱酒一盃，與關公飲了上馬。關公曰：「酒且斟下，某去便來。」
> 出帳提刀，飛身上馬。眾諸侯聽得關外鼓聲大振，喊聲大舉，如天
> 摧地塌，岳撼山崩，眾皆失驚。正欲探聽，鸞鈴響處，馬到中軍，
> 雲長提華雄之頭，擲於地上，其酒當溫。〔註77〕

只知關羽出陣，但聞人聲鼎沸，轉瞬之間戰局已定；羅貫中並未細述交戰過
程，卻直書取人首級，以此渲染關羽速斬敵軍的高強武藝。又如許褚鬥馬超，
乃是「許褚拍馬舞刀而出，馬超挺鎗接戰。鬥了一百餘合，勝負不分。」〔註
78〕亦或更爲知名的三英鬥呂布：「飛抖擻精神，酣戰呂布，連鬥五十餘合，不
分勝負。雲長見了，把馬一拍，舞八十二斤青龍偃月刀，來夾攻呂布。三匹
馬丁字兒廝殺，戰到三十合，戰不倒呂布。」〔註79〕《三國演義》敘寫交戰，

〔註74〕郭興昌，《三國演義研究在美國》，頁215。
〔註75〕山原義人，《龍狼傳‧1》（臺北：東立，1994），頁99。
〔註76〕郭興昌，《三國演義研究在美國》，頁213。
〔註77〕古本小說集成委員會編，《古本小說集成‧三國志通俗演義（萬卷樓本）》，頁92-93。
〔註78〕古本小說集成委員會編，《古本小說集成‧三國志通俗演義（萬卷樓本）》，頁1098。
〔註79〕古本小說集成委員會編，《古本小說集成‧三國志通俗演義（萬卷樓本）》，頁99。

往往概以回合簡述，而非仔細摹述短兵相接的殲殺實貌；乃因羅貫中另有立意，意圖藉由征戰過程，呈現主角人物的意志、性格、主張，以及角色特質，交戰場景僅是陪襯，性格顯現方是主軸。譬如：以擒首之速，突顯關羽神勇；以虎癡戰馬超，呈顯二雄各捍其主；以三英夾擊呂布，烘托溫侯所向無敵；或藉孫伯符酣鬥太史慈，銜接英雄相惜；或藉趙雲七進七出，寫照其人勇冠三軍。《三國演義》藉戰抒事，由此側寫要角性格，是故述「戰」卻少摹「鬥」，未若水滸拳拳到肉，也不及西遊之酣戰淋漓，亦或封神之法寶競出。後世再創者，倘若依循演義以鋪述戰役，正因原作少有細述，反倒得以大展拳腳、盡情擘劃。電影《關雲長》之首波高潮，便是演繹「溫酒斬華雄」，寫實描述關羽縱馬狂奔、揮舞大刀，冷光劍影之間，轉瞬輕取敵將首級，點點鮮血噴濺於面，武聖猶然氣定神閒。又如，漫畫《火鳳燎原》、《新三國志》、《關羽出陣！》〔註80〕，同樣演繹此事：依循演義架構，先述華雄威猛難敵，接連輕取俞涉、潘鳳；正當萬眾驚怯、手足無措，唯有一介武夫縱馬出戰，此人蹲伏馬鞍、仰天長望，彷若無所用心，卻以迅雷不及掩耳之速，先斷華雄長槍，再斬敵將右臂，血跡尚未噴濺，華雄即知大勢已去。《三國演義》未述過程，而是利用懸念想像，極度誇擬關羽戰藝；後世改編作品，正因遵循原設劇情，更能針對內容闕漏，逕行填補、細膩鋪述，銜接內容以扣合始末，遂使作品更見豐沛，兼得展現獨到巧思。

二、特殊事件

除卻關鍵戰役，三國時代尚有名聞遐邇的經典場景，正因名聲遠揚，令人印象深刻，頻繁現於三國改編，成為少有異動的同質情事。《三國演義》經典場景，臚列如下：劉關張桃園結義、張翼德鞭打督郵、曹孟德假意獻刀、關羽溫酒斬華雄、三英鬥呂布、孫堅匿玉璽、王允連環計、太史慈酣鬥小霸王、呂奉先轅門射戟、曹孟德割髮代首、夏侯惇拔矢啖睛、溫侯殞命白門樓、獻帝密謀衣帶詔、曹劉煮酒論英雄、禰衡擊鼓、吉本下毒、關羽誅二雄、過五關斬六將、孫策怒斬于吉、曹操夜襲烏巢、劉備躍馬檀溪、元直走馬薦諸葛、劉玄德三顧茅廬、子龍單騎救阿斗、張飛威震長坂橋、孔明舌戰群儒、尋覓江東二喬、蔣幹盜書、草船借箭、黃蓋苦肉計、龐統連環船、火燒赤壁、華容釋曹、三氣周瑜、曹操割鬚棄袍、許褚裸衣鬥馬超、趙雲截江奪阿斗、

〔註80〕 島崎讓，《關羽出陣！》（臺北：東立，2006）。

鳳雛遇劫落風、張飛義釋嚴顏、馬超大戰葭萌關、關雲長單刀赴會、張遼威震逍遙津、甘寧百騎劫曹營、左慈戲曹、管輅知機、水淹七軍、刮骨療毒、白衣渡江、敗走麥城、陸遜火燒連營、孔明巧佈八陣、七擒孟獲、力斬五將、智取三城、收伏麒麟兒、揮淚斬馬謖、武侯空城計、遺恨五丈原......前述要事，或繁或簡，劇情千迴百折，令人拍案驚奇；部份情節源出史載，亦有事件偏離史實，讀者沉浸其中、或是嗤之以鼻，但均能印象深刻，已成三國時代之鮮明標誌。

　　諸多經典情節，實是源生戰役，亦或相關旁支；因此，改編文本常會保留戰役，以免失卻精彩情事之抒發空間；流傳悠久的經典橋段，早已浸淫讀者心中，成為改編作品先行置入，吸引讀者瞭解、認同、熟悉甚至喜愛。部分事件無關戰局，但因敘寫精彩、情節離奇，顯現重要人物之關鍵性格，同樣成為《三國演義》代表場景，深鏤於萬千民心，即便無法如數家珍，至少也能略知一二，譬如：桃園結義之事、三顧茅廬之景、江東雙雄娶納二喬、兄弟殘殺七步成詩、禰衡擊鼓罵曹、華佗治病獲罪、楊修反被聰明誤，上述事件過程精彩，遂被後人再三傳頌。電視劇《三國演義》、《三國》，敘述戰局之外，同樣穿插傳說逸聞，例如劉備洞房、荀彧獻策、曹植賦采、楊修之死，遂見劇情舒緩交雜，再三演繹經典橋段。漫畫《曹植系男子》，〔註 81〕描述曹家兄弟情誼，常見作者杜撰虛事，卻也有曹沖救庫吏、楊修解闊字、曹植七步成詩之經典場景，均使讀者備感熟稔。另部漫畫《大家的吳》，則是歷數東吳要事，包括：孫策臨死遺言、周瑜婉拒蔣幹、呂蒙發奮圖強、甘寧歸降吳軍、凌統誓報父仇、孫權嗤笑諸葛瑾、諸葛兄弟無私交、孫權細數周泰疤痕並贈予青羅傘蓋......上述種種，均非戰役過程，但因演述人物行為、彰顯角色個性，同樣為人熟知，更是傳頌悠久的三國故事；改編者採以漫畫形式、詼諧風格，呈顯效果耳目一新，但若追溯基底，仍是源生演義情節。

　　經典橋段屢次重現，重要信物同是頻繁登場，三國時代最顯關鍵之物，即為「傳國玉璽」。《三國演義》第六回，描述孫堅獲璽：

> 傍有軍士指曰：「殿南有五色豪光起於井中。」堅喚軍士點起火把，
> 下井打撈......啟視之，乃一玉璽：方圓四寸。上鐫五龍交紐；傍
> 缺一角，以黃金鑲之；上有篆文八字云：「受命於天，既壽永昌」。

〔註 81〕ねこクラゲ，《曹植系男子》（東京：スクウェア・エニックス，2010）。

堅得璽，乃問程普。普曰：「此傳國璽也……光武得此寶於宜陽，
傳位至今。近聞十常侍作亂，劫少帝出北邙，回宮失此寶。今天
授主公，必有登九五之分。此處不可久留，宜速回江東，別圖大
事。」〔註82〕

孫堅意外獲得玉璽，即如承攬東漢國祚，爲免他人覬覦，自是祕而不宣，
卻仍走漏消息，因此造生群雄爭奪；先遭袁術奪取，後又流徙徐璆，幾經波
折方又物歸原主於劉協，再經禪讓傳位，遂由曹魏承接，以示統領天下之義
理昭然。昔日，孫堅密藏玉璽，肇因忠於朝廷，不願進獻寶物於董卓，以免
國祚信物落入賊人，反倒斷送漢末江山。然而，孫堅身爲長沙太守，隸屬東
漢官員，卻更是孫武之後、威震一方的江南梟雄，同樣有其問鼎中原之雄心；
孫堅此舉，或許意圖掌控籌碼，以利自身逐鹿天下。總而言之，玉璽乃是關
鍵寶物，自然引發諸多事件，電玩遊戲《眞・三國無雙》，即有「玉璽爭奪戰」，
玩家須於限定時間，搜羅洛陽城內眾多木箱，覓尋玉璽、擊退敵軍，身護寶
物殺出重圍。「玉璽」於諸多遊戲，同被設爲關鍵寶物，但非傳國信物之政治
用途，而成增補能力的特殊配備；電玩《三國志》，獲得玉璽可提升武將功績，
《三國群英傳》當中，裝備玉璽則可提升攻擊、防禦、角色速度，手機遊戲
《火鳳燎原大戰》，〔註83〕玉璽則可激發自軍士氣；另有漫畫《BB 戰士三國
傳》，三國人物盡成機器造型，玉璽卻仍爲全作關鍵：「當三璃紗被黑暗籠罩
之際，三侯之魂魄將會寄宿於閃耀著光芒的鋼彈身上，並且在名爲玉璽的聖
印導引下，將覆蓋此地的黑暗掃蕩殆盡。」〔註84〕上述數例，均將「玉璽」
視爲物件，用以加乘角色戰力，藉此強化遊戲效果。動畫《鋼鐵三國志》，〔註
85〕玉璽更成故事主軸：劇情描述，江東陸家世代守護之玉璽，實爲自古傳承
的究極能源體，足以喚醒武將戰力，釋放毀滅萬物的強大力量；此外，尙有
諸葛亮仿製「僞玉璽」，同爲能量強大的魔性寶物，卻會造使武將喪亂心智，
成爲殘酷無情的噬血暴徒，最終必將死於非命。又如漫畫《侍靈演武》，玉璽
同爲劇情主線：「據說每隔五百年，玉璽就會從世間顯靈一次，有人則會用玉

〔註82〕古本小說集成委員會編，《古本小說集成・三國志通俗演義（萬卷樓本）》，頁
　　　　109-110。
〔註83〕智傲，《火鳳燎原大戰》（香港：智傲，2014）。
〔註84〕矢立肇、富野由悠季作，鴇田洸一畫，《BB 戰士三國傳・風雲豪傑傳・1》（臺
　　　　北：角川，2007），頁 3。
〔註85〕KYO，《鋼鐵三國志》（東京：NAS，2007）。

璽的力量把我們（三國名將）重新招回人間。」〔註86〕上述設定，玉璽之政
治意涵已無復存在，反倒虛設強大力量，藉此突顯玉璽貴重；當中肇因有所
偏離，仍可呼應演義所述，遂見眾家豪傑爭奪玉璽，及其衍生之詭詐傾軋。

　　部分事件無關戰情，卻也深植人心，即為「三顧茅廬」。以劉備、孔明為
主的改編作品，必會演繹此事，即便另以他人作為主角，同能察見此段經典：

> 三人來到莊前叩門，童子開門出問。玄德曰：「有勞仙童轉報，劉備
> 專來拜見先生。」童子曰：「今日先生雖在家，但現在草堂上畫寢未
> 醒。」……玄德見孔明身長八尺，面如冠玉，頭戴綸巾，身披鶴氅，
> 飄飄然有神仙之概。玄德下拜曰：「漢室末冑、涿郡愚夫，久聞先生
> 大名，如雷貫耳。昨兩次晉謁，不得一見，已書賤名於文几，未審
> 得入覽否？」孔明曰：「南陽野人，疏懶性成，屢蒙將軍枉臨，不勝
> 愧赧。」〔註87〕

劉備禮賢下士，孔明終逢明主，實為千古佳話。因此，電視劇《三國演義》、
《三國》、《回到三國》，接連搬演三顧之景，細節容許杜撰，主幹仍秉持史述：
「先主遂詣亮，凡三往，乃見」，〔註88〕譬如《回到三國》，描述軍師韓良心
胸狹隘，不願旁人獻力劉備，遂對訪賢之事從中作梗，造使劉備、孔明屢次
錯身，幸賴穿越而至的司馬信極力撮合，史實遂得扣回原貌。漫畫方面，李
志清《三國志》，〔註89〕依照演義、據實刻演；《三國笑傳之玄德大進擊》，〔註
90〕則以詼諧四格簡介三顧過程；《一騎當千》，則有女版劉備尋訪少女孔明；《蒼
天航路》，孔明竟成眼有三瞳、自曝下體的狂傲之徒，劉備因此落荒而逃，反
被關羽強行押回，被迫銜合「三顧之禮」；《三國志烈傳‧破龍》，則述徐庶投
魏之前，要求諸葛亮頂替其位、輔佐劉備；孔明遂往新野，暗中觀察劉備行
事，方於日後三顧，允諾成為劉備軍師。上述改編，情節殊異、各見詮釋，
甚至妄生無稽事件，但若觀其脈絡，仍然遵循三顧得賢的演義橋段。又如電
玩遊戲，更以「逆襲隆中高富帥，免費黨爽玩三國演義三顧茅廬」，〔註91〕將

〔註86〕　白貓、左小權，《侍靈演武‧1》（北京：人民郵電，2012），頁 23。
〔註87〕　古本小說集成委員會編，《古本小說集成‧三國志通俗演義（萬卷樓本）》，頁
　　　　710-711。
〔註88〕　〔西晉〕陳壽著，〔南朝宋〕裴松之注，《新校本三國志注附索引》，頁 912。
〔註89〕　寺島優作，李志清畫，《三國志》（臺北：東立，2004）。
〔註90〕　白井惠理子，《三國笑傳之玄德大進擊》（臺北：東立，2007）。
〔註91〕　「逆襲隆中高富帥，免費黨爽玩三國演義三顧茅廬」：
　　　　http://web.duowan.com/1212/219841719206.html（2015.05.20）。

三顧場景作爲宣傳口號；另款遊戲《神將列傳》，〔註92〕則以「茅廬尋訪任務」，作爲獲取角色經驗值之快速途徑；由此可見，重點情節已成三國改編的必備橋段。

　　此外，若干情節並非關鍵也少有特點，僅是作爲《三國演義》轉場畫面；但因再創者另有所圖，別具慧眼以深入解讀，即成三國故事之同質承接。漫畫《三國貴公子》，〔註93〕憑藉演義所述：「夏侯淵之子夏侯楙……曹操憐之，以女清河公主招楙爲駙馬。」〔註94〕由此大加演繹，遂成公主逃婚、武將劫親的荒謬喜劇，從中刻劃曹氏子女對於父親的眷慕之情，側寫梟雄之天倫歡樂；匆匆略讀的浮泛字句，竟成爲改編切入點，端賴各家競展巧思。另部漫畫《三國遊戲》，設定三國武將降臨當世，相互廝殺以爭奪「天下第一」；武將廝鬥，乃因前世交戰未分勝負，呂布卻暗中埋伏、襲擊馬超，縱觀三國歷史，二人實無恩仇，更因年代睽違未曾交手。劇情卻是有所根據，脫胎自《三國演義》稍縱即逝的人物簡評：

　　　　兩軍出營佈成陣勢。超分龐德爲左翼，馬岱爲右翼，韓遂押中軍。

　　　　超挺槍縱馬，立於陣前，高叫：「虎癡快出！」曹操在門旗下回顧眾

　　　　將曰：「馬超不減呂布之勇！」〔註95〕

馬超驍勇善戰，面臨萬千雄兵如入無人之境，曹操識才愛才，不禁讚嘆少年將軍之勇猛過人，恰似橫掃千軍的剽悍猛將——戰神呂布！三國故事，常見兩雄交鋒、難分高下，未曾交戰的諸多名將，武藝高下又爲如何？民間俚俗：「一呂二趙三典韋，四關五馬六張飛」；今日論壇，則有三國愛好者爭論不休：何人方是三國最強？有人逕指呂布之百戰無敵；有人支持關羽的速斬華雄、秒殺顏良；有人推崇馬超，迫使曹操割袍斷鬚；有人擁戴張遼，逼凌孫權逃奔小師橋——雖然各有論見，卻是難以論斷的千古疑案。因此，《三國》編劇朱蘇進：「在我後人看來，羅貫中你根本就沒寫完。我們完全可以根據一場戰爭、一句台詞、一些片段，生長出很多很多的東西，而這些東西符合《三國演義》中人物的定位。」〔註96〕改編者就此發想，

〔註92〕愛遊網絡，《神將列傳》（臺北：奇米娛樂，2013）。

〔註93〕中島三千恒，《三國貴公子》（臺北：東立，2012）。

〔註94〕古本小說集成委員會編，《古本小說集成‧三國志通俗演義（萬卷樓本）》，頁1807。

〔註95〕古本小說集成委員會編，《古本小說集成‧三國志通俗演義（萬卷樓本）》，頁1089。

〔註96〕余楠，〈朱蘇進　在我看來，羅貫中根本就沒寫完〉，《南方人物周刊》（廣州：南方周末，2010），2010年第21期，頁58。

憑藉原作片語，恣意揣想遂使武將交鋒，勝負結果任憑作者決定，雖未具公信力，卻已使心存懷疑的三國讀者，經由改編作品之奇想佈局，暫時解答千古疑案。

又如，漫畫《一騎當千》，仿造三國各路軍閥，改以學園征戰重現亂世，登場人物多為高中生，卻均是萬中選一的「鬥士」——只要佩戴勾玉，即能如同三國名將廝殺千軍，相互對峙一較高下。隨著劇情推演，作品由獨鬥肉搏，逐漸轉為團體對抗，以使故事更難預測，切合三國鼎立之頡頏抗衡；遂於《一騎當千》劇情中段，增添嶄新變因，同是源自《三國演義》：

> 酒至半酣，忽陰雲漠漠，聚雨將至。從人遙指天外龍掛，操與玄德憑欄觀之。操曰：「使君知龍之變化否？」玄德曰：「未知其詳。」
> 操曰：「龍能大能小，能升能隱；大則興雲吐霧，小則隱介藏形；升則飛騰於宇宙之間，隱則潛伏於波濤之內。方今春深，龍乘時變化，猶人得志而縱橫四海。龍之為物，可比世之英雄。」〔註97〕

二雄聚首之際，曹操託言飛龍形態，實欲引出下言、評定當世英雄莫可爭鋒，唯有劉備與己，堪稱伯仲之間。鎧罏笑言，僅為浮泛，未如「聞雷驚箸」之聲名遠佈；但是，常言：「One man's trash is another man's treasure.」未曾留心的轉場畫面，卻可成為改編基底，甚至蔚為重要架構。塩崎雄二（1967－）擇取「龍之為物，可比世之英雄」，遂成《一騎當千》中段主軸：「龍之力」。所謂「龍之力」，乃為霸主證明，唯有三國時期統領一方的曹操、劉備、孫策，方於體內寄宿真龍；龍之力所向匹靡，鏖戰實力更勝特A級鬥士，正因力量強大，常人難以駕馭，即便身為三國君主，稍有不慎也將受吞噬，淪為喪心病狂的殘暴獨夫。如此設定，乃將曇花一現的隻字片語，大肆拓展成劇情要素。另外，《一騎當千》尚結合其他要素，譬如陰陽五行之相生相剋：「在八卦中，曹操是主中原大地的火，孫策則是掌長江的水，而劉備則是天之雷，由於三股氣性質相反，才形成三國鼎立的局面。」〔註98〕煞有其事的稗官野語，同是肇基演義設定——孫吳地處江東，故為水；劉備聞雷驚箸，是為雷；曹操稱霸中原，又與吳、蜀抗衡，故為火，雖是作者杜撰，素材猶仍取源演義，仍可視為《三國演義》之同質承續。

〔註97〕古本小說集成委員會編，《古本小說集成・三國志通俗演義（萬卷樓本）》，頁 401-402。

〔註98〕塩崎雄二，《一騎當千・12》（臺北：尖端，2007），頁 19。

第三節　形象塑造

　　綜覽《三國演義》，但見群雄廝殺：主帥剛愎果斷，佞臣各懷鬼胎，謀士鬥智角力，驍勇武將一騎當千……諸多情節蔚爲經典，深深烙印於讀者腦海，成爲有志一同的既定印象；其中，又以形象塑造，最爲深植人心──縱使三國角色眾多，且人物繁瑣、互動龐複，但是經由歷代淬瀝，加上後起改編承襲前作；遂使字裡行間的平面角色，早已蔚爲豐沛飽滿的人物形貌。

　　章回小說，雖可天馬行空，仍須肇基現實，虛實相輔、眞假交錯，誠如章學誠（1738－1801）所言：「《三國演義》三實七虛，惑亂觀者。三分寫實，七分虛構，讓讀者迷惑，不知何者爲眞，何者爲假。」〔註99〕史事已成定局，雖可虛擬曲折，卻又不比獨創作品之恣意妄爲，內容情節、人物行事、以及時代考核，仍須切合歷史原貌，無法全然偏離。楊力宇（1934－）指出，《三國演義》並不被西方視爲「歷史小說」，因爲它堅持採用史實，強調歷史人物而非虛構人物，凸顯歷史過程而非虛構章節。〔註100〕關鍵人物，自是《三國演義》核心主角，多爲眞實人物；事件癥結容許多元解讀，人物特質則難全盤推翻，部分標誌更成根深柢固的基本設定；以下，針對三國人物之同質性，分爲「人物關聯」、「角色具象」以茲析論。

一、人物關聯

　　所謂三國，自是分屬三方勢力，相互鼎足爭霸天下。因此，三國改編作品，無論追溯往事以達黃巾起義，亦或延續結局直至晉朝成立，甚或穿越時空、投胎轉世，均會述及三國抗衡，作爲論述主題；原因無它，魏、蜀、吳之同盟會合，轉瞬又爲廝殺對峙，本是三國精采情事，自使普羅大眾百讀不倦，再創作品屢次翻轉。但是，誠如千年古木，枝葉得以修剪，樹幹同能大刀闊斧，根底卻需秉持原貌，倘若戕伐根基，不僅無異故事新詮，反使整體架構潰不成章。筆者認爲，三國題材關鍵基砥，自是「三國分立」；如同魯迅（1881－1936）所言：「蓋當時多英雄，武勇智術，瑰偉動人，而事狀無楚漢之簡，又無春秋戰國之繁，故尤宜于講說。」〔註101〕綜觀中國史事，天下分

〔註99〕〔清〕章學誠，《丙辰箚記》，《叢書集成續編‧20》（臺北：新文豐，1989），頁 706。

〔註100〕轉引自郭興昌，《三國演義研究在美國》，頁 93。

〔註101〕魯迅，《魯迅全集‧9‧中國小說史略》（北京：人民文學，2005），頁 134。

裂屢見不鮮，何以三國題材最顯蓬勃，僅只數十載光陰，卻能衍生無窮無盡的精采橋段？魯迅評述，相較於楚河漢界之天下二分，三國角力更顯詭譎，若是對照戰國七雄之合縱連橫，三國鼎立又扼要簡明；簡要來說，三個國家抓對廝殺、亦或聯結同盟，有所變化又不至混亂無章，遂能於演繹故事之際，採取亂中有序的波瀾變化，俾利觀眾瞭解癥由。因此，三國鼎足對峙，實為精彩史事，更是改編作品足以彰顯之亮點。

　　既以三國分裂為情境，奔騰亂世的英雄豪傑，各自歸屬三方勢力，即是眾所熟悉的曹魏、蜀漢、東吳。言及曹魏，最屬盛名者當為拔矢啖睛的夏侯惇、威震逍遙津的張文遠、亦或血戰宛城捨身護主的典韋；若述蜀漢，勢必提及橫掃千軍的「五虎將」：關羽、張飛、黃忠、馬超、趙雲，此稱雖為後世訛傳，卻已深植人心，成為支拄漢室的忠勇棟樑；倘若論及吳國，智謀戰略有周瑜、魯肅、呂蒙、陸遜，衝鋒陷陣則有程普、韓當、黃蓋、周泰，豐功偉業同為後人傳誦。上述角色，曾於史傳記寫，亦或小說描繪，各自有其固定形貌——周瑜俊朗美姿，許褚虎背熊腰，馬超紅顏錦袍——仍可任由創作者逕行更動、大肆改造，譬如電玩《眞‧三國無雙》、漫畫《武‧霸三國》，〔註102〕即將魏將張郃改頭換面，本為兼謀智略的勇猛戰將，竟成濃妝豔抹的陰柔美男，遂見後世改編之無所侷限；更有甚者，尚將三國人物調轉性別、篡修年齡，文武調置以顛覆固論，此處留於後部章節，再作詳析。然而，角色特質雖可挪替，歸屬勢力卻始終遵循原設，縱有變動也僅為劇情伏線。例如，漫畫《武靈士三國志》，背景設於 22 世紀，登場人物繼承三國戰將之能力、性格、志向、及其宿命結局，部分角色卻不願重蹈歷史覆轍，自覺存活於周瑜、孫策陰影之下的陸遜，轉世成為愛洲政實，卻是聯合魏軍以擊殺東吳；隨著故事發展，心結逐漸解開，陸遜武靈士最終回歸東吳，效忠孫權以獻己力。由此可見，作品先使陸遜脫離吳軍，產生衝突卻又前嫌盡棄，僅是鋪排劇情高峰，遂見三國人物之勢力劃分，根深柢固而難以異動。

　　三國時代，分隸不同陣營的英雄人物，各擁其主、各司其職，看似水火不容，卻又有其私交，甚至血脈相通本是一家。南陽諸葛三兄弟，各於三國肩任重職，時人讚為「蜀得其龍，吳得其虎，魏得其狗」，〔註103〕瑾、亮二人雖為手足，卻是分屬二國、斷絕私交，《三國志》有云：「建安二十年，權遣

〔註102〕永仁、蔡景東，《武‧霸三國‧1-12》（香港：雄獅，2004-2014）。
〔註103〕徐震堮，《世說新語校箋》，頁274。

瑾使蜀通好劉備，與其弟亮俱公會相見，退無私面。」〔註104〕兄弟均爲俊才，
忠貞奉主竟也如出一轍。三國時代諸多名將，有些互爲棠棣，譬如馬超、馬
岱；有些乃是父子，譬如司馬懿、司馬昭；有些則爲家族同源，譬如曹操、
夏侯惇；有些則是夫妻眷侶，譬如劉備、孫夫人；更有「一表三千里」的姻
親關聯，例如張飛之妻乃夏侯淵姪女，《三國志》記載：「淵之初亡，飛妻請
而葬之。及霸入蜀，禪與相見，釋之曰：『卿父自遇害於行間耳，非我先人之
手刃也。』指其兒子以示之曰：『此夏侯氏之甥也。』厚加爵寵。」〔註105〕
蜀、魏二國，肇因遵奉漢祚與城池爭奪，幾番齟齬早已勢同水火，縱使相與
爲敵，張飛之妻面對魏軍敗將夏侯淵，仍是懇請安葬以告慰親族；又如後主
劉禪，大方迎納夏侯霸，未以魏將身分爲忤，反倒禮遇厚待，並且藉由子嗣
稱呼，承認雙方親屬關係。雖言親兄弟明算帳，血脈根源終難抹滅，廝戰交
鋒卻仍顧及親情，甚至拋卻對峙、以禮相待，傳爲後世美談。三國題材改編，
同樣延續史實，對於三國人物的親屬關聯，通常未曾更改、承續既存設定，
甚至刻意描述血脈親情，闡發新事以見家族情誼。漫畫《火鳳燎原》，全作肇
因兩大主線，一是趙雲爲首的「殘兵集團」，二是司馬懿本爲商賈，只求囤積
財貨，無視河山動盪，但因長兄司馬朗遭受箝制、淪爲人質，遂與趙雲聯手
出擊，解救命在旦夕的司馬族人，因而捲入波濤洶湧的時代巨浪。同以司馬
懿爲主的另部漫畫《關鍵鬼牌三國志》，〔註106〕詳加鋪陳司馬懿及其胞弟司馬
孚，相互關照的友愛情誼，藉由漢末亂世，映襯兄友弟恭之人性美善。

　　尚有電影《銅雀臺》，勾畫宮廷權謀，顯現人心詭譎；首幕場景白幡飄飄，
漢獻帝哀悼魏王薨逝，慨歎國失棟樑，曹丕跪伏大殿之下，稽首涕泣悲愴不
已，直至鏡頭拉近，方知亡者並非曹操，而是由其護送關羽靈柩返回許昌，
本爲慘惻嚎哭的兩人，神態一轉忽成悻悻然，遂見亂世征戰之中，爲謀利益
權謀，即便君臣、父子，仍是相互算計；影片中段，卻又憑添曹丕假想，回
憶往昔天倫之樂，雖是無稽事件，卻也合情合理，征戰天下的梟雄豪傑，同
樣有其孺慕之情，如此一來，曹丕用盡心機以爭奪嗣位，除卻覬覦權勢，同
可解讀爲追尋父親認同。三曹父子相處模式，總予人劍拔弩張之感，先有曹
操慨歎曹沖之死乃兄弟大幸，後有曹丕相煎太急之逼凌曹植，父不慈、子不
孝、兄不友、弟不恭，儼然亂世天倫悲劇。當今改編延續三人關聯，卻常聚

〔註104〕〔西晉〕陳壽著，〔南朝宋〕裴松之注，《新校本三國志注附索引》，頁1231-1232。
〔註105〕〔西晉〕陳壽著，〔南朝宋〕裴松之注，《新校本三國志注附索引》，頁273。
〔註106〕青木朋，《關鍵鬼牌三國志・1-5》（臺北：東立，2012-2013）。

焦情感以翻出新意：漫畫《三國貴公子》，司馬懿奉勸曹丕剷除異己，曹丕卻言：「如果我的才能父親看不上，也只能抽身、輔佐弟弟，我不准你隨隨便便提起什麼爭嗣！」〔註107〕爭奪嗣位的兄弟二人，反成相互禮讓的孝悌昆仲。又如《曹植系男子》，同有七步成詩場景，兄弟激烈爭執之後，卻又一同回憶兒時，遂言歸於好、盡棄前嫌，更是違背史實甚遠。但是，遑論劇情顛覆，卻均奠基於史實既存的人物關係；也唯有依循原設關聯，再行架構之情感渲染，方使觀眾得以信服。

三國人物糾葛，除卻血緣關係，尚有後天結拜的金蘭情誼，惺惺相惜的各路豪傑，後世讀者甚為歌頌；三國時代，諸多名將概以兄弟相稱，與子同袍、生死與共，最為知名者，首推「不能同年同月同日生，但願同年同月同日死」的桃園三結義：劉備心懷大志、關羽武藝絕倫、張飛驍勇善戰，三人齊力闖戰天下。《三國志》僅言：「先主與二人寢則同床，恩若兄弟」，〔註108〕雖是推心置腹，卻未有結義之事，但是經由《三國演義》鋪陳渲染，以及民間悠傳，遂使桃園結義深銘人心。黃人（1866－1913）《小說小話》：「小說感興社會之效果，殆莫過於《三國演義》一書矣，異姓聯昆弟之好，輒曰『桃園』。」〔註109〕時至今日，此段虛構情節，反成三國必備橋段。

張飛為護劉備脫險，一夫當關獨捍長坂橋；關羽感念結拜摯情，面對曹操提拔，全然未曾動心，忠義形象更是蔚為標榜：

> 遼曰：「今四面皆曹公之兵，兄若不降，則必死；徒死無益，不若且降曹公；卻打聽劉使君音信，知何處，即往投之。一者可以保二夫人，二者不背桃園之約，三者可留有用之身。有此三便，兄宜詳之。」公曰：「兄言三便，吾有三約……一者，吾與皇叔設誓，共扶漢室，吾今只降漢帝，不降曹操；二者，二嫂處請給皇叔俸祿贍，一應上下人等，皆不許到門；三者，但知劉皇叔去向，不管千里萬里，便當辭去。三者缺一，斷不肯降。望文遠急急回報。」〔註110〕

關羽千里走單騎，處處顯現崇兄護嫂、忠心不貳之義勇形貌，屢為後世讚頌；早於過五關斬六將之前，關羽看似屈服曹營，成為官渡之戰速斬顏良的驍悍大將，實則人在曹營心在漢，牽心掛念猶為劉備行蹤，對於曹操刻意討好的封

〔註107〕中島三千恒，《三國貴公子》，頁83。
〔註108〕〔西晉〕陳壽著，〔南朝宋〕裴松之注，《新校本三國志注附索引》，頁939。
〔註109〕轉引自關四平，《三國演義源流研究》，頁496。
〔註110〕古本小說集成委員會編，《古本小說集成‧三國志通俗演義（萬卷樓本）》，頁466。

爵進獻，無所動心、毫不眷戀，遂見兄弟情比金堅。劉備武藝不如關、張，重情重義卻是如出一轍；也因金蘭摯情，造使劉備自毀同盟，執意出兵攻打東吳，傾盡全國兵力只爲雪仇血恨，以此告慰義弟亡靈。羅貫中極力鋪陳「桃園三結義」，意在突顯忠義主題，周兆新（1935－）認爲：劉備爲了實現「桃園結義」所發誓願，不惜孤注一擲，將整個國家和個人生命置之度外，如果站在歷史學家的角度上看，這類描寫十足可笑，但羅貫中的意圖，乃是運用誇張的手法，突出劉備「重義」的思想品質。〔註111〕現今作品，捨棄君臣思維，而將重點轉置於「情」——無所畏懼的驍勇猛將，同樣有其脆弱不堪的情感羈絆；肩復大業的百戰梟雄，仍因同伴死傷遂自亂陣腳，無復審慎思謀。涉及蜀漢的改編作品，常將劉、關、張作爲敘事主體，劉備身爲君王，自是萬眾矚目；關羽、張飛誓無貳心，三人之間緊密牽連，更是改編作品抒情焦點，電視劇《三國演義》、動漫作品《三國志》、《天地吞食》、《蒼天航路》、《一騎當千》、《三國志百花繚亂》、《新三國志》、《BB 戰士三國傳・風雲豪傑篇》、〔註112〕《三國笑傳之桃園大滿貫》、〔註113〕《鋼鐵三國志》以及河承男《三國志》，〔註114〕大加渲染桃園結拜，依循演義情節，亦或仿效「吉川三國志」，均是三國故事之同質延續。電玩遊戲同見此況，《決戰 II》有三英聚首，《眞・三國無雙》各代作品均見桃園結義，尚有《桃園英雄傳 Online》、〔註115〕《桃園 Q 傳》、〔註116〕《桃園結義》〔註117〕……種種線上遊戲，同樣聚焦於蜀漢三雄，全盤接收演義情節。

　　其中，尚有三部作品值得關注：一是，漫畫《火鳳燎原》，劉、關、張三人於首集便已登場，連載至今長達十五年，猶未描繪「桃園結義」，肇因此作並非遵循演義時序，作者割捨黃巾之戰，俾使主角司馬懿得以盡速登場，〔註118〕三

〔註111〕周兆新，《三國演義考評》（北京：北京大學，1990），頁 158。

〔註112〕矢立肇、富野由悠季作，鴇田洸一畫，《BB 戰士三國傳・風雲豪傑篇・1-2》（臺北：角川，2007-2009）。

〔註113〕白井惠理子，《三國笑傳之桃園大滿貫》（臺北：東立，2009）。

〔註114〕北方謙三作，河承男畫，《三國志・1-4》（臺北：東立，2013）。

〔註115〕越進，《桃園英雄傳 Online》（香港：越進，2013）。

〔註116〕益玩網絡，《桃園 Q 傳》（上海：益玩網絡，2013）。

〔註117〕蕪湖樂時，《桃園結義》（蕪湖：蕪湖樂時，2014）。

〔註118〕2003 年，陳某於國際書展接受記者訪問，爲何新編三國起於董卓亂政，而非眾所熟悉的黃巾之亂？他回答：「如果要以黃巾來開場，那現在的故事發展就不是 9 集，而是 20 集了，而且黃巾之亂時主角司馬懿尚未出生，所以只有跳過囉！」「火鳳燎原補完計畫」：http://www.tongli.com.tw/WebPages/ Comicerinfo/ pre_comicer_008_faq.htm（2015.04.22）。

人結義之誓討黃巾，自然無復存在。然而，三兄弟登場回目，卻是名爲「桃園三匪」，讀者亦能會心一笑；此外，《火鳳燎原》曾述張飛施展畫技，忽而回憶往昔事蹟：「那年，我家桃花隨著畫意盛放」，〔註119〕雖未明述結拜，漫天瀰漫的桃瓣燦景，早使觀眾瞭然於心。又如漫畫《霸王之劍》，〔註120〕關羽、張飛先行邂逅，投身戰場討伐黃巾，方與劉備相知相識，時序顚錯卻仍義結金蘭，同樣呈現誓同生死之經典畫面；由此可見，即便作品跳脫原設，爲求情境完整、相與銜接，部份場景仍需回歸演義，桃園結拜即爲一例。漫畫《超三國志霸－LORD》，作者杜撰倭人燎宇，胸懷大志欲開創盛世，斬殺荒淫逸樂的劉備，夥同關、張二人逐鹿天下，甚言：「我們三人結拜爲義兄弟，在桃園立此爲誓！長兄爲倭人一事，我倆誓死守秘！」〔註121〕作者改造角色身分，意圖重塑形貌，人物之間的關係連結，卻又扣合演義設定，更見三國人物關聯，實是難以輕易更替。

三國金蘭至交，尚有「義同斷金」的孫策、周瑜，亦或相互景仰的徐晃、關羽，結交友好的曹丕、司馬懿，以及齟齬仇視最後盡棄前嫌的凌統、甘寧，即便翻轉新編，仍見史實流傳的人物羈絆。如同李衣雲所言：「角色不再只是符號轉嫁意義的圖象，而有了獨特的、豐富的意義，意義的豐富除了角色本身之外，亦包含了角色間關係的推展與定位。」〔註122〕三國時代，人際網絡交錯縱橫，藉由角色互動關聯，人物形貌更顯立體，三國題材精采之處，也正在於「人與人」所生故事。電視劇《曹操與蔡文姬》，杜撰二人愛情故事，曹操得以邂逅蔡琰，乃因其父蔡邕爲曹操摯交，同是根源正史記載：「曹操素與邕善，痛其無嗣，乃遣使者以金璧贖之，而重嫁於董祀。」〔註123〕又如，漫畫《三國貴公子》、《漢晉春秋司馬仲達傳三國志司馬仲先生》，〔註124〕描述曹丕、司馬懿之友情啓蒙；《江東之曉》、〔註125〕《關鍵鬼牌三國志》均是渲染斷金情誼。另部漫畫《武靈士三國志》，全篇高潮在於孫策、周瑜之決戰，

〔註119〕陳某，《火鳳燎原・16》（臺北：東立，2004），頁116。
〔註120〕堀內夏子，《霸王之劍・1-4》（臺北：東立，2005）。
〔註121〕武論尊作，池上遼一畫，《超三國志霸－LORD・1》（臺北：東立，2006），頁198。
〔註122〕李衣雲，《漫畫的文化研究》，頁138。
〔註123〕〔南朝宋〕范曄，《新校本後漢書并附編十三種》（臺北：鼎文，1977），頁2800。
〔註124〕末弘，《漢晉春秋司馬仲達傳三國志司馬仲先生・1-4》（臺北：東立，2013-2014）。
〔註125〕滝口琳々，《江東之曉・1-2》（臺北：長鴻，2001-2005）。

為求遵守孫策遺言守護吳國，面對甦醒重生的小霸王，因其拓張武力，必與曹軍交戰、破壞江東和平，周瑜遂與昔日故友相互為敵、激烈對戰，故事背離史傳，卻是奠基史實關聯，因其本為摯友，更見對峙掙扎。

另外，電玩遊戲《真・三國無雙》，四代作品大加刻畫凌統、甘寧二人恩仇，此事溯源史實，演義同見形述：

> 正飲酒間，忽見座上一人大哭而起，拔劍在手，直取甘寧。寧忙舉坐椅以迎之。權驚視其人，乃凌統也。因甘寧在江夏時，射死他父親凌操，今日相見，故欲報讎。權連忙勸住，謂統曰：「興霸射死卿父，彼時各為其主，不容不盡力。今既為一家人，豈可復理舊讎？萬事皆看吾面。」凌統叩頭大哭曰：「不共戴天之讎，豈容不報？」權與眾官再三勸之，凌統只是怒目而視甘寧。〔註126〕

肇因殺父之仇，凌統極度憎恨甘寧，即便對方化暗投明、效命東吳，凌統難釋家族血恨，誓言為父報仇、親刃仇敵；二人不共戴天，成為電玩鋪陳亮點：「為父報仇」宛如武俠悲壯，「化敵為友」卻又滿溢少年熱血，經由廠商強力鼓吹，遂使玩家關注二人互動。遊戲衍生的同人誌，同對二人格外推崇，創作其間情感糾葛；無論專述友情，亦或妄想愛情糾葛，均以史傳記存、演義鋪寫的人物關係，作為故事核心。改編作品，如果捨棄人物關係，亦或淡化漠視，反使角色失去互動人物，經典場景遂也無疾而終，不僅情節趨於平淡，創作之際更將處處掣肘，實為不智之舉；是故，改編文本常會延續角色關聯，甚至加以渲染、衍伸，鋪寫其間愛恨情仇，俾使角色更見立體。

二、角色具象

三國創作，除了小說演繹，尚可因應當代素材，改編為戲劇、動漫、電玩……種種形式，倘若轉為上述媒介，除卻史觀調置、內容審度、角色塑造，尚須考量人物「具象」。所謂「具象」，乃將創作者腦中形象，訴諸方法以具體呈顯；具象來源，源自創作者對於目標物的多次感受，依據自身體驗、需求、態度、立場……屢次加乘，蔚為立體紛雜、極具主觀的藝術樣貌。經由創作者「具象」之人物，擁有立體形貌，涵括高度凝縮的角色意象，並且具

〔註126〕古本小說集成委員會編，《古本小說集成・三國志通俗演義（萬卷樓本）》，頁721。

備創作者的情感寄託。因此，成功的具象，並非只是顯現目標物的外貌形體，而是包涵創作者主觀解讀與思維理念；即便針對相同目標物，仍因創作者迥異感受，必將賦予全然不同、風采殊異的形象樣貌。

作品之人物塑造，通常經由「具象化」，差別在於所用媒介：利用文字陳述，亦或圖象繪製，甚或立體顯象，具體呈現於觀眾面前。倘是採取文章字句，創作者與閱聽者，必將存在語碼解讀所生落差，但可憑藉想像填充。若是圖象爲主的創作類型，譬如影劇作品、動漫遊戲，人物「具象化」更是場硬仗——選角問題、現實考量，亦或是風格不同、技法高低，以及平面媒介之呈顯效果，處處折損再創者所欲塑造的理想形貌；再加上，既定圖檔的明確形象，勢必限制讀者感知，實爲創作大忌。《三國演義》描述貂蟬，僅言「年方二八，色技俱佳」，〔註127〕寥寥數語，卻使讀者腦內奔騰，逕自揣想絕世美貌，甚至頌讚「沉魚落雁、閉月羞花」，虛構女角竟成「中國四大美人」；因此，三國改編戲劇，貂蟬必由年輕貌美的女星飾演，譬如：利智（1961－）、潘迎紫（1949－）、陳紅（1968－）、陳好（1979－）、張敏（1968－）、任容萱（1988－），這些五官姣好、身形纖細的氣質女星，均曾出演貂蟬，〔註128〕卻均招致觀眾批評，認爲扮相神情未臻理想，容貌不及貂蟬國色。是故，角色具象之際，倘若採取確切圖象，有時無法造生加乘，反倒削減人物魅力，折損讀者所能感受的藝術形象。因此，無論採用何種平台，改編作品均會重視角色具象，並且依照媒介特性，予以極盡發揮；下文針對角色具象，分爲「容貌姿態」、「裝扮配備」、「行事作風」以析之。

（一）容貌姿態

人物具象，可使角色活化，卻也可能弄巧成拙、反成敗筆；三國人物形貌，應當如何雕塑呈現？簡便之法，乃是按照既有陳述，譬如諸葛亮「猶如松柏」、曹操「自以形陋」、龐統「濃眉掀鼻，黑面短髯」，創作者汲取文字摹寫，直接轉爲具體樣貌，毋須費心揣想，即可呈顯三國人物之既定印象；縱使描繪不足，仍可經由讀者揣想以增補強化。因此，三國改編影劇，

〔註127〕古本小說集成委員會編，《古本小說集成·三國志通俗演義（萬卷樓本）》，頁140。
〔註128〕電視劇之貂蟬演出：1987年《貂蟬》由利智擔綱，1988年《貂蟬》由潘迎紫擔綱，1994年《三國演義》、2003年《呂布與貂蟬》由陳紅擔綱，2009年《終極三國》由任容萱擔綱，2010年《三國》由陳好擔綱。

除非特殊需求，角色具象大多遵照文本，雖然無法完美複製，仍可窺見熟悉風韻。譬如，中國陸續拍攝三國電視劇，分爲 1994 年、2010 年之新舊版本，劇作演繹、細節詮釋均見殊異，擇角部分卻是有志一同，縱使相距十六載，擔綱演出的兩批演員，仍可察見共通神貌：關羽分由陸樹銘（1956－）、于榮光（1958－）飾演，均爲「丹鳳眼、臥蠶眉」；諸葛亮分由唐國強（1952－）、陸毅（1976－）擔綱，均是「頭戴綸巾，身披鶴氅，飄飄然有神仙之概」；亦或魯肅此角，分由曹力（？－）、霍青（1962－）飾演，同是背離史實「建獨斷之明，出眾人之表」，而偏向演義形塑之忠厚老實、寬容善愚。

圖表 1　電視劇《三國演義》、《三國》之容貌姿態對照

| 《三國演義》關羽 | 《三國》關羽 | 《三國演義》諸葛亮 | 《三國》諸葛亮 |

◎製表人：黃脩紋

　　尚可拓展範圍，綜觀呂布之影劇塑形：1994 年《三國演義》由張光北（1959－）擔綱，2002 年《呂布與貂蟬》由呂良偉（1956－）飾演，2008 年《三國》改由何潤東（1975－）演出，2012 年《英雄曹操》則由營峰（？－）飾演此角，上述演員，均是體魄雄偉的青年壯士，恰如章回所述「頭戴紫金冠，體挂百花袍」，〔註 129〕威風凜凜的一介戰將。雖有少數影劇偏離上例，則因另有特殊主軸：電影《越光寶盒》，奠基三國背景，卻是導演劉鎮偉（1952－）最爲擅長的嘲謔風格，雜繪諸多作品橋段，屬於喜劇惡搞類型。劉鎮偉編劇之另部作品，《超時空要愛》同屬此道，敘述當代人物穿越三國，乃以弔詭荒謬的表現手法，批判當代嚴肅思想，刻意營造世紀末荒誕亂象，遂與史實無關，而是另屬黑色喜劇，雖有三國角色之具象處理，但不列入此例評析。

〔註 129〕古本小說集成委員會編，《古本小說集成‧三國志通俗演義（萬卷樓本）》，頁 97。

圖表 2　呂布之容貌姿態對照

《三國演義》呂布	《呂布與貂蟬》呂布	《三國》呂布	《英雄曹操》呂布

◎製表人：黃脩紋

　　然而，文本已定，角色又與原設如出一轍，對於讀者並無誘因，再創作品也難顯特點，處處受限於原設文句，更難施展拳腳、自塑風格。因此，形塑角色之際，照本宣科有其便利，卻也造生兩點難題：首先，《三國演義》角色廣雜，卻只針對部分人物略述樣貌，讀者或知程昱「世稱其高」為當代長人、許褚「腰大十圍」必為魁梧壯漢；未見描述之其餘人等，則成闕疑。其次，部分人物之體貌摹寫，具實呈顯反生弔詭，譬如司馬懿「狼顧之相」，〔註 130〕如實繪製反使三國成為志怪小說；又如劉備「垂手下膝」、孫權「長上短下」，雖為顯貴之相，卻不符合當代審美，難以提昇角色魅力。三國題材作品，尤以圖象為主的影劇視聽、動漫遊戲，對於人物「具象」之處理，勢必耗費更多苦心。

　　即便如此，三國戲劇之人物具象，仍以切合原設形貌，亦或符合大眾認定，作為演員定裝標準。因為，影劇觀眾甚為龐大且年齡懸殊，雖會依照作品內容，各自吸引特定族群，但因媒介廣佈、堪稱最為暢通的平台；戲劇之觀眾群體，實可拓及社會大眾，必須兼顧各類族群，方能吸引最大數值。簡要來說，三國戲劇之角色具象，多半採取保守立場，意圖迎合層級紛雜的閱聽觀眾。但是，即便製作單位極力迎合原設意象，飾演三國人物的當代演員，於形貌、姿態、體型，以及相互搭配之人物協調，仍然無法盡善盡美。電影《關雲長》由甄子丹擔綱，面若紅棗、髯鬚漆黑，妝髮造型均是複製關羽形貌，卻因演員身型短小，竟然矮於飾演曹操的姜文（1963－），全然無復身長

〔註 130〕漫畫《火鳳燎原》、《三國貴公子》、《漢晉春秋司馬仲達傳三國志司馬仲先生》，均曾描繪司馬懿「狼顧之相」，卻是視為作品笑點，末者甚至誇張渲染，讓司馬懿「狼顧」成為娛樂孫權的團康表演；上述作品，雖述「狼顧」，卻已脫離史書所評之負面意涵。

九尺之軍神威風；電影《赤壁》，飾演周瑜的梁朝偉（1962－）雖是偶儻雋朗，卻與飾演小喬的林志玲（1974－）身高相等，選角之際便已引發訾議。〔註131〕演員形象難臻完美，三國史事又爲軍事題材，動員龐博、裝備浩瑣，耗資鉅本也難保佳評，收益成本更是現實考量；因此，當今三國改編，改以動漫遊戲爲大宗，成本相對低廉，創作甚爲彈性，單就角色具象，看似「紙上談兵」的動漫遊戲，實更盡情發展、無所限礙。

　　現今動漫，應以青少年爲主力讀者。然而，所謂「漫畫」，意指切割畫格、展現圖象以敘故事；形式雖爲固定，題材卻可無限拓展，遂能吸引各種年齡、各式喜好的萬千讀者，市場極爲廣大。漫畫常爲紙本印刷，雖能利用網路作爲刊登媒介，仍須點擊方可閱覽，相較無孔不入的影音娛樂，漫畫作品必須更加獨特、更爲顯眼，遂於角色設計之際，大肆增添外貌亮點，以便招攬讀者青睞；因此，即便定調相同文本，漫畫角色卻是造型誇張、比例奇異，甚至超越人體極限。漫畫人物具象，看似無所拘束，卻仍有其專屬難題：記憶點。除卻罹患「臉盲症」（prosopagnosia，或稱臉孔辨識困難症），亦或認知困難之特殊族群，常人應可輕易辨別章子怡與劉亦菲，即便二人都是明眸善睞、白皙纖秀的東方美女；然而，漫畫作品之中，肇因畫家技巧及表現手法，人物輪廓不如具體五官之懸殊差異，通常變化不大且風格相近，爲免讀者混淆，創作者極力增添辨識特徵，誠如「漫畫之神」手塚治虫所言：「漫畫中的人物，最好也有一、兩個突出的特徵，可以使讀者們一目瞭然。」〔註132〕突出特徵，即爲「記憶點」，俾使角色區分明確；漫畫《火鳳燎原》，即以髮型、髭鬚、疤痕、刺青、甚至眉毛區辨人物，隨著登場角色日漸繁多，詭異造型更見頻繁。仰賴畫面的電玩遊戲，同見此況，譬如電玩《眞·三國無雙》，雖然肇基古事，人物造型卻十足前衛，甘寧渾身刺青，張郃五彩濃妝，魏延配備部落面具，袁紹甚至一襲盤金鎖子「大閱甲」，宛若乾隆皇帝御駕親征；上述裝扮，自然惹來非議，批評廠商標新立異。然而，正因遊戲首重娛樂，考核史實本非目的，再者，即是區別人物之必要性，越是獨特顯眼，越加有利觀眾判別角色、熟記特質，方有後續喜愛認同。

〔註131〕「傳梁朝偉回《赤壁》演周瑜　身高配戲成話題」：
　　　　http://ent.sina.com.cn/m/c/2007-04-18/09001523870.html（2015.04.22）。
〔註132〕〔日〕手塚PRODUCTION，《手塚治虫原畫的秘密》（臺北：東販，2008），
　　　　頁83。

圖表3　《火鳳燎原》之容貌姿態設計

◎製表人：黃脩紋

　　三國改編作品，多如過江之鯽，卻僅見部分作品廣泛流傳、博得嘉評，原因在於，除卻天馬行空的荒誕創新，作品尚於具象過程，串結原作既存特徵，逐能兩相交雜、新舊貫合，效果自勝草率之作。問題在於，應當掌握何處特點，加諸具象處理，方能成爲效果十足的「記憶點」？李衣雲認爲：

> 在圖象表現上，人物的設定必須是能夠被辨識的，除了臉與身體的形象必須歷時地類同之外，漫畫人物常會有某種特徵（例如：髮型、髮色、服裝）或是象徵物的使用（例如：眼鏡、領結、長刀）以利辨識，這個特徵在「故事中的時間」裡，不能任意的改變，如果要改變，一定要將理由明白描述出來，提供讀者從此改變辨識方法的訊息。〔註133〕

因此，特徵明確的「樣貌」、「裝扮」，俾益讀者區分角色。既是如此，三國人物特徵何來？首先，源於史傳記載，特別是與眾不同的奇人異相，關四平認爲：「受魏晉品評人物容貌風起的影響，陳壽也喜歡以容貌論人，這與評語是互爲表裡的。以奇語評之，是爲奇人定型，揭示其性情類型與才能特徵，而以奇貌繪之，則是爲奇人定型，畫出外貌特徵，傳達特有風韻。」〔註134〕陳壽撰寫史書，常會強調奇異形貌，藉此宣述「奇人必有奇貌，奇貌必見奇行」之人物品評；今日改編，動漫遊戲承接史傳，作爲角色具象參照，卻是爲求加深印象，譬如：劉備「顧自見其耳」，〔註135〕遂使此人形貌必爲廓面大耳，漫畫《龍狼傳》、《蒼天航路》、《火鳳燎原》、《異鄉之草》、〔註136〕《曹操孟德正傳》、《關鍵鬼牌三國志》、《諸葛孔明時之地平線》、《三極姬》、〔註137〕《天子傳奇・三國驕皇》，〔註138〕甚連「性轉」劉備爲少女的《三國亂舞》，均見劉備異於常人的闊耳厚垂，看似滑稽古怪，卻也提高辨識效果。另外，《三國神兵》爲顧及男角俊帥，〔註139〕劉備雖非方面大耳，一對尖耳同樣醒目；同人誌名作《錦堂秋色草堂春》，〔註140〕更是逕自惡搞，而將大耳再做渲染，劉備遂成兔耳奇貌。

〔註133〕李衣雲，《漫畫的文化研究》，頁50。
〔註134〕關四平，《三國演義源流研究》，頁42。
〔註135〕〔西晉〕陳壽著，〔南朝宋〕裴松之注，《新校本三國志注附索引》，頁872。
〔註136〕志水アキ，《異鄉之草》（臺北：東立，2007）。
〔註137〕ごばん，《三極姬・1-2》（臺北：東立，2014）。
〔註138〕黃玉郎，《天子傳奇・三國驕皇・1-7》（香港：玉皇朝，2010）。
〔註139〕蔡明發，《三國神兵・1-9》（香港：玉皇朝，2008-2009）。
〔註140〕Viva，《錦城秋色草堂春》（臺北：聯華書報社，2002）。Viva爲臺灣同人誌作家，出版多本《三國演義》同人誌，因其廣受歡迎，遂又改爲商業誌出版。

圖表4　劉備之容貌姿態對照

◎製表人：黃脩紋

　　又如周瑜，史書述其「長壯有姿貌」，〔註141〕蘇軾讚為「雄姿英發」，戴
復古頌其「周郎年少，氣吞區宇」，論及東吳都督，除了決戰赤壁之功，尚見
此人嫻熟音律、宛若醇醪的完美姿態。當今三國改編，常將周瑜形塑為俊美
將才，電影《赤壁》由梁朝偉擔綱此角，電視劇《三國》由黃維德（1971－）
飾演，另部戲劇《回到三國》則由香港男星陳展鵬（1977－）飾演，相貌均
屬俊逸；動畫《鋼鐵三國志》、漫畫《龍狼傳》、《三國志魂》、《關鍵鬼牌三國
志》、《超三國志霸－LORD》、《魔法無雙天使衝鋒突刺！呂布子》……〔註142〕

〔註141〕〔西晉〕陳壽著，〔南朝宋〕裴松之注，《新校本三國志注附索引》，頁1259。
〔註142〕鈴木次郎，《魔法無雙天使衝鋒突刺！呂布子‧1-8》（臺北：青文，2009-2012）。

均是承接「吉川三國志」，逕稱此角爲「美周郎」，〔註143〕俊美神態不言可喻；遊戲作品《眞・三國無雙》、《三國群英傳》、《幻想三國誌》、《眞三國大戰》、《熱血三國》、《三國殺》、《霸三國》、《三國之亂舞》……〔註144〕涵括單機與線上遊戲，橫跨各類操作模式，周瑜卻均爲長髮飄逸、倜儻瀟灑的東方美男子，更見角色形貌之同質延續。

圖表5　周瑜之容貌姿態對照

◎製表人：黃脩紋

<hr />

〔註143〕「美周郎」一詞，源於吉川英治《三國志》。動畫《鋼鐵三國志》第十三回標題：「美周朗、戰野に立ちて陸遜を導く」（譯：美周朗、戰野危機，陸遜領導六駿撤退），雖將「美周郎」誤植錯字，仍可視爲延續稱號；漫畫《龍狼傳》，則將稱號再做衍伸，遂出現「美周公」、「美周大人」……種種異稱。

〔註144〕中國樂堂，《熱血三國》（臺北：華義國際，2008）。
騰訊，《霸三國》（深圳：騰訊，2013）。
新浪，《三國之亂舞》（上海：新浪，2014）。

　　三國人物容貌特徵，關羽同是特為醒目，《三國志》讚其「美鬚髯」，〔註 145〕《三國志平話》形容「神眉鳳目，虯髯，面如紫玉」，〔註 146〕《三國演義》則言：「身長九尺，髯長二尺，面如重棗，唇若塗脂，丹鳳眼，臥蠶眉」，〔註 147〕狀述外貌更顯細膩，遂成深植人心的武聖相貌；後世作品形塑關羽，為求切合既定印象，通常依循演義描述。電影《關雲長》，大肆顛覆關羽過五關斬六將之背後癥結，角色形貌卻仍為長髯劍眉的紅臉漢子。此外，電影《超時空要愛》、《赤壁：決戰天下》；電視劇《三國英雄傳之關公》、《武聖關公》；漫畫《不是人》、〔註 148〕《龍狼傳》、《蒼天航路》、《關羽出陣！》；動畫《三国志・英雄たちの夜明け》（譯名：三國志・英雄們的黎明）、〔註 149〕《鋼鐵三國志》；電玩《三國志》、《無雙 OROCHI 蛇魔》、〔註 150〕《三國志大戰》、《三國風雲》，〔註 151〕關羽均是身著長衫，配戴綠帽，目光凜然的「美髯公」，甚連《BB 戰士三國傳》，關羽雖為機器人造型，仍是一把長髯，號稱「鬼髯鬚」。隨著解構思潮盛行，部分作品逕行「性轉」，雖將關羽變為曼妙女體，長髯無復存在，女版關羽卻多為黑色長髮，包括漫畫《一騎當千》、《三國志百花繚亂》，以及電玩《三極姬》、《戀姬†無雙》、《戰姬天下》、《暗戰三國》、《三國 INFINITY》、《龍舞三國 Online》，〔註 152〕關羽既已性轉女體，應當更無拘束、恣意創造，卻又均成黑色直髮，藉此象徵原設美髯，做為聯繫舊作的形貌標誌。

〔註 145〕〔西晉〕陳壽著，〔南朝宋〕裴松之注，《新校本三國志注附索引》，頁 940。
〔註 146〕古本小說集成委員會編，《古本小說集成・三國志平話》，頁 12。
〔註 147〕古本小說集成委員會編，《古本小說集成・三國志通俗演義（萬卷樓本）》，頁 10。
〔註 148〕陳某，《不是人・上、下》（臺北：東立，1990）。
〔註 149〕勝間田具治，《三国志・英雄たちの夜明け》（東京：東映，1992）。
〔註 150〕KOEI，《無雙 OROCHI 蛇魔》（東京：光榮，2009）。
〔註 151〕SEGA，《三國志大戰》（東京：SEGA，2005）。
　　　　崑崙在線，《三國風雲》（北京：崑崙在線，2012）。
〔註 152〕ユニコーン・エー《三極姫～乱世、天下三分の計》（東京：ユニコーン・エー，2010）。
　　　　Happy Elements，《戰姬天下》（北京：Happy Elements，2013）。
　　　　Ucube，《暗戰三國》（新北：Ucube，2013）。
　　　　Pokelabo，《三國 INFINITY》（東京：Pokelabo，2013）。
　　　　WaGame，《龍舞三國 Online》（新北：華電行動科技，2013）。

圖表 6　關羽之容貌姿態對照

《超時空要愛》	《赤壁：決戰天下》	《三國英雄傳之關公》	《武聖關公》
《不是人》	《蒼天航路》	《龍狼傳》	《關羽出陣！》
《三國志》	《無雙OROCHI蛇魔》	《三國風雲》	《BB 戰士三國傳》
《一騎當千》	《三國志百花繚亂》	《三極姬》	《戀姬†無雙》
《戰姬天下》	《暗戰三國》	《三國 INFINITY》	《龍舞三國 Online》

◎製表人：黃脩紋

　　五官特徵殊於常人，尚有曹魏名將夏侯惇，此人勇猛驍戰，尤以下邳之戰的英雄氣魄，最令讀者為之懍然：

> 卻說夏侯惇引軍前進，正與高順軍相遇，便挺槍出馬搦戰。高順迎敵，兩馬相交，戰有四五十合，高順抵敵不住，敗下陣來。惇縱馬追趕，順遶陣而走。惇不捨，亦遶陣追之。陣上曹性看見，暗地拈弓搭箭，覷得真切，一箭射去，正中夏侯惇左目，惇大叫一聲，急用手拔箭，不想連眼珠拔出；乃大呼曰：「父精母血，不可棄也！」遂納於口內啖之，仍復挺槍縱馬，直取曹性。性不及提防，早被一槍搠透面門，死於馬下。兩邊軍士見者，無不駭然。〔註153〕

馳騁沙場的百戰梟雄，身受重傷猶未退卻，「盲夏侯」遂成此將代稱，「拔矢啖睛」更成《三國演義》經典橋段，屢次演繹仍令讀者震撼；再創作品，自然不會捨棄形象鮮明的曹魏英雄：漫畫《蒼天航路》、《一騎當千》、《火鳳燎原》、《武靈士三國志》，電玩遊戲《三國志》、《三國群英傳》、《真‧三國無雙》、《十三支演義》，均見夏侯惇登場，皆為左眼盲殘、佩掛眼罩之醒目造型，又如漫畫《BB戰士三國傳》，角色盡成機器人造型，同樣不忘盲眼特徵；甚連《戀姬†無雙》、《三國遊戲》、《三國艷義》標榜「性轉」之作，〔註154〕雖將夏侯惇逆轉為婀娜女郎，猶仍重現中箭過程，並以單目戰將之凜冽形象，活躍作品之中。尤有甚者，漫畫《三國志百花繚亂》，夏侯惇登場之際，尚是決戰董卓的關東軍團，竟也盲遮單目、配戴眼罩；漫畫《霸王之劍》、《蒼天航路》、《三國志烈傳‧破龍》，作品未及下邳之戰，卻使夏侯惇於虎牢關中箭，同樣演繹盲眼事由。由此查見兩處端倪：一是，作者未經考證，遂使人物事蹟年代錯亂；二是，便如前言，「盲夏侯」已深植人心，即便時序混淆，再創者仍不願捨棄角色特徵，務必呈顯盲眼造形，遂見形貌延續之必要。

〔註153〕古本小說集成委員會編，《古本小說集成‧三國志通俗演義（萬卷樓本）》，頁356。
〔註154〕慕和網絡，《三國艷義》（上海：慕和網絡，2014）。

圖表 7　夏侯惇之容貌姿態對照

《三國志》	《真・三國無雙》	《三國群英傳》	《BB 戰士三國傳》
《蒼天航路》	《一騎當千》	《曹操孟德正傳》	《三國志烈傳・破龍》
《火鳳燎原》	《十三支演義》	《武靈士三國志：赤壁》	《武靈士三國志》
《戀姬†無雙》	《三國艷義》	《三國志百花繚亂》	《三國遊戲》

◎製表人：黃脩紋

同屬此例者，尚有龐統，陳壽《三國志》述其：「雅好人流，經學思謀，於時荊、楚，謂之高俊。」〔註155〕楊戲（？－261）〈季漢輔臣贊〉則言：「軍師美至，雅氣曄曄。致命明主，忠情發臆。」〔註156〕由此觀之，龐統乃為見識卓越、談吐不凡的瀟灑人物；時至《三國演義》，鳳雛仍是謀略過人，外貌形象卻就此丕轉：

> 肅曰：「肅碌碌庸才，誤蒙公瑾重薦，其實不稱所職。願舉一人以助主公。此人上通天文，下曉地理；謀略不減於管樂，樞機可並於孫吳……此人乃襄陽人。姓龐，名統，字士元，道號鳳雛先生。」權曰：「孤亦聞其名久矣。今既來此，可即請來相見。」於是魯肅邀請龐統入見孫權，施禮畢。權見其人濃眉掀鼻，黑面短髯，形容古怪，心中不喜。〔註157〕

本為英姿煥發的飽學才士，變為奇形怪狀的貌寢異人，如此述寫，乃是先抑後揚以顯才能，抑或襯托臥龍先生的神清俊逸，遑論用意為何，詭譎外貌就此深烙人心。電視劇《三國》，龐統即如演義摹述：散髮短髭、濃眉塌鼻，張嘴一笑只見齒牙齟齬，與其說是深藏不露的智囊軍師，更如擠眉弄眼的「怪老子」。遊戲《三國殺》、〔註158〕漫畫《蜀雲藏龍記》、《武・霸三國》，龐統均是容貌醜陋；電玩《真・三國無雙》、《神將世界》、《逆轉三國》、《小小諸葛亮》，〔註159〕龐統面容藏於斗笠，難識廬山真面目，人物行走之際，卻也駝背傴僂、歪斜外八，如同鄉間老叟奔波戰場。漫畫《火鳳燎原》，龐統改以青年形貌，五官神態均屬俊朗，作者卻增添黥面，呼應演義所述「形容古怪」；亦如遊戲《夢三國》、《転生絵巻伝　三国ヒーローズ》（譯：轉生繪卷傳　三國 HEROES），〔註160〕龐統面貌俊帥亮眼，卻又配戴面罩、不以真面目示人，同可視為原設形貌的另種延續。

〔註155〕〔西晉〕陳壽著，〔南朝宋〕裴松之注，《新校本三國志注附索引》，頁962。
〔註156〕〔西晉〕陳壽著，〔南朝宋〕裴松之注，《新校本三國志注附索引》，頁1081。
〔註157〕古本小說集成委員會編，《古本小說集成・三國志通俗演義（萬卷樓本）》，頁1067。
〔註158〕邊鋒網絡，《三國殺》（杭州：邊鋒網絡，2008）。
〔註159〕4399忍者貓工作室，《神將三國》（廈門：4399遊戲，2012）。
　　　　ONECLICK GAME，《逆轉三國》（上海：ONECLICK GAME，2013）。
　　　　有間工作室，《小小諸葛亮》（廣州：星輝天拓，2014）。
〔註160〕ベクター，《転生絵巻伝　三国ヒーローズ》（東京：ベクター，2009）。

圖表 8　龐統之容貌姿態對照

《三國》	《三國殺》	《蜀雲藏龍記》	《武‧霸三國》
《真‧三國無雙》	《神將世界》	《逆轉三國》	《小小諸葛亮》
《火鳳燎原》	《武靈士三國志》	《三国ヒーローズ》	《夢三國》

◎製表人：黃脩紋

　　上述形象塑造，均是延續《三國演義》，遂使角色登場之際，尚未自介名號，讀者單憑其人外貌，即知身分來歷。初覽三國的讀者，雖然不知當中承續，但有賴角色殊異型貌，同能助於區辨人物、加強印象；至於熟稔三國者，面對有所依據的人物設定，不僅加強既定印象，更對改編作品予以認同與共鳴。

（二）裝扮配備

　　除卻五官相貌之獨特神態，三國人物辨別特徵，尚可來自外在「裝扮」，即是服裝打扮、道具配備；畢竟，三國人物雖為曠世英雄，卻非人人均是奇形殊貌。三國人傑得以制霸群雄，乃是憑賴本領以出奇制勝，也絕非相貌是

否異於常人；因此，除卻容貌可供判別，更多角色，實是憑藉服裝配備、整體氣質，是否符合《三國演義》所述神態，作爲區辨人物的重要線索。三國時代，自有流行服裝，即爲諸葛亮「羽扇綸巾」；殷芸（471－529）《小說》有云：「諸葛武侯與司馬宣王在渭濱，將戰，宣王戎服蒞事；使人視武侯，素輿葛巾，持白毛扇，指麾三軍，皆隨其進止。宣王聞而嘆曰：『可謂名士。』」〔註161〕諸葛亮配戴長巾、手持羽扇，談笑用兵之瀟灑神態，魏晉已見廣泛流傳。《三國志》同有記載：「漢末王公，多委王服，以幅巾爲雅，是以袁紹、崔鈞之徒，雖爲將帥，皆著縑巾。」〔註162〕可見綸巾乃是東漢時尚，不僅諸葛亮追隨流行，當代名人也如此打扮，藉此顯現儒雅風範；時至後代，經由詩詞演繹，「羽扇綸巾」漸成孔明專屬，《三才圖會》便述：「諸葛巾一名綸巾，諸葛武侯嘗服綸巾，執羽扇，指揮軍事，正此巾也。因其人而名之，今鮮服者。」〔註163〕元明之交，羅貫中《三國演義》：「玄德見孔明身長八尺，面如冠玉，頭戴綸巾，身披鶴氅，飄飄然有神仙之概。」〔註164〕羽扇綸巾之超塵形貌，從此成爲臥龍先生經典裝扮。

　　論及諸葛亮，堪稱三國故事最屬關鍵，吉川英治認爲《三國演義》之精采程度，正與孔明出場息息相關：

> 若依照《三國演義》原書的情節發展，則在五丈原撤軍、棧道被焚，亦即孔明遣計斬魏延之後，還繼續描寫有魏帝曹睿在極盛期的恣意橫行、司馬父子勢力的擡頭、東吳國情的與時推移，以及蜀國最後的敗亡，乃至「晉」終於一統三國時期的治亂興亡，皆有詳細的描述。然而，由於這個時代的主角人物已故，事件的輪廓也變得模糊，原著的筆致已失先前的精彩，頗有龍頭蛇尾之嫌。〔註165〕

因此，「吉川三國志」即以桃園結義開頭，孔明去世作爲全文終結，〔註166〕

〔註161〕〔南朝宋〕劉義慶等，《小國文言小說百部經典・3》（北京：北京出版社，2000），頁1583。

〔註162〕〔西晉〕陳壽著，〔南朝宋〕裴松之注，《新校本三國志注附索引》，頁32。

〔註163〕四庫全書存目叢書編纂委員會，《四庫全書存目叢書・子部191》（臺南：莊嚴文化，1995），頁632。

〔註164〕古本小說集成委員會編，《古本小說集成・三國志通俗演義（萬卷樓本）》，頁711。

〔註165〕〔日〕吉川英治著，鍾憲譯，〈諸葛菜〉，《三國英雄傳・10》，頁366。

〔註166〕吉川英治《三國志》，共有十集，起自劉備買茶，迄於諸葛亮安葬定軍山；第十集後部，僅用〈篇外餘錄・後蜀三十年〉，簡要交代孔明死後的蜀漢發展，至西晉一統爲終。

對照演義全文，更見半途腰斬；但若端照故事情節，實爲突顯經典橋段。諸葛亮身爲《三國演義》要角，舉凡三國題材，除非特殊立意，多半可見孔明登場；綜觀孔明形象，無論偏重何種特質：凡人亦或妖道，長於內政亦或敏於軍戰，甚或遵照史實之青年俊才，亦或承襲演義的中年形貌，無論詩詞曲賦亦或小說文本，均將孔明擬塑爲儒雅書生，兼融仙道高人的飄逸靈氣。孔明容貌得以調整，但傲視群雄的超然氣質，以及羽扇綸巾的儒士裝扮，卻始終少有挪改。早於劇曲行當，諸葛亮便是頭戴道帽、配掛髯口、手執羽扇、身穿鶴氅，並由老生演繹，顯現此角睿智過人、沉穩從容；時至近代，電影《赤壁》歷經選角波折，最後由金城武（1973－）飾演關鍵角色諸葛亮，引發觀眾譁然，認爲演員外貌年輕俊朗，雖然切合正史記載，卻不符大眾熟稔的演義形象，雖是如此，金城武詮釋孔明之際，仍是如出一轍的氣定神閒，兼又談笑用兵、瀟灑自若，裝束同爲儒雅名士，輕搖羽扇更是必備場景。此外，電視劇《諸葛亮》、《三國演義》、《三國》、《回到三國》，漫畫《異鄉之草》、《三國志 F》、〔註167〕《武靈士三國志：赤壁》、《漢晉春秋司馬仲達傳三國志司馬仲先生》，電玩《眞・三國無雙》、《三國志孔明傳》、〔註168〕《三國群英HD》、〔註169〕《全民闖天下》……〔註170〕孔明均爲相似造型：儒袍飄逸、冠帽高聳、羽扇輕撫，儼然漢晉高士。

　　諸葛亮裝扮，始終同質延續，即便再創作品翻轉主軸，服裝造型仍是秉持原貌。譬如：電影《三國之見龍卸甲》孔明輕搖羽扇，犧牲趙雲以求達陣，無復原設之從容運籌；漫畫《三國志百花繚亂》，孔明變爲幼齡少女，明眸皓齒、俏麗臉龐，卻仍配戴羽扇綸巾；另部漫畫《魔法無雙天使衝鋒突刺！呂布子》，敘述孔明遭受詛咒，變成迷你龍形布偶，羽扇綸巾猶仍可見；又有《關鍵鬼牌三國志》，諸葛亮利用未來科技影響戰局，故事滿溢科幻色彩，更顯一身儒裝之突兀。此外，電玩《赤壁亂舞》、〔註171〕《三國艷義》，均將諸葛亮「性轉」女體，《諸葛孔明時之地平線》、《鋼鐵三國志》、《三國戀戰記》、《十三支演義》，則將孔明五官極度「美形」，原設形貌幾乎殆盡，羽扇卻仍片刻不離。

〔註167〕一智和智，《三國志 F・1-2》（臺北：東販，2011-2012）。

〔註168〕KOEI，《三國志孔明傳》（東京：光榮，1996）。

〔註169〕游民網絡，《三國群英 HD》（上海：游民網絡，2013）。

〔註170〕騰訊，《全民闖天下》（深圳：騰訊，2013）。

〔註171〕Square Enix，《赤壁亂舞》（深圳：騰訊，2014）。

圖表 9　諸葛亮之裝扮配備對照

《諸葛亮》	《三國演義》	《三國》	《回到三國》
《三國志》	《異鄉之草》	《武靈士三國志：赤壁》	《司馬仲先生》
《三國志孔明傳》	《真・三國無雙》	《三國群英 HD》	《全民闖天下》
《三國志 F》	《呂布子》	《三國志百花繚亂》	《三國艷義》
《關鍵鬼牌三國志》	《鋼鐵三國志》	《三國戀戰記》	《十三支演義》

◎製表人：黃脩紋

　　尚有其他人物，同以史傳、演義所述裝扮，作爲改編作品的共通設定。以甘寧爲例，《三國志》述其：「少有氣力，好游俠，招合輕薄少年，爲之渠帥；羣聚相隨，挾持弓弩，負毦帶鈴，民聞鈴聲，即知是寧。」〔註172〕甘寧成群結黨、縱走江湖，配掛鈴鐺作爲個人特徵，只聞鈴音錚錚然，豪邁瀟灑的血性漢子，已躍然紙上；《三國演義》接承正史，對其形象再作描摹：

> 寧字興霸，巴郡臨江人也；頗通書史，有氣力，好游俠；嘗招合亡命，縱橫於江湖之中；腰懸銅鈴，人聽鈴聲，盡皆避之。又嘗以西川錦作帆幔，時人皆稱爲『錦帆賊』。後悔前非，改行從善，引眾投劉表。見表不能成事，即欲來投東吳，卻被黃祖留住在夏口。前東吳破祖時，祖得甘寧之力，救回夏口；乃待寧甚薄。都督蘇飛屢薦寧於祖。祖曰：『寧乃劫江之賊，豈可重用？』寧因此懷恨。〔註173〕

經由小說形塑，裝扮更顯詳細：腰掛銅鈴以召告天下，猛士將至、生民迴避；又以斑斕采錦作爲船帆，可見其人聲勢浮誇；未逢明主即遁走，不受肯定即懷恨，更見性格直率。後世演繹，常將此角形塑爲橫眉怒目，兼又爽快粗野，並以鈴鐺點綴其身，以扣合演義摹述。漫畫《魔法無雙天使衝鋒突刺！呂布子》、《武靈士三國志：赤壁》、《大家的吳》、電玩《三國志》、《眞‧三國無雙》、《三國群英傳》、《赤壁Online》、《軒轅群俠傳》，〔註174〕以及性轉女體的《戰姬天下》、《美女三國》、《媚三國》，〔註175〕均以鈴鐺作爲角色特徵；另款遊戲《戀姬†無雙》，甘寧雖未佩掛鈴鐺，所持武器卻名爲「鈴音」，藉此連結原設意象。另外，羽毛同爲甘寧專屬裝扮，源出《三國演義》之百騎劫魏營：「取白鵝翎一百根，插於盔上爲號」，〔註176〕本是敵我標誌，竟成改編作品識別甘寧的重要特徵，上述作品也常見此狀。

〔註172〕〔西晉〕陳壽著，〔南朝宋〕裴松之注，《新校本三國志注附索引》，頁1292。
〔註173〕古本小說集成委員會編，《古本小說集成‧三國志通俗演義（萬卷樓本）》，頁725。
〔註174〕完美時空，《赤壁Online》（北京：完美時空，2008）。
　　　　樂昇科技，《軒轅群俠傳》（北京：天空遊戲，2012）。
〔註175〕甲游，《美女三國》（上海：甲游，2013）。
　　　　新銳，《媚三國》（新北：樂檬，2014）。
〔註176〕古本小說集成委員會編，《古本小說集成‧三國志通俗演義（萬卷樓本）》，頁1272。

圖表 10　甘寧之裝扮配備對照

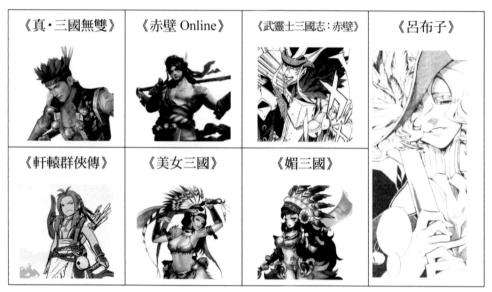

《真・三國無雙》	《赤壁 Online》	《武靈士三國志：赤壁》	《呂布子》
《軒轅群俠傳》	《美女三國》	《媚三國》	

◎製表人：黃脩紋

　　「裝扮配備」之同質延續，尚包括三國人物慣用武器；章回小說之中，常見角色配備專屬武器，孫悟空必然揮舞金箍棒，李逵也總操弄一雙板斧，展昭則與湛盧劍形影不離。三國則因牽涉戰爭，更見英雄豪傑各展身手，驍勇馳騁以鏖戰沙場；武器刀械，遂成三國人物常見裝備。三國時代，通用兵器應為刀、劍、矛、戟，普羅大眾卻對部分角色之武器配備，存有難以動搖的特定印象，肇因為何？首先，來自史書記載，譬如《三國志》：「太祖行酒，韋持大斧立後，刃徑尺，太祖所至之前，韋輒舉斧目之。」〔註177〕雙手持斧之威猛姿態，遂成典韋固定兵械；格鬥電玩《眞・三國無雙》、線上遊戲《猛將傳 OL》，〔註178〕典韋均是手持大斧、殺氣騰騰；另部作品《BB戰士三國傳》，機器人典韋，別稱「NRX-044 亞斯密」，外型為金兜綠盔的機器裝甲，手持「激烈斧」，施展必殺絕技「戰斧甲滅」；亦或漫畫《魔法無雙天使衝鋒突刺！呂布子》，雖將典韋「性轉」為身材火辣的婀娜紅顏，仍舊手持巨斧、矢志捍衛曹操，同見改編文本的武器配備，對於原設作品之同質承襲。

〔註177〕〔西晉〕陳壽著，〔南朝宋〕裴松之注，《新校本三國志注附索引》，頁 544。
〔註178〕貝海網絡，《猛將傳 OL》（北京：貝海網絡，2009）。

再者，演義形塑之武將長才，同可作爲兵器設定，譬如黃忠「能開二石之弓，百發百中」，〔註179〕後代三國改編，常以弓箭做爲老將武器，電視劇《三國演義》，便見黃忠同開二弓、臂力驚人，電玩《三國志》、《三國群英傳》、《亂武門》、《英雄三國》、《大三國・志》、《五虎Ｑ將》，〔註180〕黃忠以弓箭爲械，漫畫《龍狼傳》、《關羽出陣！》，黃忠甫一登場，便是以矛爲箭，直擊敵人首級。另位武將夏侯淵，同以弓箭爲械，活躍於改編作品。其肇因有二：一是，夏侯淵命喪黃忠刀下，改編作品藉由相同武器，更加激化雙雄對決；二是，《三國演義》有述：「淵驟馬至界口，紐回身一箭射去，正在四箭當中。金鼓齊鳴。淵勒馬按弓大叫曰：『此箭可奪得錦袍麼？』」〔註181〕魏將射箭爲樂，相互競技以奪取錦袍，僅是衝突之間的過場畫面，卻也佐證夏侯淵箭術高妙，擅長弓法實不爲過。因此，漫畫《三國志Ｆ》、《ＢＢ戰士三國傳》、《魔法無雙天使衝鋒突刺！呂布子》，以及電玩《眞・三國無雙》、《戀姬†無雙》、《熱血三國》、《主公莫慌》、《三国志パズル大戰》（譯：三國志PUZZLE大戰），〔註182〕夏侯淵均以弓箭手造型，驍勇馳騁沙場之中。

圖表11　典韋之裝扮配備對照

| 《真・三國無雙》 | 《猛將傳OL》 | 《ＢＢ戰士三國傳》 |

〔註179〕古本小説集成委員會編，《古本小説集成・三國志通俗演義（萬卷樓本）》，頁988。

〔註180〕神國科技，《亂武門》（杭州：神國科技，2013）。
遊戲橘子，《英雄三國》（廣州：網易，2014）。
蝸牛數字，《大三國・志》（蘇州：蝸牛數字，2014）。
龍成網路，《五虎Ｑ將》（臺北：天下網遊，2014）。

〔註181〕古本小説集成委員會編，《古本小説集成・三國志通俗演義（萬卷樓本）》，頁1040。

〔註182〕網易，《主公莫慌》（廣州：網易，2013）。
Cygames，《三国志パズル大戰》（東京：Cygames，2013）。

《魔法無雙天使衝鋒突刺！呂布子》

◎製表人：黃脩紋

圖表 12　黃忠之裝扮配備對照

◎製表人：黃脩紋

圖表 13　夏侯淵之裝扮配備對照

◎製表人：黃脩紋

　　《三國演義》之名刀名劍，包括曹操青釭劍、孫堅古錠刀、劉備雙股劍、關羽青龍偃月刀、張飛丈八蛇矛、呂布方天畫戟，亦是名將必備武器；其中，尤以青龍偃月刀，最為名滿天下。電影《三國之見龍卸甲》，五虎將登壇封爵，便見鏡頭特寫兵器；另部作品《關雲長》，同見綠袍武將手持大刀，過關斬將、橫掃千軍；又有電影《銅雀臺》，關羽僅於曹操回憶短暫浮現，仍是手持冷艷鋸、凜凜無畏之貌。尚有漫畫《龍狼傳》、《蒼天航路》、《一騎當千》、《火鳳燎原》、《霸王之劍》、《關羽出陣！》、《三國英雄傳》，〔註 183〕電玩《三國志列傳亂世群英》、〔註 184〕《三極姬》、《戀姬†無雙》、《三國戀戰記》、《十三支演義》，關羽形象殊異多變，能是長髯壯漢，也能是俊美青年，甚或成為私塾教師，亦或變為妖嬈少女，人物外貌恣意翻轉，武器設定卻又遵循原貌，皆是手持青龍偃月刀的最強戰神。武器之於三國人物，是捍衛自身的必備軍械；而於當今改編，則是突顯人物、標誌角色的關鍵符號，更是不得偏廢，須與角色銜合搭配，以便彰顯人物特質，誠如丘振聲所述：「在中國古典文藝裡極講究人物手裡的玩意兒。別看是一刀一槍，一物一器，它們往往成為人物性格的鮮明標誌……一經確定便改不得。」〔註 185〕因此，《三國演義》明文介紹的武將兵器，遂成不可或缺的專屬配備，遑論劇情刪改、形貌變異，武器型態甚或刀械名稱，卻是泰半維持原貌，成為三國作品「同質」承襲之例證。

圖表 14　關羽之裝扮配備對照

◎製表人：黃脩紋

〔註 183〕　李志清，《三國志英雄傳》（香港：創文社，1991）。
〔註 184〕　SEGA，《三國志列傳亂世群英》（東京：SEGA，1991）。
〔註 185〕　丘振聲，《三國演義縱橫談》，頁 296。

　　附帶一提，「招式名稱」同如上述，同是沿襲演義設定；所謂「招式名稱」，乃是發動攻擊之響亮口號，武林小說與動漫遊戲，常見此類設定。三國人物並非江湖俠客，兩軍交戰也無暇炫耀招示名稱，此類口號均爲後世杜撰；部分作品設計招名，卻會刻意連結史料，遂成另類同質延續。譬如，《武靈士三國志》，公孫瓚絕招「眞・白馬陣」，〔註186〕肇因史料記載，其人軍隊均爲白馬；周泰絕招名爲「青羅傘蓋」，〔註187〕則是源於演義情節：「周泰大醉，權以青羅傘賜之，令出入張蓋，以爲顯耀。」〔註188〕尚有孫策絕招「霸王的咆哮」，〔註189〕根源於《三國演義》：「策回頭，忽見樊能馬到，乃大喝一聲，聲如巨雷。樊能驚駭，倒翻身撞下馬來，破頭而死。」〔註190〕故於此部漫畫，孫策竟能利用超高分貝擊殺敵人。另部漫畫《魔法無雙天使衝鋒突刺！呂布子》，高順絕招「陷陣營」，來自《三國志》：「順爲人清白有威嚴……每所攻擊無不破者，名爲陷陣營。」〔註191〕另有紀靈「蜂傀儡」，〔註192〕則因主君袁術嗜食蜜漿，故以蜜蜂作爲攻擊絕招。尚有《一騎當千》，張飛施展「蛇矛連環丕拳」，〔註193〕名稱源自丈八蛇矛；《武・霸三國》之中，馬騰絕招「伏波將軍令」，〔註194〕則是來自祖先馬援之號。上述種種，雖爲荒謬杜撰，卻非憑空捏造，而是藉由史傳、演義之隻字片語，轉化爲三國人物的武學名稱，有其巧心安排。

　　三國人物裝扮姿態，通常延續原設、切合演義，以使讀者有所憑藉，經由角色造型，強化人物特徵。最末，尚有一種角色裝扮之特殊發展：「時代感」，意指對於人物裝扮、性格行爲，投諸當代意識，〔註195〕甚或增添現代物品，

〔註186〕眞壁太陽作，壱河柳乃助畫，《武靈士三國志・1》（臺北：青文，2008），頁87。

〔註187〕眞壁太陽作，壱河柳乃助畫，《武靈士三國志・7》（臺北：青文，2009），頁39。

〔註188〕古本小説集成委員會編，《古本小説集成・三國志通俗演義（萬卷樓本）》，頁1278。

〔註189〕眞壁太陽作，壱河柳乃助畫，《武靈士三國志・7》，頁156。

〔註190〕古本小説集成委員會編，《古本小説集成・三國志通俗演義（萬卷樓本）》，頁307。

〔註191〕〔西晉〕陳壽著，〔南朝宋〕裴松之注，《新校本三國志注附索引》，頁228。

〔註192〕鈴木次郎，《魔法無雙天使衝鋒突刺！呂布子・1》（臺北：青文，2009），頁57。

〔註193〕塩崎雄二，《一騎當千・11》（臺北：東立，2006），頁11。

〔註194〕永仁、蔡景東，《武・霸三國・1》（香港：雄獅，2004），頁24。

〔註195〕譬如，司馬懿早年拒絕出仕曹操，多被解讀爲隱忍待時、韜光養晦；但是，漫畫《三國志魂》、《漢晉春秋司馬仲達傳三國志司馬仲先生》、《三國貴公子》，卻是使用當今讀者更易理解的詞彙：「家裡蹲」、「尼特族」，形容其規避之舉，司馬懿反成消極退卻的繭居青年，卻令讀者心生喜感、製造笑料。另部漫畫《曹植系男子》，則因日文「曹植」、「草食」（そうしょく，SOUSHOKU）之

顯現古今衝突之殊異效果。上述技巧，實爲突兀，某些作品爲求標新立異，常見譁眾取寵以刻意顛覆；部分作品創新之際，卻是極力配合原設，仍舊有其脈絡邏輯，同可視爲奠基原作的同質再造。漫畫《關鍵鬼牌三國志》，鋪述三國史事，卻有數名角色配戴眼鏡，乃爲陳群、諸葛亮；《三國志百花繚亂》，則有黃月英作此造型；《魔法無雙天使衝鋒突刺！呂布子》，則爲陳宮、荀彧、李儒，配戴眼鏡；尚有《武‧霸三國》，袁紹謀將田豐，配戴「明鏡春秋」；電玩遊戲《三国志パズル大戦》，配戴眼鏡者，改爲諸葛亮之女諸葛果。又如電玩《戀姬†無雙》，三國武將「性轉」女體，服裝配件大膽前衛，眼鏡造型同是特點，改由周瑜、陸遜配戴。至於漫畫《一騎當千》，奠基現代時空，眼鏡更屬常態，全作人物配掛眼鏡者，卻僅有賈詡文和、陸遜伯言、司馬徽德操。〔註196〕照理來說，三國人物絕無配戴眼鏡，但因物件乃當世常見，改編者遂將眼鏡置入作品，配戴之人多爲文官，或是智略見長的謀士，意圖藉由配戴眼鏡的專業形象，突顯角色睿智。李衣雲認爲：

> 角色在設定時所採用的標誌＝符號，實是借用自漫畫所存在之文化的象徵體系，若把漫畫角色比作爲符號，那麼其設定所使用的造型、配件、色彩等就可比做意符，而其指涉的意指則成爲是讀者在分類、解讀角色時的一個基礎……作者藉由物在社會文化中的符號意義的轉嫁作用，爲角色創出符應於文本的形象，給予作者閱讀的指示。〔註197〕

承上所述，三國人物配戴眼鏡，雖屬光怪陸離，卻是仰賴物品象徵，寄託角色特質，利用具體可見的外在裝扮，呈顯抽象內在的人物神態，遂使讀者閱覽之際，更爲強化軍師角色的謀略特質。如此裝扮，同可視爲三國同質延續，即便採用迥異古史之現代產物，仍是銜合人物特質，遂將角色作此裝扮。

（三）行事作風

一個角色能否被讀者瞭解、接受、喜愛，外表形貌乃爲關鍵，各人各色的性格形塑，以及獨特迥異的行事作風，同樣不可或缺。三國改編作品，塑

發音雷同，遂將曹植形塑爲溫吞內向的「草食系男子」，同見當代流行思潮。

〔註196〕 《一騎當千》之中，尚有劉備玄德佩戴眼鏡。此女喜愛閱讀，配戴眼鏡更顯憨呆可愛；但是，當其「覺醒」之際，展現蜀漢霸主眞正實力，便不再配戴眼鏡。因此，眼鏡對於此位角色，乃是作爲「隱藏實力」之用。

〔註197〕 李衣雲，《漫畫的文化研究》，頁133。

造人物之際，倘若兼併既定印象，喚醒讀者經驗、同時增添新思，雙管齊下必更具亮點。《三國》編劇朱蘇進（1953－）曾言：

> 翻拍《三國》，有一個原則：可做「整容」手術，不能做「變性」手術⋯⋯改編《三國》，主要基於兩點：首先是忠實於原著的命脈，其次是我們也要認識到這些人物有進一步完善的空間。我所做的就是延伸原著中已有的脈絡，通過細節讓這些人物更完滿可信。〔註198〕

部分三國題材，雖然依循史況，卻是定調未來時空，轉換背景以求突破，卻仍憑藉相同特徵以形述人物，對於曾經聽聞三國故事的讀者，便可藉由角色行為，聯想史傳其人其事，喚醒讀者既存印象，更快激發熟悉好感。例如，《三國志》記載：「孫權以妹妻先主，妹才捷剛猛，有諸兄之風，侍婢百餘人，皆親執刀侍立。先主每入，衷心常凜凜。」〔註199〕孫權匹配其妹於劉備，表面為聯姻結好，實則消磨梟雄鬥志，藉由婚配喜事，暗中奪取劉備兵權，斬草除根以免成為東吳大患。《三國演義》接承史傳，狀述兩人洞房奇態：

> 數日之內，大排筵會，孫夫人與玄德結親。至晚客散，兩行紅炬，接引玄德入房。燈光之下，但見槍刀簇滿；侍婢皆佩劍懸刀，立於兩旁。諕得玄德魂不附體。卻說玄德見孫夫人房中兩邊槍刀森列，侍婢皆佩劍，不覺失色。管家婆進曰：「貴人休得驚懼。夫人自幼好觀武事，居常令侍婢擊劍為樂，故爾如此。」玄德曰：「非夫人所觀之事，吾甚心寒，可命暫去。」管家婆稟覆孫夫人曰：「房中擺列兵器，嬌客不安，今可去之。」孫夫人笑曰：「廝殺半生，尚懼兵器乎？」命盡撤去，令侍婢解劍伏侍。〔註200〕

僅存姓氏、未留閨名的孫夫人，作為孫、劉聯姻棋子，史傳僅此浮泛一筆；章回小說述及此女，同樣未曾深摹。但是，經由幾番對話，可知孫權幼妹，乃是喜愛武鬥兵器的奇女子，相較劉備的怯懦，更顯孫夫人掌控全局之英雌氣概，不讓鬚眉的鮮明形象，後世改編大為關注。傳統劇曲《甘露寺》、《別宮·祭江》、《兩軍師隔江鬥智》，均以東吳公主為關鍵人物；盛行當代的娛樂作品，大眾文學「柴田三國志」、「白井三國志」、「陳舜臣三國志」，同見此角

〔註198〕沈伯俊，〈名著改編的幾個問題——以新版《三國》電視劇為例〉，《文藝研究》，頁21。

〔註199〕〔西晉〕陳壽著，〔南朝宋〕裴松之注，《新校本三國志注附索引》，頁960。

〔註200〕古本小說集成委員會編，《古本小說集成·三國志通俗演義（萬卷樓本）》，頁1018-1019。

活躍其間；引領日本三國風潮之改編始祖吉川英治，同樣延續演義之人物設定，甚至增添「弓腰姬」名號，遂成此女常見暱稱。電影《赤壁》、《越光寶盒》、電視劇《三國》、《終極三國》，均見孫尚香活躍登場，甚至成爲主要角色；蓬勃發展的電玩遊戲，更見孫尚香榮膺熱門人選，包括遊戲始祖《三國志》、《眞‧三國無雙》，以及承襲風氣的《三國群英傳》、《軒轅劍‧漢之雲》、〔註201〕《戀姬†無雙》，尙有林林總總的線上遊戲：《三國殺》、《戰姬天下》、《群英賦》、《御龍在天》、《將魂三國》、《戰姬無雙》、《三國異聞錄》、《大皇帝》、《拼戰三國志》……〔註202〕均見東吳公主大展神威，成爲馳騁沙場的巾幗戰將。上述數例，孫尚香均爲「有諸兄之風」的驍勇英雌，不僅精通武藝，個性同爲颯爽，相較三國時代嬌弱女流，孫尚香儼然成爲樊梨花、穆桂英之類的勇猛女將，俾助其兄其夫，征戰殺場而無所畏懼。

　　述及三國人物，通常依循《三國演義》，將角色劃分爲兩大區塊：勇將與謀士。前者爲衝鋒陷陣的戰將，譬如勇冠三軍的趙雲、英勇護主的周泰、百戰百勝的呂布、果敢善戰的龐德；後者，則是觀測戰局的謀臣，包括隔江鬥智的瑜亮雙雄，壯志未酬的郭嘉、龐統，妙用奇計的荀彧、賈詡，忠心不二的陳宮、程昱，以及輔弼吳國的張昭、張紘、魯肅、陸遜、陸抗，均被視爲足智多謀的軍師角色。相較其他元素的自由改編，三國角色文武屬性，仍多半維持原貌；縱觀當今作品，諸葛亮常是謀略過人，關羽則爲武藝精湛，司馬懿難以一夫當關，典韋則無法洞悉全局，改編文本遵循原設，概分人物爲文謀、武藝，再次呈顯經典形貌。漫畫《王者的遊戲》，〔註203〕即言武將須與謀臣立下「刎頸交」，藉由猛將武藝、捍衛軍師生命，遂見文醜守護沮授、張郃庇衛許攸、趙雲協助郭嘉；上述人物之文武特質，同是三國故事之同質延續。

　　當然，仍有作品反其道而行，鎖定此處特意翻轉，譬如漫畫《火鳳燎原》，即以作者奇想，成爲吸引讀者的關鍵要素；其中，最爲出乎意料，便是挪改

〔註201〕大宇資訊，《軒轅劍‧漢之雲》（臺北：大宇資訊，2007）。
〔註202〕光濤互動，《群英賦》（北京：聯眾世界，2009）。
　　　　騰訊，《御龍在天》（深圳：騰訊，2012）。
　　　　九眾互動，《將魂三國》（成都：九眾互動，2012）。
　　　　天正計算機工程，《戰姬無雙》（新北：星采數位科技，2013）。
　　　　商獵豹科技，《三國異聞錄》（香港：商獵豹科技，2014）。
　　　　游族網絡，《大皇帝》（臺北：艾肯娛樂，2014）。
　　　　Cygames，《拼戰三國志》（東京：Cygames，2014）。
〔註203〕緒里たばさ，《王者的遊戲‧1-2》（臺北：東立，2014）。

呂布形象，將其改造爲智勇兼備的無敵戰將，甚至自稱董卓陣營僅次許臨之第二軍師：〔註204〕呂布偽裝良善以精準佈局，接連誅殺華雄、李儒、董卓，全然顛覆有勇無謀、勢利多變的愚莽形象，轉爲運擊全局的幕後黑手。上述乃爲特例，〔註205〕多數作品仍是遵循原設，承接《三國志》所言：「人中有呂布，馬中有赤兔」，〔註206〕更加渲染其人勇猛，宛若戰神矗立於群雄之巔。更有甚者，漫畫《三國志百花繚亂》、《魔法無雙天使衝鋒突刺！呂布子》，均將呂布「性轉」爲小巧玲瓏、不解世事的可愛少女，卻仍擁有渾身武藝，叱吒天下無人能敵，可見溫侯「虓虎之勇」，〔註207〕已成呂布固定形貌。

　　又如張飛，《三國志》讚其英勇乃爲「萬人敵」，不僅忠心耿耿，更是支拄蜀漢的股肱大將；經由《三國演義》誇張渲染，此人形象更顯鮮明：

> 張飛圓睜環眼，隱隱見後軍青羅傘蓋、旄鉞旌旗來到，料得是曹操心疑，親自來看。飛乃厲聲大喝曰：「我乃燕人張翼德也！誰敢與我決一死戰？」聲如巨雷。曹軍聞之，盡皆股慄……言未已，張飛睜目又喝曰：「燕人張翼德在此！誰敢來決死戰？」曹操見張飛如此氣概，頗有退心。飛望見曹操後軍陣腳移動，乃挺矛又喝曰：「戰又不戰，退又不退，卻是何故！」喊聲未絕，曹操身邊夏侯傑驚得肝膽碎裂，倒撞於馬下。〔註208〕

長坂橋上一夫當關，獨抗千軍之英雄氣魄，一聲怒吼更使敵軍肝膽俱裂，勇猛過人難出其右。因此，當今改編形塑張飛，仍爲莽夫性格，電影《三國之見龍卸甲》，張飛怒斬敗逃小將羅平安，遂與祖護兄弟的趙雲大打出手；《赤

〔註204〕許臨，《火鳳燎原》之原創人物。作品描述，此人爲西涼名士之首，人稱天下第一軍師，號稱「智冠天下」，深受董卓倚重，並與呂布爲結拜兄弟。

〔註205〕《火鳳燎原》呂布，被設計爲智勇雙全、謀略甚深的角色，作者曾藉角色評論：「評價是主觀的，在每個主帥的眼中，己方之將都能勝過呂布，寫史書也是主觀的，君不見歷史上總記載有勇無謀之輩，能留存於歷史之人，怎可能如此不濟？」（《火鳳燎原‧13》（臺北：東立，2016），頁5。）由此可見，作者陳某欲爲呂布翻案，認爲史書詆毀呂布太深；但是，爲何呂布被歷代評爲有勇無謀，若完全歸因爲「成王敗寇」的史觀偏頗，又太輕視歷代史書之考證，以及民眾意識之匯成；是故，作者僅欲爲呂布形貌翻案，卻未有其他史料證據，支撐自身論點。

〔註206〕〔西晉〕陳壽著，〔南朝宋〕裴松之注，《新校本三國志注附索引》，頁220。

〔註207〕〔西晉〕陳壽著，〔南朝宋〕裴松之注，《新校本三國志注附索引》，頁237。

〔註208〕古本小說集成委員會編，《古本小說集成‧三國志通俗演義（萬卷樓本）》，頁798-799。

壁：決戰天下》之中，張飛不耐久戰，寧願中箭也不甘縮身盾牌；遊戲《三國戀戰記》改以戀愛攻略，張飛則成坦率天眞，呼應原設的喜怒鮮明；漫畫《一騎當千》、《三國遊戲》、《三國志百花繚亂》，以及遊戲《戀姬†無雙》、《戰姬天下》、《鬼武者魂》、《怪物彈珠》，〔註209〕均將張飛「性轉」爲妙齡少女，仍是大鳴大放、灑脫直率，遭遇難題便訴諸武力，同與演義如出一轍。可見角色之文武特性，及其行事作風，已成三國故事既定元素，改編文本倘非意圖顛覆，通常遵循原設，成爲故事基礎架構。

　　依循史實、遵照演義之角色特性，倘若運用得妙，尙可成爲讀者搜羅伏筆之妙趣；藉由眾所皆知的史傳，亦或民間盛傳的逸事，作爲角色形貌基準，無需苦思杜撰，資料手到擒來，實是彰顯特性又兼具效率的形塑妙法。譬如《戀姬†無雙》，三國人物均成妙齡少女，全然背離三國實貌；但是，玩家操作遊戲之際，仍由角色特質，發現切合原設的些許端倪：

表格 13　　《三國演義》與《戀姬†無雙》之人物比較

人物	《三國演義》設定	《戀姬†無雙》設定
劉備	仁慈寬厚，虛懦愛哭	淚眼汪汪，溫情攻勢
關羽	涿縣招軍，應募破賊	立志討伐山賊
張飛	世居涿縣，賣酒屠豬	騎乘豬隻作戰
黃忠	二石之弓，百發百中	髮飾爲箭翎
趙雲	白袍銀甲，白馬銀槍	全身白衣，手持長槍
曹操	欽慕關羽，意欲重用	迷戀關羽，強烈追求
許褚	身長八尺，腰大十圍	食量無窮的大胃王
荀彧	收得空盒，抑鬱而終	迷戀曹操，施虐己身而有快感
孫權	方頤大口，碧眼紫髯	藍色眼睛，粉紫長髮
袁紹	出身名門，四世三公	個性驕縱，頤指氣使
袁術	欲得蜜漿，吐血而亡	喜歡添加蜂蜜的食物

◎製表人：黃脩紋

　　兩相對照，部份設定雖見荒誕，對於熟稔三國的讀者，卻可作爲增強印象的有效連結，經由刻意參照的人物設定，回味《三國演義》所述情節，人物特

────────────

〔註209〕CAPCOM，《鬼武者魂》（大阪：卡普空，2013）。
　　　　Mixi，《怪物彈珠》（東京：Mixi，2014）。

性更顯豐沛，並因再創作品巧設伏線、呼應原作，藉此造生「戲仿」樂趣。

　　總結上文，可見三國人物之容貌姿態、裝扮配備、行事作風，常見延續原設的「同質」現象；有些特點，乃爲知名特徵，譬如劉備之大耳、孔明之羽扇，有些則僅爲過目即忘的浮泛一筆，比如夏侯淵射箭奪錦袍，亦或甘寧插羽奪魏營。藉此，可再深析兩大議題：一是，章回小說形塑人物，僅爲平面描述，且多陳舊套語，英雄總是「虎頭燕頷」，美人必爲「閉月羞花」，《三國演義》甚至接連以「面如冠玉」概述劉備、孔明、馬超；由此可見，章回小說摹述人物極爲簡便，爲何卻能成爲深烙人心的經典形貌？後世改編只須擇取片面特點，即可勾發既存人心的強烈共鳴；何以貧弱簡略的原設形貌，竟可成爲改編文本的豐沛泉源？值得探索的議題其二，在於三國人物多爲眞實存在，除卻演義撰述，尚有史傳記載、民間流傳的諸多事項，資料來源繁多，尚見衝突描述，改編者卻能由中提取形貌特徵；因此，改編者又是如何抉擇取捨？何以部分特點，屢受青睞而被放大突顯，卻也有部分奇異特徵，反被棄置不顧、未曾彰顯？

　　針對上問，筆者認爲，章回小說塑造角色，描述形貌多爲陳腔套語，卻也藉由敘事發展以架構角色，即便登場人物千人一面，仍可憑藉事件流程，多方顯現角色形貌；譬如張飛粗野蔚爲人知，與其說是羅貫中摹述其人樣貌之粗獷不羈，不如說是衝動魯莽的行事風格，藉由故事過程屢屢展現，遂能再三強化讀者感知。再加上，原設描述未盡之處，正是後世改編得以切入發揮的「空白點」，百載以來的改編作品，包括平面字句、立體演出、甚或當代藝術，屢加堆疊演繹，更使人物形貌飽滿，成爲當今三國改編之中，最爲亮眼的人物群像。其次，面對逐漸增添的角色特徵，改編者又是如何取捨，是否另有準則？筆者認爲，改編者應以「熟悉感」爲首重，比如關羽長髯深植人心，太史慈美鬚髯卻少有人知，即是因爲關羽頻繁登場，專述蜀漢、甚至單述關羽之作，早已蔚爲三國大宗；正因再三演繹，自使角色特徵爲人熟知，並由單純的形貌配備，逐漸蛻爲概括人物的「符號」，甚至成爲不可或缺的專屬特徵。此外，部分角色雖於過往改編，未受重視而少有描述，本是鮮爲人知的角色特徵，經由現今改編之著重突顯，同樣逐漸爲人熟知，誠如周泰庇護孫權而屢受刀傷，遂被電玩名作《眞・三國無雙》塑造爲渾身刀疤，後作《武靈士三國志》、《大家的吳》，同以遍體疤痕作爲周泰特點；倘再假以時日，或許也能成爲眾所熟稔的角色印記，以及改編作品之必備標誌。

小結

　　三國改編文本，雖可任意翻轉，但為秉持原作風味，以便吸引預設觀眾，部分設定仍會延續原作；此外，《三國演義》某些特徵，實為故事主幹，無法輕易更動，即便改編者有意顛覆，亦或毫無察覺，仍因該項設定牽涉全局，遂而全盤接收，成為三國作品共通特點。本章節分為三部：敘事結構、事件場景、形象塑造，探察改編文本「同質性」。

　　敘事結構，誠如《三國演義》所言：「天下大勢，分久必合，合久必分」，改編文本之故事背景，多半設定於中原分裂，方使豪傑得以崛起，逐步邁向三分天下；即便時空異轉，定調為學園生活、當代社會，仍以混亂場景為始，統一局勢為終，呼應章回小說之頭尾劇情；其次，「時間鐘」之設定，同樣貫串全文，俾使故事依序發展，天下情勢更趨明朗。此外，《三國演義》全書脈絡，依循「衝突－解決」模式，事件猶如鋸齒爬升，先是緩慢醞釀，逐漸浮出端倪，忽然引爆衝突，之後又漸趨平淡，眾多事件來回往復，交織成為章回結構；當今改編，同樣預設衝突事件，作為劇情高潮，衝突有大有小，甚至盤根錯節，遂使劇情更加複雜，以此收攬讀者目光。《三國演義》敘事特徵，尚有多元並進，作者利用「雙邊形式」，同時進展多線主題，遂見舒緩張弛，亦或文戲武戲交錯搭配；當今作品，同樣多事並述，一方面可使劇情變化靈活，另一方面，則因當代媒介，影劇之蒙太奇剪接、動漫之畫格切割，巧妙切合多線敘事，遂使多事並進之敘述手法，成為三國作品的同質延續。

　　同質特點之二，則是《三國演義》之經典橋段，正是三國故事引人之處，改編文本遵循其事，雖於細節、觀點常有變異，事件概要仍秉持原貌，成為三國改編的同質現象。經典事件，首推橫跨全書的諸多戰局，尤以四大戰役：官渡之戰、赤壁之戰、荊州之戰、夷陵之戰，屢屢重現改編作品，並以赤壁大戰最為頻繁，因其關聯人數眾多，且又影響三國甚鉅，加上歷代演繹以及羅貫中的大力渲染，遂成當代改編關注焦點，甚有作品專述此戰；再者，《三國演義》之武將交戰，述寫匆促少有細繪，改編者得以施展身手，重提舊事卻深入描摹，遂使戰爭場景，一再搬演於改編作品。此外，《三國演義》穿插其間的特殊事件，也被改編文本延續使用，有二肇因：一是，事件發展獨特，令人印象深刻；二是，單憑作者個人喜好，擇取細處則可發展成篇，雖是妄加解讀，根源卻仍溯於章回小說。

　　同質特點之三，則是人物塑造，再分為人物關聯、角色具象。人物關聯，

包括角色身分、所屬勢力，以及部分人物之特殊關係，均為基本設定，妄加更改易成骨牌效應，後續情事必須全盤調整，後世改編除非立意顛覆，多半仍是因襲故舊，甚至加重渲染，藉由人物既存關聯，衍發事件以增強抒情。角色具象，則為作品核心，訴諸圖象的當代娛樂，角色形貌更是舉足輕重，影響讀者愛好甚鉅。此處分為三點：容貌姿態、裝扮配備、行事作風。首先，《三國演義》述及之特殊容貌，例如關羽長髯、夏侯盲眼，早已深烙人心，常見同質承續；其次，三國人物之裝扮配備，包括流傳既定的服裝造型，或是專屬某人的特定武器，同是改編作品少有異動；最末，各人各色的行事作風，以及文官武將之分類，倘若已成公認印象，泰半也被改編文本全盤接收、繼續傳承。

　　改編文本追隨原作設定，一方面鞏固整體架構，又可簡省背景交代，集中火力於新創特點；另一方面，相同特質的再度呈顯，即能迅速喚醒讀者舊經驗，有利新作之推廣流傳，遂使改編作品，多方承襲《三國演義》，成為當代改編文本之共通特質。